SANDRA DÜNSCHEDE

Friesenkinder

IHR KINDERLEIN KOMMET Ein Jogger findet vor der KZ-Gedenkstätte in Ladelund die Leiche eines iranischen Arztes. Alle Hinweise deuten darauf hin, dass der Täter aus der rechten Szene kommt. Schnell findet Kommissar Thamsen auch erste Verdächtige. Doch dann erschüttert ein weiteres Verbrechen Nordfriesland: Ein Neugeborenes verschwindet spurlos aus dem Husumer Krankenhaus. Nicht nur Thamsen ist schockiert, sondern auch seine Freunde Tom, Haie und Marlene. Marlene hat selbst gerade entbunden und liegt mit der Mutter des verschwundenen Babys in einem Zimmer. Wie selbstverständlich mischen sich die drei Freunde in die Ermittlungen ein. Eine Spur führt sie in die Praxis des ermordeten Arztes. Hat der braune Terror in Nordfriesland Einzug gehalten? Wurde der ausländische Arzt von Mitgliedern der rechten Szene umgebracht? Gibt es eine Verbindung zwischen dem Mord und der Entführung des Babys? Die Suche nach der Wahrheit führt in einen Sumpf von Hass und Gewalt ...

© Gesche Jäger

Sandra Dünschede, geboren 1972 in Niebüll/Nordfriesland, erlernte zunächst den Beruf der Bankkauffrau und arbeitete etliche Jahre in diesem Bereich. Im Jahr 2000 entschied sie sich zu einem Studium der Germanistik und Allgemeinen Sprachwissenschaft. Kurz darauf begann sie mit dem Schreiben, vornehmlich von Kurzgeschichten und Kurzkrimis. 2006 erschien ihr erster Kriminalroman »Deichgrab«. Seitdem lebt sie als freie Autorin in Hamburg.

SANDRA DÜNSCHEDE

Friesenkinder

KRIMINALROMAN

GMEINER

Immer informiert

Spannung pur – mit unserem Newsletter informieren wir Sie
regelmäßig über Wissenswertes aus unserer Bücherwelt.

Gefällt mir!

Facebook: @Gmeiner.Verlag
Instagram: @gmeinerverlag
Twitter: @GmeinerVerlag

Besuchen Sie uns im Internet:
www.gmeiner-verlag.de

© 2013 – Gmeiner-Verlag GmbH
Im Ehnried 5, 88605 Meßkirch
Telefon 0 75 75 / 20 95 - 0
info@gmeiner-verlag.de
Alle Rechte vorbehalten
5. Auflage 2023

Lektorat: Claudia Senghaas, Kirchardt
Herstellung: Mirjam Hecht
Umschlaggestaltung: U.O.R.G. Lutz Eberle, Stuttgart
unter Verwendung eines Fotos von: © mafied / photocase.com
und Lutz Eberle
Druck: Custom Printing Warschau
Printed in Poland
ISBN 978-3-8392-1398-8

För Ida,
boorn in Hamburg, schast du alltiet weten,
wo du tohörst.
Vun Harten willkamen lütte Deern bi uns
im Norden.

›Lasset die Kindlein zu mir kommen und wehret ihnen nicht, denn solcher ist das Reich Gottes.‹

Markus 10,14

1.

»Es geht los.« Marlene rüttelte Tom heftig am Arm. Der war sofort hellwach. Bereits seit mehreren Tagen waren die beiden in Alarmbereitschaft. Immerhin war der eigentliche Termin schon seit einer Woche überschritten. Tom sprang aus dem Bett und dabei beinahe gleichzeitig in seine Jeans, die direkt davor lag. Nur zwei Minuten und er war fertig. Marlene stand, bereits angezogen, mit der kleinen Reisetasche in der Hand in der Schlafzimmertür. Sie wirkte, im Gegensatz zu Tom, wesentlich entspannter. Erstaunlich, wenn man bedachte, was ihr bevorstand. Tom nahm ihr die Tasche ab und hechtete die Treppe hinunter. »Meinst du denn, wir schaffen es noch nach Husum?« Ihm wurde speiübel bei dem Gedanken daran, sie könnten nicht rechtzeitig in Husum sein. Und Marlenes »Ich hoffe doch« beruhigte ihn keineswegs. Er stellte die Tasche auf die Rücksitzbank, half ihr auf den Beifahrersitz und rannte um das Fahrzeug herum, um hinter dem Steuer Platz zu nehmen. Kaum saß er hinter dem Lenkrad, gab er auch schon Gas. Zum Glück waren um diese Uhrzeit so gut wie keine anderen Autos auf der Straße. Mit pochendem Herzen und schweißnassen Händen lenkte Tom den Wagen über die B5 Richtung Husum. Aus dem Augenwinkel sah er, wie sich Marlenes Gesicht vor Schmerzen mehr und mehr verzerrte, und trat noch kräftiger aufs Gas. Was, wenn sie es nicht schafften? Nur das nicht, flehte er innerlich. Was sollte er tun? Alles, was er in dem vorbereitenden Kurs gelernt hatte, schien wie weggeblasen. Ein Blackout. Er konnte sich nicht einmal mehr an das Gesicht der Hebamme erinnern, die ihnen die Maßnahmen erklärt hatte. Panik ergriff ihn. Er versuchte, Marlenes Stöhnen zu ignorieren, und gab einfach nur Gas.

Knapp eine halbe Stunde später erreichten sie die Husumer Klinik. Obwohl das für diese Strecke eine enorm gute Zeit war, erschien Tom die Fahrt wie eine Ewigkeit. Kopflos stürzte er in die Aufnahme. »Meine Frau bekommt ein Kind! Wir brauchen Hilfe!« Die ältere Schwester hinter dem Tresen grinste. Sie erlebte solch einen aufgescheuchten angehenden Vater wohl nicht das erste Mal. Langsam legte sie die Zeitschrift, in der sie gerade geblättert hatte, zur Seite und erhob sich. »Na, dann nehmen Sie sich mal da drüben einen AOK-Chopper und bringen Ihre Frau erst einmal rein. Oder wollen Sie, dass sie ihr Kind da draußen im Stehen bekommt?« Sie deutete mit einem Kopfnicken hinüber zum Eingang. Siedend heiß fiel Tom ein, dass er Marlene total vergessen hatte. Er griff einen der Rollstühle und hastete wieder hinaus. Marlene hatte sich inzwischen selbst aus dem Auto gewälzt und stützte sich an der Beifahrertür ab. Sie lächelte trotz der Schmerzen, als sie Tom derart aufgeregt mit dem Rollstuhl auf sich zurasen sah.

»Hast du dich nett unterhalten?«, fragte sie, doch Tom nahm ihre spitze Bemerkung nicht wahr. Er packte Marlene am Arm, drückte sie in den Rollstuhl und schob sofort los.

Marlene wollte ihn noch an die Tasche erinnern, doch da kam bereits die nächste Wehe, stärker als jene zuvor, und sie schrie vor Schmerz auf.

»Oh Gott, oh Gott«, stammelte Tom, während er den Rollstuhl immer schneller auf den Empfangstresen zuschob. Die Schwester war mittlerweile aufgestanden und verschaffte sich einen Überblick über die Lage. Die Wehen kamen in immer kürzeren Abständen, was für sie allerdings keinen Grund zur Eile bot. Sie drückte Tom die Aufnahmepapiere in die Hand, bedachte Marlene mit einem »Das wird schon, Kindchen« und nahm dann den Telefonhörer in die Hand, um in der gynäkologischen Abteilung anzurufen.

Das junge Mädchen, das wenig später in der Aufnahme erschien, machte nicht unbedingt einen kompetenten Eindruck. »Meine Kollegin bringt Ihre Frau nun auf Station«, erklärte die Frau vom Tresen, während das Mädchen bereits Marlene in Richtung Aufzug schob.

Kollegin? Tom runzelte die Stirn. Das war ja wohl ganz offensichtlich eine Auszubildende. Was, wenn sie mit dem Mädchen im Aufzug stecken blieben? Er hatte ohnehin eine Phobie gegen Fahrstühle. Aber die Vorstellung, mit seiner gebärenden Frau und diesem hilflos wirkenden Wesen zusammen während der Geburt in dieser engen Kabine eingesperrt zu sein, schürte zusätzliche Ängste. Schweiß stand ihm auf der Stirn, alles in ihm sträubte sich dagegen, in den Aufzug zu steigen. Doch da schrie Marlene erneut auf, sodass es ihm durch Mark und Bein fuhr. Er sprang in den Aufzug, und kurz darauf schlossen sich die Türen zu dem Gefängnis.

Die junge Schwester grinste ihn an, während er krampfhaft Halt an dem Rollstuhl suchte. Die macht sich doch wohl nicht lustig, schoss es ihm durch den Kopf, doch im selben Moment gab es einen Ruck und der Fahrstuhl hielt an. Das Mädchen grinste immer noch, während Tom tausend Tode starb und Marlene aufgrund einer erneuten Wehe aufschrie.

»Familie Meissner!« Auf dem Gang der gynäkologischen Abteilung stand Frau Maas, Marlenes Hebamme. »Gehts los?«

Was für eine dämliche Frage, dachte Tom. Das sieht man ja wohl. Doch trotz alledem war er froh, die leicht rundliche Frau mit dem roten Gesicht zu sehen. Er nickte.

»Gut, dann gehe ich mal mit Ihrer Frau an den Wehenschreiber und kurz die Herztöne überprüfen. Sie können inzwischen schon Ihre Badehose anziehen, Herr Meissner. Es bleibt doch bei der Wassergeburt, oder?«

Badehose? An die hatte Tom in der Aufregung gar nicht gedacht. Hatte Marlene ihm eine in die Reisetasche gepackt?

»Marlene, wo ist denn meine Badehose?«

»Was weiß ich, wo deine Scheißbadehose ist!«, presste Marlene zwischen zwei Wehen hervor. Sie hatte unerträgliche Schmerzen, beinahe kam es ihr vor, als wenn ihr Unterleib in Stücke gerissen würde, und Tom fragte sie allen Ernstes, wo seine verdammte Badehose war? Hatte er keine anderen Sorgen?

»Das macht nichts«, beruhigte Frau Maas die Gemüter. »Das kommt öfter vor. Eileen gibt Ihnen eine Leihbadehose.«

Wieder grinste das junge Mädchen Tom an. »Na, dann wollen wir mal schauen, was wir Modisches für Sie haben.«

Die dunkle Badehose mit dem kuriosen pinken Muster, die sie aus einem Schrank im Schwesternzimmer hervorkramte, hatte allerdings so überhaupt keinen modischen Chic, aber in diesem Fall musste sie reichen. Tom konnte sich ja schlecht nackt vor den Schwestern zu Marlene in die Badewanne setzen, um sie bei der Geburt zu unterstützen. Mit der Badehose in der Hand, machte er sich auf zur Toilette, um sich umzuziehen.

Als er zurückkam, war Hektik ausgebrochen. Tom spürte sofort, dass etwas nicht in Ordnung war, denn die Hebamme telefonierte, wild gestikulierend, im Schwesternzimmer, während er Marlene im Kreißsaal schreien hörte. Angst überkam ihn. Eine Geburt barg immer Risiken, das hatten sie gewusst, aber die Vorfreude auf sein Kind hatte ihn diese Gefahr vergessen lassen. Mit wenigen großen Schritten war er bei Marlene. Die junge Schwester hielt ihre Hand. Ihr Grinsen war verschwunden.

»Die Herztöne sind schlecht. Wir müssen das Baby sofort holen.«

2.

Der Morgen war bereits angebrochen, doch dies war einer dieser zahlreichen dunklen Tage im Norden, an denen es kaum richtig hell wurde. Der Himmel war wolkenverhangen und über den Wiesen waberte ein undurchdringlicher Nebelschleier, der jedes Geräusch verschluckte und die Welt lautlos machte.

Marten Hansen liebte dieses graue, düstere Wetter. Für ihn war es unverständlich, wie anderen Menschen diese Stimmung derart aufs Gemüt schlagen konnte, dass sie in Depressionen verfielen. Sahen sie denn nicht diese grandiosen Formationen, die feinen Schattierungen von Grau, dieses Kunstwerk der Natur? Er liebte es, durch diese geisterhafte Landschaft zu laufen und nichts als den eigenen Atem zu hören. Die Stille und Einsamkeit waren für ihn eine Wohltat für die Seele. Und noch etwas kam ihm in dieser grauen Jahreszeit entgegen. Niemand sah ihn.

Er lief zwar nun schon gut ein Jahr, aber sein Übergewicht sah man ihm nach wie vor deutlich an. Und oftmals begegnete er Leuten, die ihn mitleidig angrinsten. Doch er wollte kein Mitleid, er wollte einzig und allein schlank werden. Daher lief er – und besonders gern im Nebel, wenn ihn niemand dabei beobachten konnte. Er bog von der Dorfstraße in die Raiffeisenstraße ab, von wo es hinaus in die Felder ging. An der KZ-Gedenkstelle verlangsamte er sein Tempo. Er fand es unangebracht, hechelnd an dieser Erinnerungsstätte vorbeizurennen, und hielt jeden Morgen einen kurzen Moment inne.

Ganz begreifen würde er diese grausamen Verbrechen wahrscheinlich niemals, aber er wollte sie auch nicht vergessen. Er hatte das Dokumentenhaus passiert und lief nun in Richtung des ehemaligen Panzergrabens. Dieser Ort erinnerte an die einstige Zwangsarbeit im KZ Ladelund. Tausende Kriegsgefangene und Lagerhäftlinge hatten auf ›Befehl des Führers‹ 1944 die deutsche Nordseeküste von der niederländischen Grenze bis nach Dänemark mit Schanzgräben gesichert. Sieben Tage die Woche à zwölf Stunden arbeiteten sie bei Kälte, Wind und Dauerregen. Mit primitivstem Gerät mussten sie den schweren und nassen Boden bewegen, um den sogenannten Friesenwall zu errichten, wobei viele der Menschen starben.

Marten hatte die Stato erreicht und bog nun auf den Fußweg Richtung Grenzstraße ab. Direkt auf der gegenüberliegenden Straßenseite befand sich das ehemalige Lagergelände. Die Baracken waren längst abgerissen. Heute wurde die Fläche wieder landwirtschaftlich genutzt. Doch am Rande des Areals erinnerten ein großer Gedenkstein und eine Stahlskulptur, die heute im dichten Nebel kaum zu erkennen waren, an die Geschehnisse von 1944. Und trotzdem fiel Marten sofort auf, dass an dem vertrauten Bild etwas nicht stimmte. Direkt vor dem Findling zeichnete sich in den grauen Schwaden eine dunkle Erhebung ab. Langsam überquerte er die Straße und näherte sich durch das nasse Gras. Die Feuchtigkeit durchdrang seine Schuhe und schließlich auch die Socken. Doch Marten nahm das gar nicht wahr. Er fixierte den Punkt direkt vor dem Gedenkstein, während er einen Fuß vor den anderen setzte.

Die Würde des Menschen ist unantastbar.
Der Nebel lichtete sich. Marten schluckte. Sein Mund war ganz trocken. Er blinzelte, doch das Bild vor ihm im feuchten Gras blieb gleich. Nur wenige Schritte vor ihm lag der reglose Körper eines Mannes.

»Moin, Chef«, begrüßte Gunter Sönksen Dirk Thamsen, als dieser den Gemeinschaftsraum der Polizeidienststelle in Niebüll betrat. »Auch einen Kaffee?«

Thamsen nickte. Es war früh, sehr früh, und ohne eine ausreichende Dosis Koffein war er zu dieser Tageszeit eigentlich gar nicht zu gebrauchen. Seit er vor circa drei Jahren die Leitung der Dienststelle übernommen hatte, war sein Kaffeekonsum drastisch gestiegen. Als Vorgesetzter wollte er mit gutem Beispiel vorangehen und möglichst immer als Erster im Büro sein. Das war in der Regel auch, trotzdem er alleinerziehend war, kein Problem, denn die Kinder waren mittlerweile so groß, dass sie allein zur Schule gingen, und vor sieben Uhr ließen sich die anderen Mitarbeiter ohnehin selten blicken. Ausgenommen war natürlich der diensthabende Schichtleiter mit den Kollegen, aber die zählten für Thamsen nicht.

Außerdem hätte er gar nicht gewusst, wie er seine Arbeit bewältigen sollte, wenn er nicht so früh im Büro wäre. Der ganze Papierkram nahm eine Menge Zeit in Anspruch. Das war er gewohnt. Bereits vor seiner Zeit als Dienststellenleiter hatte das Schreiben von Berichten viel Raum in seinem täglichen Arbeitsablauf eingenommen. Hinzu kamen nun jedoch die Mitarbeitergespräche, Beurteilungen und natürlich Meetings mit seinen Vorgesetzten sowie auch offizielle Veranstaltungen. Er war nur froh, dass Timo und Anne aus dem Gröbsten raus waren.

Ansonsten hätte er nicht gewusst, wie er das alles unter einen Hut hätte bringen sollen. Obwohl es schon eine Zeit lang brauchte, bis sich alles eingespielt hatte. Am Anfang war es nicht leicht für ihn gewesen. Er besaß ja keine Vorstellung davon, welche Aufgaben sein ehemaliger Chef Rudolf Lange ihm hinterlassen hatte. Dirks Eindruck war damals, sein Vorgesetzter hätte im Gegensatz zu ihm ein relativ entspanntes Leben. Doch mittlerweile wusste er besser als jeder andere, dem war ganz und gar nicht so. Von allen Seiten bekam er Druck und verlor manchmal das eigentliche Ziel seiner Arbeit aus den Augen. Doch meist nur kurz, denn damit er nicht vergaß, dass der Sinn seiner Arbeit die Bekämpfung jeglichen Verbrechens war, übernahm er selbst nach wie vor die Leitung des einen oder anderen Falls. Das bedeutete natürlich zusätzliche Arbeit, holte ihn aber oftmals auf den Boden der Tatsachen zurück und ließ ihn den Bezug zur Arbeit seiner Mitarbeiter nicht verlieren. Die zollten ihm dafür gehörig Respekt, was Thamsen wiederum bestätigte, den richtigen Weg eingeschlagen zu haben.

Er stieß die Tür zu seinem Büro mit dem Fuß auf und knipste das Licht mit der Schulter an. Dann stellte er den Kaffeebecher auf seinem Schreibtisch ab und schaltete den Computer ein. Er hatte gerade die ersten Zeilen eines Berichtes gelesen, als sein Telefon klingelte.

»Da ist ein Anruf aus Husum«, hörte er Gunter Sönksen sagen.

»Und?« Es war schließlich nichts Ungewöhnliches, wenn sie ein Telefonat aus der Polizeidirektion erhielten.

»Kripo.«

Das wiederum war nicht alltäglich, denn die Kollegen von der Kriminalpolizei riefen in der Regel nur an, wenn es im Niebüller Zuständigkeitsbereich eine Leiche gab. Was relativ selten vorkam. Aber wenn der Leichenfund über die 110 reinkam, dann erfuhren die Husumer meist vor ihm, was in seinem Bereich passiert war.

»Moin, Dirk«, begrüßte ihn Lorenz Meister von der Kripo.

»Moin, na, was gibt's?«, fragte Thamsen ohne Umschweife. Wenn es tatsächlich einen Leichenfund gab, war jede Minute kostbar.

»Wir haben einen Anruf aus Ladelund. Ein Jogger hat eine Leiche vor dem Gedenkstein der KZ-Stätte gefunden. Kannst du das übernehmen?«

Er wusste, warum die Kollegen ihn persönlich baten. Immerhin war eine Leiche an solch einem geschichtsträchtigen Ort ziemlich heikel. Das würde auf jeden Fall für ordentlichen Wirbel in der Presse sorgen. Ohne Frage war der Fall allein deshalb Chefsache.

»Klar. Mach mich sofort auf den Weg.«

Als Thamsen etwa 20 Minuten später mit drei weiteren Kollegen in Ladelund eintraf, hatte sich bereits eine Schar Schaulustiger versammelt. Sämtliche Bewohner Ladelunds schienen sich zur Unglücksstelle aufgemacht zu haben. Immer wieder fragte er sich, was die Menschen an solch grässlichen Orten derart magisch anzuziehen schien. Es war ihm bisher jedoch in seiner gesamten Dienstzeit nicht gelungen, eine Antwort darauf zu finden. Er wies zwei der Kollegen direkt an, den Fundort zu sichern und entsprechend abzusperren.

»Du scheuchst die Geier schon mal zurück«, zischte er dem dritten Mitarbeiter zu, straffte die Schultern und ging auf die Menschen zu, die dicht gedrängt vor der Gedenkstätte standen.

»Darf ich bitte mal?« Die Leute machten kaum Platz. Jeder wollte den besten Blick auf den grausigen Fund erhaschen und vor allem wissen, wer der Tote war. Zum Glück hatte sich noch keiner getraut, die Leiche anzufassen. Oder doch? Woher wusste man sonst, dass er tot war? Und wer hatte überhaupt die Polizei verständigt? Thamsen verschaffte sich Platz mithilfe der Ellenbogen.

Endlich lichtete sich die Menge und gab den Blick auf den Toten frei. Der lag direkt vor dem Gedenkstein der KZ-Gedenkstelle. Nackt, und auf den bleichen Rücken hatte der Täter mit Blut ein Hakenkreuz gemalt. Jedenfalls nahm er an, dass es sich bei der rötlichen Schmiererei um Blut handelte. Makaberer geht es kaum, schoss es Thamsen durch den Kopf, als er die Inschrift auf dem Mahnmal las.

›Die Würde des Menschen ist unantastbar.‹

Wenige Meter entfernt, bei der Stahlskulptur, stand ein korpulenter Mann in Sportdress. Das Bild wirkte skurril. Die strichmännchenhaften Skulpturen und daneben der dicke Mann. Er stützte sich an der Plastik ab. Offensichtlich hatte der Fund ihn mitgenommen.

»Haben Sie den Toten gefunden?«, rief er dem Mann zu und erwartete eigentlich, dass dieser zu ihm hinüberkam. Doch der Jogger schien wie festgewachsen an dem Konstrukt und nickte lediglich.

»Haben Sie etwas verändert, den Toten berührt?« Wieder gab es keine akustische Antwort, sondern lediglich eine verneinende Kopfbewegung. Thamsen blickte auf den leblosen Körper hinunter. Auf den ersten Blick konnte man eigentlich gar nichts sagen, denn der Mann lag auf dem Bauch, mit dem Gesicht im feuchten Gras. Lediglich, dass es ein Mann war, konnte man an der Körperstatur erkennen. Sonst aber nichts. Wieso war der Jogger so überzeugt gewesen, dass der Mann tot war, überlegte Dirk Thamsen, während er aus seiner Jackentasche ein paar Latexhandschuhe zog.

Langsam kniete er sich neben den Mann und tastete zunächst nach der Halsschlagader. Doch er konnte keinen Puls ertasten und durch die dünnen Gummihandschuhe fühlte er die eisige Kälte, die von dem Körper ausging. Vermutlich lag der Mann bereits eine ganze Weile hier, und selbst wenn er noch gelebt hatte, war er mittlerweile derart unterkühlt, dass sein Herz allein deswegen aufgehört hatte zu schlagen. Thamsen fasste den Leichnam an der Schulter und richtete dessen Oberkörper ein wenig auf, um in das Gesicht des Toten blicken zu können.

»Auch das noch«, murmelte er.

3.

Das Freizeichen erklang bereits zum zehnten Mal, doch am anderen Ende der Leitung meldete sich niemand.

»Seltsam«, befand Haie und legte langsam den Hörer auf. Tom hatte doch versprochen, ihm Bescheid zu geben, wenn es so weit war. Ob etwas nicht in Ordnung war? Unschlüssig stand er vor dem kleinen braunen Schränkchen und blickte auf das Telefon hinab. Und wenn er in der Klinik anrief?

Ach was. Haie schüttelte seinen Kopf. Er benahm sich ja schlimmer als ein werdender Vater. Die beiden würden sich schon melden. Schließlich sollte er der Patenonkel werden und würde daher sicherlich als einer der Ersten von der Geburt erfahren.

Er ging hinüber in die Küche und stellte die Kaffeemaschine an. Röchelnd und gurgelnd setzte sich das Gerät in Gang. Wasser und Kaffeepulver hatte er wie immer bereits am Vorabend eingefüllt.

Im Radio liefen gerade die Verkehrshinweise, die Nachrichten hatte er nur knapp verpasst. Aber für Haie gab es momentan sowieso nichts Interessanteres als den Nachwuchs seiner Freunde. Er freute sich beinahe genauso, als wenn er selbst Vater werden würde.

Ihm und seiner Exfrau Elke war dieses Glück leider verwehrt geblieben. Wie sehr hatte er sich damals ein Kind gewünscht, doch irgendwie hatte es nicht klappen wollen. Heute glaubte er, es habe seinen Grund gehabt, dass sie kinderlos geblieben waren. Und vielleicht war es sogar besser so. Die Kaffeemaschine pfiff aus dem letzten Loch. Ein abschließendes Gurgeln und der Kaffee war fertig. Er nahm sich eine Tasse, den Rest goss er in eine Thermoskanne für sein zweites Frühstück auf der Arbeit. Dann schmierte er sich ein Brot und belegte sich zwei weitere Schnitten zum Mitnehmen. Früher hatte Elke das immer für ihn gemacht. Aber das war lang her. Seit ihrer Trennung lebte er allein und versorgte sich selbst. Was ihm mehr oder weniger gut gelang.

Er griff nach einer bunten Blechdose und öffnete sie. Mit leichtem Entsetzen stellte er fest, dass er keinen Würfelzucker für seinen Kaffee mehr hatte. Aber das ließ sich leicht beheben. Er würde vor der Arbeit einfach kurz beim SPAR-Markt anhalten und welchen kaufen. Das war zwar ein kleiner Umweg, aber da Haie immer zeitig auf den Beinen war, konnte er diesen locker in Kauf nehmen.

Der kleine Supermarkt lag direkt an der Dorfstraße und war um diese Tageszeit stark frequentiert. Viele Berufstätige besorgten wie Haie auf dem Weg zur Arbeit schnell noch ein paar Kleinigkeiten oder ihr Frühstück. Zusätzlich verstopften zahlreiche Schüler die Gänge, insbesondere die direkt vor der Kasse, wo sich die Süßigkeiten befanden. Haie zwängte sich durch zwei riesige Tornister hindurch und griff nach einer Packung Würfelzucker.

»Moin, Haie«, wurde er von einem älteren Herrn mit Pudelmütze begrüßt. »Bannig kolt worn, was?«

Haie nickte dem Mann zu. Er kannte Oke Hansen seit seiner Schulzeit. Wie er selbst, war der Kfz-Meister aus dem Dorf nie weggekommen. Was allerdings keinen der beiden störte. Schließlich waren sie nicht die Einzigen, die ihr gesamtes Leben in Risum-Lindholm verbracht hatten. Eine Reihe Leute lebte hier seit ihrer Geburt. Und warum auch nicht? Dieser kleine Ort in Nordfriesland war immerhin einer der schönsten Plätze der Welt. Das bestätigten nicht nur die zahlreichen Touristen, die jährlich zu Besuch kamen. »Ja, is de Ostwind«, begründete Haie die Kälte, während sie zusammen zur Kasse gingen und sich an eine lange Schlange anstellten.

»Mann, hier is doch sonst nicht so viel los«, kommentierte Oke Hansen die Warteschlange und streckte seinen Kopf in die Höhe, um besser sehen zu können, was die Kassiererin aufhielt. Das konnte Haie allerdings sagen, ohne sich dafür den Hals zu verrenken.

»Helene klatscht bestimmt wieder, oder?«, fragte er den alten Schulfreund, als dieser kopfschüttelnd wieder eine normale Körperhaltung neben ihm einnahm.

»Na klor.«

Es dauerte eine halbe Ewigkeit, bis sie endlich an der Reihe waren. Scheinbar gab es so sensationelle Neuigkeiten im Dorf, und die Kaufmannsfrau sah es natürlich als ihre Pflicht an, jeden darüber zu informieren.

»Hett jem all hört?«, fragte sie die beiden, während sie den Preis von Haies Würfelzucker in die Kasse eintippte.

»Watt?«, hakte Oke Hansen ein. Wahrscheinlich hatte er die Hoffnung, Helene würde dadurch schneller zum Punkt kommen. Doch seine deutlich zum Ausdruck gebrachte Unwissenheit ließ die Frau hinter der Kasse geradezu triumphieren. Und dieses Gefühl wollte sie selbstverständlich auskosten.

»Nicht?«

»Watt, nich?« Oke Hansen verstand nicht.

»Na, jem hett noch nicht das Neueste hört?«

»Anscheinend nicht«, schaltete sich nun Haie ein, dem dieses Wortpingpong auf die Nerven ging.

Die Kaufmannsfrau kniff ihre Augen zu engen Schlitzen zusammen und warf ihre Stirn in Falten. Fast machte es den Anschein, als überlegte sie, ob die beiden würdig waren, ihre exklusiven Nachrichten zu hören, aber Haie wusste nur zu gut, sie würde mit den Neuigkeiten nie und nimmer hinter dem Berg halten können und letztlich nur noch einmal ihre Überlegenheit aufgrund des Wissensvorsprungs auskosten.

»In Ladelund haben sie 'ne Leiche entdeckt«, platzte es auch schon aus ihr heraus.

»Echt?«, fragte Oke Hansen. Es hatte zwar in der Umgebung schon den einen oder anderen Mord gegeben, aber natürlich kam so etwas in dieser doch eher friedlichen Gegend selten vor. Dementsprechend groß war nun das Interesse an solch einer Neuigkeit.

Helene vom SPAR-Markt nickte emsig, um ihre Aussage zu bestätigen. »Und wisst ihr, wo?«

Haie und Oke Hansen schüttelten beinahe gleichzeitig ihre Köpfe.

»Man soll das ja nicht glauben. Aber der Tote lag wohl vor dem Stein von der KZ-Gedenkstätte.« Helene stemmte entrüstet ihre Hände in die Hüften. »Is das nich makaber?«

»Weiß man denn, wer das is?« Haie interessierte zunächst nur der Tote. Auf Helenes Gesicht machte sich Enttäuschung breit. Anscheinend hatte sie mit diesem jähen Ende ihres Triumphes nicht gerechnet, denn auf diese Frage hatte sie keine Antwort.

4.

Der Leichenwagen stand schon bereit, doch Thamsen wartete noch auf den Gerichtsmediziner. Oftmals hatte es sich als sinnvoll erwiesen, wenn Dr. Becker aus Kiel sich die Leiche direkt vor Ort anschaute. Dem geschulten Auge des Mediziners fiel so manches Detail auf, das durchaus wichtig für die Ermittlungen sein konnte. Ein Allgemeinmediziner konnte meistens nur den Tod feststellen und vielleicht noch etwas über die Todesursache sagen. Doch der Gerichtsmediziner war dafür ausgebildet, Hinweise auf den Tathergang zu erkennen. Bereits winzige Informationen in Bezug auf den Fundort der Leiche konnten wichtige Erkenntnisse für die Aufklärung des Falls bringen. Daher hatte Thamsen ihn angerufen und nach Ladelund gebeten. Das war mittlerweile gut eine Stunde her, und da Dr. Becker versprochen hatte, sich sofort auf den Weg zu machen, erwartete er den Mediziner eigentlich jede Minute.

Es wurde auch Zeit, denn langsam wurden ihm die starrenden Blicke der Schaulustigen zuwider. Dicht gedrängt standen sie hinter dem Absperrband, das seine Mitarbeiter nur wenige Meter vom Fundort gespannt hatten, und verfolgten jede seiner Bewegungen. Leider war es nicht möglich gewesen, die Gegend weiträumiger abzusperren, da sich die Gedenkstätte gleich neben der Straße befand und sie schließlich nicht den kompletten Verkehr lahmlegen konnten. Seine Mitarbeiter mussten ohnehin eingreifen, da die gaffenden Leute mittlerweile bereits auf dem Asphalt standen. Und auch ein immer wieder betontes »Hier gibt es nichts zu sehen« hatte die Menschen nicht dazu bewegen können, den schaurigen Ort zu verlassen. Zumal die Aussage natürlich nicht stimmte, denn jeder konnte den Leichnam gut sehen, der nach wie vor an exakt der gleichen Stelle lag.

Thamsen hatte, nachdem er sich den Toten angeschaut hatte, ansonsten nichts mehr berührt, sondern sofort Dr. Becker und die Kollegen von der Spurensicherung angerufen. Er musste schon etliche Leichenfunde in seiner Laufbahn bearbeiten und wusste daher, es war besser, in solchen Fällen die Experten hinzuzuholen. Er hatte in der Zwischenzeit den Jogger befragt, der die Leiche gefunden hatte.

»Haben Sie jemanden gesehen oder ist ein Auto vorbeigefahren?«

Der rundliche Mann im Sportdress vermochte nur stumm den Kopf zu schütteln. Der Schreck über seine scheußliche Entdeckung steckte ihm noch in den Gliedern und lähmte ganz offensichtlich auch seine Zunge.

»Ist Ihnen irgendetwas aufgefallen?«

Wider Erwarten hatte der Jogger genickt und in Thamsen für einen kurzen Moment Hoffnung aufkeimen lassen.

»Und was?«

Er war langsam, aber sicher ungeduldig geworden. Diesem Typen musste man wirklich jedes Wort aus der Nase ziehen.

»Der Tote da.«

Das war nicht die Antwort, die Dirk hatte hören wollen. Dass dem Mann die Leiche vor dem Gedenkstein aufgefallen war, wusste er schon. Oder war dem Jogger entfallen, weshalb er die Polizei gerufen hatte? Hoffentlich erinnerte er sich wenigstens an seinen Namen und seine Anschrift. Thamsen hatte einen seiner Mitarbeiter zu sich gewinkt.

»Mein Kollege nimmt dann Ihre Personalien auf. Vielen Dank.«

Endlich sah er den roten Golf von Dr. Becker am Straßenrand halten. Der Mediziner stieg aus und kämpfte sich durch die Schaulustigen, die ihr Interesse für den Moment auf den Neuankömmling verlagert hatten.

»Moin, Dirk«, begrüßte er Thamsen, als er sich unter dem Absperrband hindurchbückte. »Spusi kommt auch gleich. Hab' die Jungs gerade überholt.«

Er trat neben den Kommissar und schaute auf den Leichnam hinunter. »Und was hast du Schönes für mich?«

Thamsen fand die Frage angesichts des Toten zwar reichlich unpassend, aber dies war nun einmal Dr. Beckers Art. Er sah jeden Tag Leichen und hatte daher ein ganz anderes Verhältnis zu toten Menschen. Vielleicht wurde man so, wenn man tagein, tagaus Leichen obduzierte und der Tod quasi der Arbeitgeber war. Wahrscheinlich diente es auch als eine Art Selbstschutz, denn wenn man all diese Schicksale zu dicht an sich ranließ, dann ging man daran irgendwann wohl selbst kaputt. Thamsen jedenfalls stellte sich die Arbeit des Gerichtsmediziners nicht einfach vor und vermutete, Dr. Becker wurde wahrscheinlich von den grausigen Bildern oftmals bis in seine Träume verfolgt.

Ohne eine Antwort abzuwarten, stellte Dr. Becker seine Tasche in das feuchte Gras und beugte sich zu dem Toten hinab. Ähnlich wie Thamsen zuvor, fasste er den Mann an der Schulter und drehte ihn leicht zur Seite.

»Ach du Scheiße!«

Thamsen nickte lediglich, als der Gerichtsmediziner zu ihm aufschaute. Schlimm genug, dass irgendjemand diesen Mann ausgerechnet an der Gedenkstelle umgebracht hatte, wenn er ihn denn tatsächlich hier getötet hatte. Das konnte man zum jetzigen Zeitpunkt ja noch nicht sagen. Aber zumindest hatte der Täter die Leiche an dieser Stelle abgelegt. Hier, an der KZ-Gedenkstelle. Und zwar nicht irgendeine Leiche, sondern einen südländisch aussehenden Mann, der, zumindest seinem Äußeren nach zu urteilen, Ausländer war.

Etwas später als üblich erreichte Haie die kleine Grundschule, die seit dem Wiederaufbau nach einem Brand vor gut drei Jahren quasi wie neu wirkte und an der er seit etlichen Jahren als Hausmeister tätig war. Sein Einkauf hatte durch die Neuigkeiten von dem Toten in Ladelund länger gedauert, als er gerechnet hatte. Die ersten Kinder spielten schon auf dem Schulhof und der Wagen des Direktors stand auch bereits auf dem Parkplatz.

Haie schloss sein neongelbes Mountainbike an den Fahrradständer hinter der Schule an und ging durch den kleinen Verbindungsgang hinüber in die Turnhalle. Zum Glück hatte er den Boden gestern Nachmittag bereits aufgewischt, sodass er nun vor Unterrichtsbeginn lediglich das Licht und die Heizung anstellen musste. Anschließend ging er die Treppe hinauf in den ersten Stock, in dem er sich einen kleinen Raum eingerichtet hatte. Er packte sein Frühstück aus und wechselte die Kleidung. All dies geschah ganz automatisch, denn in Gedanken war Haie mit dem Leichenfund in Ladelund beschäftigt. Wer war der Tote? Hatte man ihn ermordet? Leitete Dirk die Ermittlungen?

Er kannte den Kommissar seit etlichen Jahren. Dirk Thamsen hatte damals in dem Mordfall von Marlenes bester

Freundin Heike ermittelt. Seitdem hatten die drei ihn hin und wieder bei seiner Arbeit unterstützt und dadurch war mittlerweile zwischen ihnen eine Freundschaft entstanden. Beinahe so eng wie zwischen Tom, Haie und Marlene, die sich zwar schon länger, aber auch noch nicht ewig kannten. Der Intensität ihrer Freundschaft tat das jedoch keinen Abbruch und auch die Beziehung der drei Freunde zu dem Kommissar konnte man als eng bezeichnen. Ob er ihn einfach mal anrief und sich nach dem Toten erkundigte? Haie blickte auf seine Uhr. Dirk war sicherlich noch in Ladelund. Ein Leichenfund bedeutete immer eine Menge Arbeit für ihn. Wenngleich er natürlich nicht alles selbst machte. Schließlich hatte er als Dienststellenleiter auch noch andere Aufgaben und für Zeugenbefragungen und Tatortsicherung seine Mitarbeiter. Aber Haie kannte den Freund. Er wollte immer sichergehen, dass nichts übersehen wurde, und konnte oftmals nur schwer delegieren.

Er beschloss, erst einmal den Schulhof zu fegen und gegen Mittag in der Dienststelle anzurufen.

»Hast du Haie schon erreicht?«

»Nein, nur deine Mutter«, antwortete Tom, der, mit einem Kaffeebecher in der Hand, das Krankenzimmer betrat. Erschöpft ließ er sich auf den Stuhl neben Marlenes Bett plumpsen und nahm einen großen Schluck.

»Sie will doch nicht etwa gleich vorbeikommen, oder?« Marlene kannte ihre Mutter. In den letzten Tagen hatte sie beinahe stündlich angerufen und sich nach Marlenes Zustand erkundigt. Gesine Liebig war wahnsinnig aufgeregt und hatte die Geburt ihres Enkels kaum erwarten können.

»Ich konnte sie gerade noch davon abhalten.«

Marlene versuchte, sich ein Stück weiter aufzurichten, und spürte einen Stich im Unterleib. Der Schnitt schmerzte höllisch. Außerdem hatte sie das Gefühl, als würden ihre Brüste gleich explodieren. Sie musste unbedingt den Kleinen stillen, aber der schlief seltsamerweise tief und fest.

»Atmet er?«

Tom stand auf und bückte sich vorsichtig über das kleine Bettchen. Es dauerte eine Weile, dann nickte er. »Soll ich ihn wecken?«

»Ich weiß nicht.«

Alles war so neu und fremd, Marlene fühlte sich ein wenig hilflos. Niklas' Geburt schien der Anfang eines völlig unbekannten Lebens zu sein.

Tom nahm seinen Sohn behutsam aus dem Bettchen und legte ihn Marlene in den Arm. Ein wohliger Schauer rann über seinen Rücken, als er die beiden ansah. Marlene und Niklas. Seine Familie, die wichtigsten Menschen für ihn auf der ganzen Welt. Er seufzte glücklich.

Ihr trautes Beisammensein wurde jedoch jäh unterbrochen, als sich die Tür öffnete und die Schwester erschien.

»So, Frau Meissner. Nun bekommen Sie ein wenig Gesellschaft«, kündigte die Schwester im weißen Kittel an. Marlene war keine Privatpatientin und hatte daher auch keinen Anspruch auf ein Einzelzimmer. Tom hatte ihr immer wieder dazu geraten, sich bei ihm mitzuversichern, insbesondere, nachdem sie geheiratet hatten. Er als selbstständiger Unternehmensberater war seit Jahren privat versichert und kannte die Vorteile nur zu gut. Keine Wartezeiten, Chefarztbehandlung, Einzelzimmer. Doch Marlene hatte unabhängig bleiben wollen. Sie war durch ihren Teilzeitjob beim Nordfriisk-Instituut gesetzlich krankenversichert und hatte das auch nicht ändern wollen, nachdem sie schwanger geworden war. Obwohl es dann ja sowieso vorbei gewesen war mit ihrer Unabhängigkeit. Jedenfalls sah Tom es so, und er ärgerte sich gerade in diesem Augenblick, dass Marlene nicht auf ihn gehört hatte. Denn nun wurde ein weiteres Krankenbett in den Raum geschoben, in dem eine blasse junge Frau lag. Unter der Bettdecke zeichnete sich eine kaum wahrnehmbare Wölbung ab.

»Und wann ist es bei Ihnen so weit?«, erkundigte sich Tom.

»Oh, Frau Kuipers hat schon entbunden«, stellte die Schwester richtig. »Nur im Gegensatz zu Ihrem Wonneproppen macht uns der Kleine ein wenig Sorgen. Daher päppeln wir ihn auf der Neugeborenenstation auf.«

Sie sagte das, als sei es das Normalste von der Welt, doch Marlenes Bettnachbarin war die Sorge um das Baby deutlich anzusehen.

Marlene drückte Niklas ein wenig fester an sich, während sie sich lächelnd an Frau Kuipers wandte. »Na, da hat er es aber gut getroffen. Sonderbehandlung von Schwester Luise. Da brauchen Sie sich wirklich keine Sorgen zu machen.«

»Dirk, hier sind die Akten, die du angefordert hast.«

Gunter Sönksen versuchte vergeblich, einen Platz für den Stapel grauer Pappordner in seiner Hand auf Thamsens Schreibtisch zu finden. »Gib her!«

Dirk wischte mit seinem Arm die Fotos vor sich zur Seite und platzierte die Mappen direkt vor sich.

»Ganz schön viele«, kommentierte er den Stapel. »Wusste gar nicht, dass wir so viele Vorfälle hatten in den letzten zwei Jahren. Eigentlich ein Wunder, dass der Verfassungsschutz noch nicht aufmerksam geworden ist.«

»Meinst du wirklich, die Neonazis haben etwas mit dem Mord zu tun? Das sind doch alles kleine Fische.«

Scheinbar hielt er den Ermittlungsansatz seines Chefs für falsch, wagte aber nicht, ihm dies zu sagen. Doch Thamsen verstand sehr wohl die Botschaft zwischen den Zeilen.

»Was meinst du denn, wo wir ansetzen sollten?« Der Mitarbeiter zuckte mit den Schultern.

»Glaubst du nicht, der Täter hat die Leiche absichtlich dort abgelegt?«

Mittlerweile wussten sie, dass die KZ-Gedenkstätte nicht der Tatort war. Dr. Becker vermochte bereits bei der ersten kurzen Untersuchung vor Ort zu sagen, dass der Tote erstochen worden war. Wann und womit, hatte er nicht bestimmen können, nur, dass der Fundort auf keinen Fall der Tatort gewesen war.

»Viel zu wenig Blut hier«, hatte er seine Feststellung begründet. »Der Mann ist quasi abgeschlachtet worden. Über 20 Einstiche. Das muss eine Riesensauerei gewesen sein.«

Außerdem hatte einer von Thamsens Mitarbeitern den Toten erkannt. Angeblich handelte es sich bei dem Opfer um einen Frauenarzt aus Leck. Die Frau des Polizisten war bei Dr. Merizadi in Behandlung. Natürlich musste die Leiche noch offiziell identifiziert werden, aber Thamsen nahm an, dass dies nur eine Pro-forma-Sache war.

Nach diesen ersten Ergebnissen hatte Thamsen einfach eins und eins zusammengezählt. Ein ausländischer Mann, ermordet und die Leiche mit einem Hakenkreuz beschmiert, demonstrativ auf dem ehemaligen Lagergelände drapiert, vor dem Gedenkstein. Also, wenn der Täter damit nicht ein Zeichen hatte setzen wollen, wusste er auch nicht.

»Na ja«, lenkte Gunter Sönksen nun ein, »auffällig ist das schon. Aber bisher war die Gruppe ja eher friedlich. Ein paar Schmierereien, Drohungen und nächtliche Ruhestörungen durch das Grölen von Naziparolen. Tätliche Übergriffe hat es so gut wie keine gegeben.«

Thamsen wunderte sich, dass sein Mitarbeiter sich derart gut auskannte in den Fällen und ihn ganz offensichtlich von seinem Verdacht abzubringen versuchte. Doch er ließ die Dinge auf sich beruhen.

»Dann geh' du nun erst mal Mittag machen. Nachher kommen die Kollegen aus Husum zur Besprechung, da will ich dich dabeihaben.«

Gunter Sönksen verließ ohne ein weiteres Wort das Büro und verstärkte damit noch einmal Thamsens seltsames Bauchgefühl. Irgendwie benahm der Mitarbeiter sich komisch. Vielleicht aber hatte er auch nur einen schlechten Tag oder private Probleme? Er nahm sich vor, in der nächsten Besprechung nachzufragen, wenn dieses merkwürdige Verhalten bis dahin anhielt.

Thamsen nahm die erste Akte vom Stapel, lehnte sich in seinem Stuhl ein wenig zurück und schlug den Deckel auf. Die Fotografie eines jungen Mannes mit kahlem Schädel und grob geschnittenem Gesicht sprang ihm förmlich entgegen. Die Miene des Mannes verriet nichts über seine Haltung, aber aus seinen Augen blitzte der blanke Hass. Hass gegen alles, was gegen seine Ideologie sprach. Hass vor allem gegen Ausländer. Was ging in diesem Menschen vor? Wie konnte er ein Individuum wie Hitler, einen Irren, einen Massenmörder, verehren und nach den Prinzipien dieses Mannes leben wollen?

Das Klingeln seines Telefons unterbrach seine Grübeleien.

»Dirk? Hier ist Haie.«

»Gibt es was Neues von Tom und Marlene?« Thamsen ging davon aus, der Freund rief ihn deswegen an.

»Nee, und bei dir?«

Einen Augenblick überlegte er, was Haie damit meinte, dann aber wurde ihm klar, der Freund hatte bereits von der Leiche in Ladelund gehört und meldete sich wahrscheinlich deshalb bei ihm.

»Sag mal, kennst du einen Dr. Merizadi aus Leck?« Schon oft hatte Dirk von den Kenntnissen und Kontakten des Hausmeisters profitiert. Haie lebte seit seiner Geburt in Risum-Lindholm und kannte daher so gut wie jeden in der Umgebung. Aber diesmal musste der Freund ihn enttäuschen.

»Nee, ist das der Tote? Hört sich irgendwie ausländisch an.«

Genau diese Tatsache machte den Fall auch derart heikel. Ein iranischer Arzt tot vor der KZ-Gedenkstelle. Thamsen sah die Schlagzeilen im Nordfriesland Tageblatt bereits vor sich. Und bestimmt würde der Fall auch überregional Interesse wecken. Wieso der Freund das Opfer nicht kannte, wunderte ihn zwar, war aber irgendwie auch verständlich. Immerhin war Dr. Merizadi Gynäkologe, aber vielleicht kannte die Freundin ihn?

»Was ist denn nun mit Marlene?«, wechselte er daher das Thema. Ganz zum Leidwesen des Freundes, der sich eigentlich mehr Informationen von seinem Anruf versprochen hatte. Er wusste ja, Dirk durfte nicht über Details des Falls mit ihm sprechen, aber vielleicht konnte er helfen, auch wenn er den Toten nicht kannte.

»Ich hab' sie vorhin nicht erreicht, aber ruf sie gleich noch mal an.« Er hatte dieselbe Idee wie Thamsen. »Vielleicht kennt sie diesen Arzt.«

Gut eine Stunde später saß Thamsen im Besprechungszimmer und trommelte mit den Fingern auf die Tischplatte vor ihm. Die Besprechung war für 14:00 Uhr angesetzt. Es war bereits fünf nach und von den Husumer Kollegen noch nichts zu sehen.

»Wenigstens anrufen könnten die«, knurrte er leise vor sich hin.

Die Zusammenarbeit mit der Kripo gestaltete sich von jeher problematisch. Seit er denken konnte, gab es Probleme. Die feinen Beamten glaubten, sie seien etwas Besseres, jedenfalls kam ihr Verhalten bei ihm so an. Stets gaben sie sich besonders wichtig und spielten die Arbeit der anderen herunter. Anders ließ sich zum Beispiel auch die jetzige Situation nicht erklären. ›Wir haben schließlich auch noch andere Dinge zu tun.‹

Endlich öffnete sich die Tür und die beiden Husumer Kommissare betraten breit lächelnd den Raum. Nicht mal eine Entschuldigung war ihnen ihre Verspätung wert, zu sehr waren sie damit beschäftigt, ihren Auftritt zu inszenieren und das Zepter an sich zu reißen.

»So, Dirk, dann schieß mal los«, forderte der Ältere der beiden ihn auf, als wenn er derjenige wäre, auf den man gewartet hatte. Thamsen schluckte einmal kräftig, ehe er den Beamer startete und die Fotos vom Fundort an die Leinwand warf.

»Der Tote heißt Dr. Farhaad Merizadi und …«

»Das ist eine Katastrophe, Dirk«, unterbrach ihn der Husumer Kollege bereits nach den ersten Worten.

»Ein Ausländer an einer jüdischen Gedenkstätte!« Er schaute Thamsen an, als sei der für den Fund verantwortlich.

»Dr. Merizadi ist Deutscher. Er hat die deutsche Staatsbürgerschaft …«, Dirk schaute kurz auf seine Notizen, »bereits 1990 angenommen.«

»Das ist doch völlig irrelevant!«, fuhr ihn nun Lorenz Meister, der andere Beamte, an. »Das sieht doch ein Blinder mit Krückstock, dass das ein Ausländer ist. So sieht doch kein Deutscher aus.«

Thamsen spürte, wie ihm langsam, aber sicher der Hals zuschwoll. Am liebsten hätte er den anderen gefragt, wie denn seiner Meinung nach ein Deutscher auszusehen hatte. Eine Staatsbürgerschaft konnte man doch nicht am Aussehen festmachen. Aber seine private Meinung musste er für den Augenblick in den Hintergrund drängen, denn insgeheim wusste er, der Ausweis des Mannes spielte in diesem Fall tatsächlich keine Rolle.

»Bisher gibt es keine Zeugen, aber zwei Kollegen sind noch in Ladelund und befragen Anwohner«, fuhr Thamsen daher in seinen Ausführungen fort.

»Und was versprecht ihr euch davon? Der Fundort ist doch nicht der Tatort, oder? Was also sollte ein Zeuge gesehen haben?« Der ältere Beamte blätterte in den vorbereiteten Unterlagen herum.

»Zum Beispiel, wer die Leiche wann dort abgelegt hat«, antwortete Dirk gereizt. Er wusste selbst, wie gering die Chance war, dass irgendjemand eine Beobachtung gemacht hatte. Die Gedenkstätte lag etwas außerhalb des Dorfes. Zudem hatte der Täter die Leiche nachts dort drapiert und da war es an diesem Ort nicht nur stockfinster, sondern in der letzten Nacht zusätzlich äußerst neblig gewesen. Aber irgendwo mussten sie ansetzen.

»Wer hat denn die Familie benachrichtigt?«, fragte Lorenz Meister, der ihn am Morgen gebeten hatte, persönlich den Fall zu übernehmen.

Ansgar Rolfs räusperte sich. Der Mitarbeiter war noch nicht lang im Team und dies war sein erster Kontakt mit der Husumer Kripo. Thamsen nickte ihm aufmunternd zu. Er hielt große Stücke auf den jungen Kollegen, der fleißig war und über ein außergewöhnliches Kombinationstalent verfügte. »Also, ich habe die Witwe aufgesucht«, meldete sich Ansgar Rolfs mit dünner Stimme zu Wort.

»Ja und?« Der Kripobeamte beugte sich ein Stück vor.

»Die Frau ist zusammengebrochen, ich musste einen Arzt holen. Wir können sie erst später befragen. Man hat ihr ein starkes Beruhigungsmittel gespritzt. Die Leiche wurde daher von der Schwiegermutter identifiziert.«

Der Husumer stieß ein verächtliches Zischen durch die Zähne. Thamsen konnte sich denken, was der Mann dachte. Am liebsten hätte er ihm die Meinung über sein unmögliches Verhalten gegeigt, aber das war, wie er wusste, nicht besonders sinnvoll. Früher hatte er kein Blatt vor den Mund genommen, aber da war es dann auch sein Vorgesetzter gewesen, der das hatte ausbaden und sich die Beschwerden über Thamsens unkooperative Art hatte anhören müssen. Nun war er leider selbst Chef und wusste, es war besser, jeglichen Streit und alle Diskussionen über das despektierliche Verhalten der Husumer zu vermeiden.

»Ich fahr später selbst raus und befrage sie«, versuchte er daher, die Wogen zu glätten.

5.

Nesrim Merizadi lag auf dem Sofa und lauschte dem leisen Gemurmel, das sie aus scheinbar weiter Ferne wahrnahm.

Es war die Stimme ihrer Mutter, aber sie konnte nicht genau verstehen, was sie sagte. Sie öffnete langsam die Augen. Obwohl im Wohnzimmer nur die kleine Steh-lampe brannte, schmerzten ihre Augen von deren Schein. Sie versuchte zu schlucken, doch ihr Mund war zu tro-cken. Sie räusperte sich. Sofort war ihre Mutter an ihrer Seite.

»Kind, wie geht es dir?« Sie strich Nesrim über das lange dunkle Haar.

Erst langsam kam die Erinnerung zurück. Die Erinne-rung an das Läuten der Türglocke, den jungen Mann in Uniform, die Worte, die ihr ins Herz stachen. Es musste alles ein böser Traum gewesen sein. Sie war auf dem Sofa eingeschlafen. Aber was machte ihre Mutter hier?

»Wo ist Farhaad?«

Ihre Mutter beugte sich zu ihr und küsste ihre Stirn. Dann weinte sie leise.

Es war also doch kein Traum gewesen. Farhaad war tot. Ermordet. Sie schloss die Augen und versank in der Dun-kelheit hinter den Lidern. Eine unsägliche Leere begann sich in ihr auszubreiten. Eine Leere, die sie lähmte. Sie konnte nicht einmal weinen.

Die Türglocke schellte. Nesrims Herz pochte wieder schneller.

»Das ist die Polizei«, flüsterte ihre Mutter und richtete sich langsam auf.

Die Frau, die auf dem Sofa lag, war wunderschön. Thamsen hatte selten eine derart faszinierende Frau gesehen. Sie wirkte wie eine Prinzessin aus 1001 Nacht. Ihre dunklen Haare schimmerten im Licht der kleinen Stehlampe und ihr Teint wirkte samtig-seidig. Aus ihren dunklen Augen blickte sie ihn erschrocken an. Sofort meldete sich in ihm der Beschützerinstinkt.

»Darf ich Ihnen ein paar Fragen stellen?«, begann er behutsam.

Die ältere Dame, die ihm die Tür geöffnet hatte, half der Witwe, sich aufzusetzen. Permanent redete sie dabei in einer Sprache, die Thamsen nicht verstand, aber deren Klang ihm durchaus gefiel.

»Ich weiß, Mama«, unterbrach Nesrim Merizadi den Redefluss. Sie strich sich das lange Haar aus dem Gesicht und bat Thamsen, Platz zu nehmen. Ihre Mutter verschwand in der Küche.

»Sicher ist es schwer für Sie, aber wir versuchen, den Mörder Ihres Mannes zu finden, und brauchen dabei Ihre Hilfe.«

»Meine Hilfe?«, sie sah ihn ängstlich an. Am liebsten wäre er aufgesprungen und hätte die zierliche Frau in den Arm genommen. Die Welt war so böse zu ihr. Doch er musste sich auf die Arbeit konzentrieren und sachlich bleiben. Auch wenn es ihm schwerfiel.

»Frau Merizadi, wann haben Sie Ihren Mann das letzte Mal gesehen?« Er nickte ihr freundlich zu und verwünschte es, ihr solche Fragen stellen zu müssen.

Nesrim schluckte umständlich, ehe sie antwortete.

»Gestern Abend. Wir haben zusammen zu Abend gegessen. Dann ging sein Telefon und er musste zu einem Notfall.«

»Notfall?«

Nesrim Merizadi nickte schwach. »Ja, eine Patientin hatte wohl vorzeitig Wehen.«

»Wissen Sie, wer?«

Sie schüttelte den Kopf. Thamsen notierte sich den Anruf. Er würde in der Praxis nachfragen, ob man dort etwas über den Notfall wusste. Jeder Hinweis konnte wichtig sein, denn je exakter sie die letzten Stunden des ermordeten Arztes rekonstruieren konnten, umso größer war die Wahrscheinlichkeit, auf eine Spur des Täters zu stoßen.

»Gab es sonst irgendetwas Auffälliges in der letzten Zeit? Hatte Ihr Mann Streit mit jemandem oder wurde er bedroht?«

Der Körper der Witwe verkrampfte sich. Dirk Thamsen wusste diese Reaktion nicht recht zu deuten, speicherte sie aber unbewusst ab.

»Nein. Mein Mann war überall sehr beliebt.«

»Nesrim.« Die Mutter betrat, mit einem Tablett beladen, das Wohnzimmer und bedachte ihre Tochter mit einem mahnenden Blick. Dann sprach sie wieder in der fremden Sprache, allerdings mit mehr Energie und Nachdruck in der Stimme, bis die Tochter sie mit ein paar scharfen Worten und wütenden Blicken zum Schweigen brachte.

»Was ist?« Thamsen kam der verbale Schlagabtausch äußerst seltsam vor. Hier stimmte doch irgendetwas nicht.

»Es ist nichts«, blockte Nesrim Merizadi jedoch ab und nahm von der Mutter das Tablett entgegen. »Darf ich Ihnen einen Tee anbieten?«

Haie hatte den ganzen Nachmittag erfolglos versucht, die Freunde anzurufen. Lediglich Toms Mailbox hatte er erreicht und bereits mehrmals drauf gesprochen. Langsam machte er sich Sorgen.

Er hatte beschlossen, nach Feierabend direkt bei den beiden vorbeizuschauen, und fuhr daher den Schulweg bis zur Dorfstraße hinunter und nahm nicht wie gewöhnlich den Weg an der Wehle vorbei über Spätland nach Maasbüll.

Der Nebel hatte sich tagsüber aufgelöst, dennoch war die Feuchtigkeit geblieben und die nasse Kälte kroch ihm bis unter die Jacke. Er fröstelte. Eigentlich liebte er sein Land bei jedem Wetter, aber heute wäre er für ein paar Sonnenstrahlen dankbar gewesen. Oder zumindest einen Zipfel blauen Himmels. Das graue Wetter hielt sich schon seit Tagen und langsam konnte er die Leute verstehen, denen dieses trübe Wetter aufs Gemüt schlug, obwohl er ansonsten kaum Probleme damit hatte. Er war hier geboren und mit dieser grauen Jahreszeit groß geworden. Sie gehörte zu seinem Leben dazu. Und irgendwie passte sie heute zu seiner Stimmung, seinen Sorgen und vor allem dem Mord in Ladelund.

Er bremste vor dem Haus der Freunde ab und lehnte sein Fahrrad an den Zaun. Schon als er den Weg zur Haustür hinauflief, bestätigte sich seine Vorahnung. Das gesamte Haus war dunkel. In Toms Büro waren sogar noch die Jalousien heruntergelassen und der Wagen war auch weg.

»Aber sie wollten sich doch gleich melden«, murmelte er, während er sein Handy aus der Jackentasche zog. Tom und Marlene hatten ihm das Mobiltelefon zum Geburtstag geschenkt. Haie war eigentlich kein Freund dieser tragbaren Telefone, aber das Argument, als künftiger Patenonkel müsse er schließlich erreichbar sein, insbesondere für die werdende Mutter, hatte ihn überzeugt. Dennoch war der Umgang mit dem Handy für ihn noch nicht zur Selbstverständlichkeit geworden, und daher war es auch nicht verwunderlich, dass das Display gar nichts anzeigte, als Haie noch einmal die Meldungen kontrollieren wollte. Er hatte völlig vergessen, den Akku aufzuladen. »Mist!«, fluchte er und rannte zu seinem Fahrrad. Vermutlich ist das Kind schon lang auf der Welt. Und ich Dössbaddel verpasse alles, nur weil ich nicht daran gedacht habe, das Handy aufzuladen, schimpfte er mit sich selbst und radelte eilig nach Hause.

Noch während er die Haustür aufschloss, klingelte sein Telefon. Hastig rannte er durch den Flur ins Wohnzimmer.

»Hallo? Tom?«

»Mensch, Haie, wo steckst du denn? Und wieso ist dein Handy ausgeschaltet?«

»Ist doch nun egal«, tat Haie die Fragen des Freundes ab. »Ist das Kleine da?« Insgeheim kannte er die Antwort, denn nur so erklärte sich, warum Tom und Marlene den ganzen Tag nicht erreichbar gewesen waren. Aber natürlich wollte er hören, ob alles gut gelaufen war und Mutter und Kind wohlauf waren.

»Ist alles in Ordnung«, beruhigte Tom ihn und erzählte von der aufregenden Geburt.

»Niklas, ein schöner Name. Und wie geht es Marlene?«

Tom berichtete, sie sei zwar sehr erschöpft, aber der Kleine hielte sie auf Trab.

»Aber ich denke, morgen kannst du die beiden besuchen. Soll ich dich abholen?«

6.

Thamsen hatte Brötchen geholt und deckte zusammen mit Anne den Frühstückstisch. Am Samstag frühstückten sie immer alle ausgiebig zusammen. Egal, wie viel Arbeit auf ihn wartete, dieser Morgen gehörte nur ihm und seinen Kindern.

Seit er die Leitung der Dienststelle übernommen hatte, musste er fast regelmäßig auch am Wochenende arbeiten. Zumindest nahm er sich den Papierkram, der unter der Woche liegen geblieben war, mit nach Hause. Den konnte er nämlich auch daheim erledigen.

»Anne, weckst du bitte Timo und bringst gleich noch die Zeitung mit?« Dirk schreckte die Eier ab und verteilte sie in die Eierbecher auf dem Tisch. Dann goss er den Kaffee ein und setzte sich. Kurz darauf erschien Anne mit dem Nordfriesland Tageblatt in der Hand sowie ihrem äußerst verschlafen wirkenden Bruder im Schlepptau. Mit Sicherheit hatte Timo wieder bis spät in die Nacht an seinem Computer gespielt. Aber da kannte Thamsen kein Erbarmen. Das gemeinsame Frühstück war heilig.

»Und was hast du heute vor?«, fragte er seinen Sohn. Timo klopfte wie in Zeitlupe mit dem Löffel auf seinem Ei herum.

»Markus kommt später. Wir wollen ins Kino.«

»Ins Kino? Was läuft denn?« Das kleine Lichtspielhaus in der Stadt gab es bereits seit 1954. Die Programmauswahl war nicht unbedingt riesig, aber völlig ausreichend.

»Fluch der Karibik.«

»Fluch der Karibik?«

Dirk Thamsen war, was Kinofilme anbelangte, nicht gerade auf dem neuesten Stand. Wann war er eigentlich das letzte Mal im Kino gewesen? Vor zwei, drei Jahren? Das musste gewesen sein, als Anne und Timo noch jünger waren. Den Kindern war es mittlerweile viel zu peinlich, sich dort mit ihm blicken zu lassen. Sie gingen lieber mit ihren Freunden.

»Ist ein Film mit Johnny Depp«, erklärte Anne anstelle ihres Bruders, was Thamsen allerdings auch nicht weiterhalf.

Schnell wechselte er das Thema und fragte nach den Neuigkeiten aus der Schule. Anne berichtete von der bevorstehenden Klassenfahrt und Timo erzählte nach mehrmaligem Nachfragen von den Projekttagen in der vergangenen Woche, in der er mit seinen Mitschülern live über das Internet ein grenzüberschreitendes Computerspiel mit Schülern aus Dänemark gespielt hatte. Aber auch in diesem Bereich waren Begriffe wie Codemaster, Patch und Multiplayer für Thamsen ähnlich böhmische Dörfer wie die Titel der neuesten Kinofilme. Er merkte einmal mehr, wie die Distanz zwischen ihm und Timo immer größer wurde. Sie lebten in zwei völlig verschiedenen Welten. Nach dem Frühstück räumte er den Tisch ab und goss sich noch eine Tasse Kaffee ein. Endlich kam er dazu, die Zeitung zu lesen. Wie erwartet, war die Leiche aus Ladelund Schlagzeile Nummer eins. Und natürlich brachten die Journalisten das im Ausland geborene Opfer vor der KZ-Gedenkstätte mit Fremdenfeindlichkeit und Rassenhass in Verbindung.

›Rechter Terrorismus nun auch in Nordfriesland?‹, lautete eine der provokanten Überschriften. Die Zeitung hatte den Mord an Dr. Merizadi als Aufhänger genutzt, die rechte Szene im Norden wieder einmal genauer unter die Lupe zu nehmen. Einschlägige Mitglieder wurden benannt, Lesermeinungen abgefragt, Straftaten und Übergriffe auf Ausländer angeführt. Nazi-Gefahr bestünde auch im Norden – und die Polizei wüsste seit Langem davon.

Das ist wieder typisch, ärgerte Thamsen sich. Natürlich würde man es abermals der Polizei in die Schuhe schieben, wenn gegen die braune Gefahr, wie die Zeitung die Neonazis nannte, zu wenig unternommen wurde. Aber was hatten sie für eine Handhabe gegen die Leute? Solange es keine Anzeigen gab, keine Beweise ihrer Taten, konnten sie nichts tun. Er bezweifelte ohnehin, dass es etwas bringen würde, Mitglieder oder sogar Anführer der Gruppen einzusperren. Vielleicht mochte es die Gemeinschaft schwächen, aber letztlich ging es nicht um den Einzelnen. Es ging um eine Ideologie, ein Gedankengut, das sich wie eine Seuche in den Köpfen gerade junger Menschen ausbreitete. Und die Konjunkturprobleme sowie die wachsende Arbeitslosigkeit waren dafür ein fruchtbarer Boden.

Aber noch gab es überhaupt keinen Hinweis auf eine Verbindung zwischen den Neonazis und dem Mordopfer. Natürlich würden sie in diese Richtung Ermittlungen anstellen. Trotzdem durfte er andere Möglichkeiten nicht außer Acht lassen. Aus seiner jahrelangen Erfahrung bei der Polizei wusste er, dass oftmals nichts so war, wie es auf den ersten Blick schien. Vielleicht hatte der Täter die KZ-Gedenkstätte gerade deshalb gewählt, um ganz bewusst den Verdacht auf die rechte Szene zu lenken. Aber wer hatte einen Grund gehabt, den Arzt zu ermorden? Laut seiner Frau war er überall sehr beliebt gewesen. Beinahe zu harmonisch hatte sie das Verhältnis zu seinen Patientinnen und Mitarbeitern geschildert. Und auch innerhalb der Verwandtschaft sowie im Freundes- und Bekanntenkreis hatte es keinen Streit gegeben. Aber wieso hatte ihre Mutter sie immer wieder aufgeregt unterbrochen? Auf sein Nachfragen hin hatte die ältere Frau zwar immer nur den Kopf geschüttelt, aber merkwürdig war ihm dieses Verhalten dennoch erschienen. Was verschwiegen die beiden Frauen und warum?

Haie trampelte bereits seit einer halben Stunde von einem Fuß auf den anderen und spähte dabei durchs Wohnzimmerfenster hinaus auf die Straße. Tom wollte ihn um 09:00 Uhr abholen und nun war es bereits zehn nach. Hoffentlich hatte er nicht verschlafen.

Endlich hielt der silberne Wagen vor dem Haus und Haie schoss zur Tür. An der Klinke hing das Geschenk für Niklas. Haie hatte in tagelanger Eigenarbeit und mit der Unterstützung eines Nachbarkindes ein Bilderbuch für sein Patenkind erstellt. ›Hans Bär‹, das Märchen von Theodor Storm, hatte Haie ins Plattdeutsche übersetzt, und Maik, der Nachbarssohn, hatte ein Buch daraus gemacht mit Bildern und Fotos, die er im Internet gesammelt und mit Haie zusammengestellt hatte. Besonders Marlene würde sich über das Unikat freuen, denn sie liebte Theodor Storm, hatte sogar über den Dichter promoviert. Und da sie sich seit Jahren am Nordfriisk Instituut für den Erhalt der Sprache und Kultur in ihrer Heimat einsetzte, würde ihr die plattdeutsche Version des Märchens besonders gut gefallen. Am liebsten hätte Haie eigentlich eine friesische Übersetzung verschenken wollen, aber er sprach nur wenige Brocken Friesisch. Bei ihm zu Hause wurde stets Plattdeutsch gesprochen, und das bisschen Friesisch, das er hauptsächlich bei Gesprächen anderer Einheimischer aufschnappte, reichte bei Weitem nicht für die Übersetzung eines kompletten Textes. Allerhöchstens für die Überschrift: ›Hans Bear‹.

»Na endlich«, begrüßte Haie den Freund, als er in den Wagen stieg.

»Tut mir leid, aber ich war schon in Niebüll. Habe für Marlene noch ein paar Sachen besorgt und bei Sky war die Hölle los.«

»Na ja, es ist Samstag. Die Leute erledigen ihren Wochenendeinkauf.«

»Aber um diese Zeit?«

Haie musste schmunzeln. Tom war ein Langschläfer und kannte das Leben vor zehn Uhr gar nicht. Aber das würde sich nun sicherlich ändern. Sein Sohn würde schon dafür sorgen. Sah man ja jetzt bereits. Kaum war der Knirps einen Tag auf der Welt, ging Tom früh am Morgen einkaufen.

»Hast du eigentlich etwas von dem Mord in Ladelund mitgekriegt?«, fragte Tom, als er den Wagen wendete, Gas gab und die Dorfstraße Richtung B5 hinunterfuhr.

Zeitung hat er auch schon gelesen, wunderte sich Haie. Oder sprach man im Supermarkt darüber?

»Hm, hab gestern mit Dirk telefoniert.«

»Und, stimmt das mit den Rechtsradikalen? Wusste gar nicht, dass die hier oben auch schon ein Problem sind.«

»Keine Ahnung«, entgegnete Haie, »aber sieht ganz danach aus.«

Tom bog in Lindholm auf die B5 Richtung Husum ab.

»Kanntest du den Toten?«

Haie schüttelte den Kopf. »Nee, war ein Frauenarzt aus Leck. Ich habe Dirk gesagt, ich würde mal Marlene fragen.«

»Die ist doch bei Frau Dr. Liebermann.«

»Ja, gut, aber vielleicht hat sie mal etwas über diesen Arzt gehört. Du weißt doch, wie die Frauen sind. Die unterhalten sich über so etwas.«

»Hast recht.«

»Wie geht es Marlene eigentlich?«, erkundigte sich Haie nun endlich und Tom wiederholte sofort den Bericht über die Strapazen der Geburt. Es machte beinahe den Anschein, als habe Tom selbst das Kind zur Welt gebracht, so sehr durchlitt er bei seinen Schilderungen die furchtbaren Schmerzen. Und dann die Angst, es könne etwas mit dem Kind nicht in Ordnung sein. »Aber zum Glück geht es dem Kleinen bestens. Ist ein richtiger Wonneproppen und so etwas von lieb«, schwärmte der Freund. »Nur Marlene ist natürlich noch reichlich außer Gefecht gesetzt. Nun hat sich der Schnitt auch noch entzündet und sie hat höllische Schmerzen.«

»Nur gut, dass wir Männer so etwas nicht durchmachen müssen«, kommentierte Haie die Schilderungen.

Der Besucherparkplatz der Husumer Klinik war gut ausgelastet. Tom musste eine ganze Zeit herumkurven, bis endlich ein anderes Auto einen Platz frei machte.

»Guten Morgen, Herr Meissner!« Die ältere Schwester am Empfang grüßte ihn lächelnd und Tom erwiderte ihren Gruß.

»Na, du bist ja hier schon bestens bekannt«, schmunzelte Haie, der sich sehr gut vorstellen konnte, wie kopflos der Freund wahrscheinlich hier aufgeschlagen war.

»Hier lang«, wies Tom ihm den Weg, ohne auf die Bemerkung des Freundes einzugehen. Über die Treppe gelangten sie schließlich in die gynäkologische Abteilung.

»Da seid ihr ja«, begrüßte Marlene die beiden, als sie,

leicht außer Atem, endlich das Krankenzimmer betreten. Sie saß in ihrem Bett und hielt Niklas in den Armen. Auf Zehenspitzen näherte sich Haie den beiden und warf einen vorsichtigen Blick auf das Kind. Das schlief friedlich.

»Meinen herzlichen Glückwunsch!«, flüsterte er und küsste Marlene auf die Wange.

»Danke.«

Haie holte aus seiner Tasche das Geschenk für Niklas und legte es aufs Bett.

»Oh, ein Geschenk!«, freute Marlene sich. »Das will ich gleich mal auspacken. Hältst du ihn mal?«

Noch ehe Haie sich's versah, hatte Marlene ihm den Kleinen in den Arm gelegt. Niklas öffnete kurz die Augen, doch was er erblickte, schien ihm zu gefallen. Leise schmatzend, schloss er wieder die Augen und schlief weiter. Haie wiegte ihn leicht hin und her, konnte seinen Blick nicht von ihm wenden. Wie klein und zierlich der Junge war und doch schien alles dran zu sein. Einfach perfekt, und ein Gesicht genauso bezaubernd wie das von Marlene. Von Tom hatte der Kleine allerdings wenig geerbt, befand Haie. Doch das behielt er wohlweislich für sich. Die Tür öffnete sich und Marlenes Bettnachbarin betrat schlurfend das Zimmer.

»Moin, Miriam«, begrüßte Haie die junge Frau.

»Ach, ihr kennt euch?« Marlene blickte fragend zwischen der Zimmergenossin und dem Freund hin und her.

Haie nickte, während er Miriam Kuipers fragte, wie es ihr ginge.

»Geht so«, gab sie zur Antwort und krabbelte mühsam in ihr Bett. Haie spürte, dass die Frau ihre Ruhe haben wollte. Wer wusste auch schon, was mit ihr los war.

»Ich soll dich schön von Dirk grüßen«, wandte er sich daher wieder Marlene zu. »Er hat leider alle Hände voll zu tun.«

Thamsen schlug die letzte Akte vom Stapel zu und kratzte sich hinter seinem linken Ohr. Wie erwartet, hatten die Befragungen der Anwohner Ladelunds nichts gebracht. Niemand hatte etwas gesehen oder gehört, nur wenige kannten den toten Arzt aus Leck überhaupt.

Er stand auf und holte aus seiner Tasche im Flur sein kleines Notizbuch und einen Kugelschreiber. Er wollte sich noch ein paar Dinge aufschreiben, ehe er mit Anne zu seiner Mutter fuhr. Magda Thamsen verreiste heute. Eine alte Freundin in Süddeutschland besuchen und er hatte angeboten, sie zum Bahnhof zu fahren.

Seit sein Vater vor gut drei Jahren an den Folgen eines Schlaganfalls gestorben war, war seine Mutter regelrecht aufgeblüht. Früher waren seine Eltern nie verreist, allenfalls unternahmen sie mal einen Tagesausflug. Selbst als Dirk noch ein Kind gewesen war, hatten seine Ferien lediglich aus Ausflügen nach Dagebüll an den Badedeich bestanden. An den Strand von Rømø zu fahren, war das Höchste der Gefühle gewesen. Sein Vater hatte Urlaubsreisen als reine Geldverschwendung betrachtet und lieber gespart. Regelrecht geizig war er gewesen. Im Nachhinein hatte dies allerdings sein Gutes, denn um Geld brauchte sich seine Mutter keine Gedanken mehr zu machen. Obwohl sie niemals auf die Idee gekommen wäre, das hart ersparte Geld ihres verstorbenen Mannes mit vollen Händen zum Fenster hinauszuwerfen, gönnte sie sich die eine oder andere Reise. Und Dirk fand das gut so.

Er schrieb sich die Namen einiger Rechtsradikaler auf,

die er in den nächsten Tagen näher unter die Lupe nehmen wollte. Wie genau das aussehen sollte, wusste er noch nicht, schließlich beabsichtigte er nicht die gesamte Szene aufzuscheuchen. Aber ob es Verbindungen zwischen Dr. Merizadi und Mitgliedern der rechten Gruppen gegeben hatte, wollte er schon wissen. Außerdem mussten noch die Angestellten aus der Praxis befragt werden. Insbesondere in Bezug auf den Notruf, den der Arzt laut der Witwe an dem Abend seiner Ermordung erhalten hatte, wie er sich bereits einige Seiten zuvor notiert hatte. Dann standen noch der Obduktionsbericht und die Berichte der Kollegen von der Spurensicherung aus. Vielleicht hatten sie am Tatort irgendwelche verwertbaren Spuren gefunden. Aber jetzt am Wochenende konnte er so gut wie nichts tun. Außer eventuell noch einmal die Witwe zu befragen, aber was sollte das bringen? Bei dem Gedanken an die umwerfend schöne Frau wurde ihm ganz warm und er knabberte gedankenverloren an seinem Kugelschreiber. Viel zu lang war er nun schon allein. Seit der Trennung von Iris hatte es zwar die eine oder andere Affäre gegeben, aber etwas Ernstes war es nie gewesen. Dabei sehnte er sich nach einer neuen Partnerin, nach körperlicher Nähe, aber auch nach Gesprächen, Unternehmungen, Fernsehabenden, einfach nach einer Freundin.

Er klappte das Büchlein zu. Er konnte heute wahrscheinlich wirklich nichts mehr ausrichten. Und die Husumer Kollegen hatten die nächste Besprechung erst für Montagmorgen anberaumt. Bis dahin würden wohl auch die ausstehenden Berichte vorliegen. Er stand auf und griff nach seinem Handy. Eine neue Nachricht war auf seinem Display verzeichnet. Er drückte den Knopf und die Textnachricht öffnete sich:

›Endlich bin ich da, Niklas Roman Meissner, 21.11.2003, 03:48 Uhr, 52cm und 3567 Gramm. Es freuen sich Marlene und Tom Meissner‹

Thamsen drückte auf die Antworttaste: ›Herzlichen Glückwunsch. Heute Abend Kind pinkeln lassen beim Griechen?‹

Es dauerte keine fünf Minuten, ehe er eine Antwort bekam: ›Heute 20:00 Uhr in der Taverne. Haie und ich sind dabei. LG Tom.‹

Leise summend, faltete sie den kleinen Nickistrampler zusammen, strich über den weichen Stoff und legte ihn dann behutsam zu den anderen Kleidungsstücken in die Kommode. Er war so winzig und wahrscheinlich würde er dem Kleinen gar nicht lang passen.

Ach, wenn er doch nur endlich da wäre. Sie wünschte sich nichts sehnlicher, als endlich ein Kind in den Armen zu halten. Ihr Kind. Seit Jahren bestimmte dieser Wunsch ihr Leben, tagein, tagaus.

Anfänglich war es nur ein kleines Stechen in ihrer Brust gewesen, wenn sie andere Frauen auf der Straße einen Kinderwagen hatte schieben sehen. Dann war da ein leichtes Pieken zu verspüren. Gleich neben ihrem Herzen. Sie hatte nicht geahnt, wie groß der Schmerz werden würde, ein Schmerz, verursacht durch die Sehnsucht, dem Wunsch, selbst Mutter zu sein. Leben und Liebe zu schenken.

Viele Monate hatte sie versucht, schwanger zu werden. Jeden Monat gebangt, jedes Mal war sie in ein tiefes schwarzes Loch gefallen, wenn ihre Periode wieder kam, sie die roten Schlieren in ihrem Slip gesehen hatte. Ihre Ehe war darüber kaputt gegangen, hatte dem Druck, den sie gemacht hatte, nicht standgehalten. Und als ihr Partner ging, fiel sie noch tiefer. Nicht seinetwegen, aber nun war es noch schwerer für sie, überhaupt schwanger zu werden. Hatte sie gedacht.

Doch in den Bars und Kneipen hatte sie viele willige Männer kennengelernt. Natürlich hatte sie ihnen nichts von ihrem Babywunsch erzählt, sie belogen, gesagt, sie verhüte. Sie bräuchten sich keine Sorgen zu machen. Anfänglich war sie jedes Wochenende losgezogen, aber als sie merkte, dass sich immer jemand fand, nur noch an den fruchtbaren Tagen.

Einmal hatte es auch geklappt, war der Schwangerschaftstest positiv gewesen, den sie sich sofort nach Ausbleiben der Regel in der Apotheke besorgt hatte. Wie auf Wolke sieben war sie geschwebt, hatte ihr Glück kaum fassen können. Aber dieser Zustand hielt nicht lang an. Vier Wochen später bekam sie Krämpfe im Unterleib und Blutungen. Sie verlor das Kind. Vielleicht als Strafe für ihr liederliches Leben? Sie wusste es nicht. In ihrer Verzweiflung hatte sie sich ihrem Arzt anvertraut. Der hatte sie an einen Kollegen überwiesen, der aufs Kinderkriegen spezialisiert war. Eigentlich nicht nur aufs Kriegen, sondern vor allem auch auf das Machen. Dr. Merizadi. Sie war so froh, als er ihr bereits bei ihrem ersten Besuch sagte, er könne ihr helfen.

Wie gewöhnlich war das griechische Restaurant in der Uhlebüller Dorfstraße gut besucht. Vor allem an einem Samstagabend war der Andrang besonders groß. Schließlich hatten die meisten Leute am Sonntag frei. Da konnte man mal ein wenig länger machen.

Als Dirk Thamsen die Gaststätte betrat, grüßte der Wirt ihn vom Tresen aus und deutete mit einem Kopfnicken zu einem Tisch in einer der gemütlichen Nischen. Dort saßen Haie und Tom, die ebenfalls Stammgäste im Restaurant waren. Thamsen trat an den Tisch und klopfte mit der Faust zur Begrüßung darauf. »Moin.« Die beiden hatten ihn erst jetzt bemerkt. Tom stand auf, um Platz für ihn zu machen. »Meinen allerherzlichsten Glückwunsch«, gratulierte Thamsen und klopfte ihm auf die Schulter.

»Danke schön. Komm, setz dich. Was magst du trinken?« Tom winkte bereits die Bedienung an den Tisch und Thamsen entschied sich für ein Bier.

»Und wie geht es Marlene?«

»Ganz gut so weit.« Der Kellner brachte das Bier und sie stießen an.

»Ist toll, dass du Zeit gefunden hast. Hast bestimmt eine Menge um die Ohren, oder?«, fragte Haie, nachdem sie alle einen Schluck getrunken hatten. Er war neugierig, was es Neues in dem Fall der Leiche in Ladelund gab. Eigentlich durfte Thamsen natürlich nicht über die Ermittlungen sprechen, aber bei den Freunden machte er meist eine Ausnahme, denn schon des Öfteren hatten sie ihn bei der Aufklärung eines Falles unterstützt.

Doch diesmal konnte Thamsen den beiden nichts Neues berichten. Seit dem Telefonat mit Haie hatten sich keine weiteren Hinweise ergeben. Außer von seinem seltsamen Gefühl, das er beim Besuch der Witwe gehabt hatte, konnte er daher nicht viel berichten.

»Also, Marlene kennt diesen Arzt nicht. Die ist bei einer Frauenärztin hier in Niebüll. Aber ihre Bettnachbarin war wohl bei dem in Behandlung, hat sie erzählt.« Natürlich hatte man sich auch im Krankenhaus über den toten Arzt unterhalten.

Thamsen wurde hellhörig. »Hat die denn was gesagt?«

»Nee,« entgegnete Haie. Die Miriam sei eine ganz Stille. Außerdem ging es ihr wohl nicht so gut und dem Kleinen auch nicht. »Hatte gar nichts von der Schwangerschaft mitgekriegt. Die Miriam ist ja auch noch recht jung.«

Thamsen kannte die Bettnachbarin zwar nicht, konnte sich aber gut vorstellen, welch ergiebiges Gesprächsthema so ein junges Ding im Dorf ergab. Insbesondere, wenn vielleicht noch nicht einmal ein offizieller Vater existierte. Da wurde sich dann schnell mal das Maul über solch ein Mädchen zerrissen.

»Waren es denn wirklich Rechtsradikale, die den Arzt umgebracht haben?«, hakte nun Tom nach. »In der Zeitung haben die ja davon geschrieben, es gäbe hier in Norddeutschland eine ziemlich aktive Szene. Stimmt das?«

»Na ja«, entgegnete Thamsen. Er hatte sich zwar über die Berichterstattung der Zeitung geärgert, aber leugnen konnte man nicht, dass es hier etliche Rechtsradikale gab. Und der Stapel an Akten, den sein Mitarbeiter rausgesucht hatte, zeigte ganz deutlich, wie aktiv sie waren. Dennoch stand zum jetzigen Zeitpunkt nicht fest, ob die Szene überhaupt etwas mit dem Mord zu tun hatte.

»Aber es sieht ganz danach aus, oder?«, mischte Haie sich nun ein. »Ein Ausländer, ermordet und dann noch vor der KZ-Gedenkstätte. Also das ist ja beinahe mehr als eindeutig. Oder glaubst du etwa, eine der Patientinnen hat was damit zu tun?« Haie grinste bei dem Gedanken daran, wie eine Hochschwangere versuchte, den Arzt umzubringen. Er hatte in den letzten Wochen hautnah miterlebt, wie Marlene immer runder geworden war. Zum Schluss hatte sie sich kaum noch vom Sofa wälzen können.

»Also ausschließen können wir es momentan jedenfalls nicht. Auch wenn es sehr unwahrscheinlich ist.«

7.

Haie war an diesem Montagmorgen wie immer bereits früh auf den Beinen. Er wusste nicht, ob es am Alter lag, aber egal zu welcher Jahreszeit oder an welchem Tag, er wachte immer um 5:30 Uhr auf. Dann musste er in der Regel auf die Toilette und anschließend schlurfte er in die Küche und stellte die Kaffeemaschine an.

Noch bis vor einigen Jahren war er eher ein Langschläfer gewesen, aber im Lauf der Zeit war er immer früher wach geworden, da ihn der Harndrang aus dem Bett trieb.

Nach dem Frühstück machte er sich auf zur Arbeit, diesmal, wie gewohnt, auf dem kurzen Weg an der Wehle vorbei. Es war noch dunkel und der schmale asphaltierte Streifen war nur bis zum Klärwerk beleuchtet und dann erst wieder auf dem Abschnitt direkt zur Schule. Aber Haie hatte letztes Jahr in eine zusätzliche Lichtquelle investiert und war jetzt im Winter besonders dankbar dafür. Die Stirnlampe wirkte zwar etwas albern, leistete aber gute Dienste. Der Weg vor ihm war hell erleuchtet.

An der Schule war es noch ruhig. Für gewöhnlich war er der Erste. Er trabte vom Fahrradständer durch die Trinkhalle und steuerte auf den Eingang zu. Sein morgendlicher Kontrollgang begann im Hauptgebäude. Er überprüfte insbesondere im Winter, ob die Heizung lief, und schaltete überall das Licht an. Als er jedoch heute auf die Eingangstür zusteuerte, blieb er plötzlich stehen.

Jemand hatte an die gläserne Eingangstür ein Haken-kreuz geschmiert. Die weiße Sprühfarbe leuchtete selbst in dem noch schummrigen Licht. Haie rieb sich seine Augen, als traue er ihnen nicht, und ging dann langsam auf die Schmiererei zu. Die Farbe roch ganz frisch. Haie streckte den Finger aus und berührte die Zeichnung. Die Farbe war noch nicht getrocknet, sein Finger hinterließ einen Abdruck. »Mist!«, fluchte er und das weniger auf-grund seines dreckigen Fingers, sondern vielmehr, weil er wie ein Laie Spuren an einem Tatort verwischt und seine eigenen hinterlassen hatte. Er schaute sich nach allen Sei-ten um, denn theoretisch konnte der Täter noch anwe-send sein. Eine Weile horchte er in die Dunkelheit, doch da war nichts zu hören.

Er lief hinüber zur Turnhalle und holte sich aus dem Raum mit den Putzmitteln ein Paar Einmalhandschuhe und eine Schnur. Dann kehrte er zurück zum Eingang, sperrte die Tür auf und ging den Flur entlang zum Leh-rerzimmer. Eilig wählte er Dirk Thamsens Nummer, aber dort meldete sich niemand. Er legte auf und wählte erneut. Diesmal die Nummer der Zentrale.

»Herr Thamsen ist noch nicht im Haus«, lautete die Antwort auf Haies Frage nach dem Kommissar.

»Es muss aber dringend jemand herkommen«, entgeg-nete der Hausmeister und berichtete von den Schmiere-reien. Die Stimme am Telefon versprach, möglichst schnell einen Kollegen vorbeizuschicken.

»Bis dahin bitte nichts anfassen«, erklärte der Polizist und Haie schämte sich unweigerlich für sein Malheur mit dem Fingerabdruck.

»Ja, aber beeilen Sie sich. Die ersten Schüler trudeln bald ein.«

Er legte auf und nahm die Schnur mit zum Eingang. Dann sperrte er so gut wie möglich den Bereich ab und stellte sich davor.

Wie gewohnt, betrat Thamsen am Montagmorgen als einer der Ersten den Besprechungsraum. Unter dem Arm die Berichte der Kollegen aus Kiel, in einer Hand eine Kaffeetasse balancierend.

Den gestrigen Tag hatte er allein mit seinen Kindern verbracht, da sich weder die Husumer Kollegen noch jemand aus der Niebüller Dienststelle gemeldet hatten. Sie waren mit dem Zug nach Westerland gefahren und verbrachten den Sonntag in der Sylter Welle, einem großen Freizeitbad mit Wellenbad und Riesenrutsche. Anschließend hatten sie bei McDonald's in der Friedrichstraße gegessen und waren dann wieder nach Hause gefahren. Um diese Zeit war der Zug nicht besonders voll, es gab nur noch wenige Touristen, daher machte Thamsen solche Ausflüge auch lieber in dieser Jahreszeit, wenn die Insel ruhiger war, und grundsätzlich nicht im Sommer.

Er blickte auf seine Uhr und ärgerte sich über die erneute Verspätung der Husumer. Allerdings war auch von seinen Mitarbeitern noch niemand aufgetaucht. Das musste er in den nächsten Personalgesprächen unbedingt ansprechen. Er hasste nichts so sehr wie Unpünktlichkeit. Und zumindest von seinen Mitarbeitern konnte er als Chef Pünktlichkeit verlangen.

Er schlug den Obduktionsbericht auf und las noch einmal die Ergebnisse. Dr. Merizadi war nach Angaben des Gerichtsmediziners erstochen worden, das hatte die Untersuchung des Leichnams bestätigt. Auch zu der Tatwaffe konnte Dr. Becker eine Aussage machen. Thamsen war immer wieder fasziniert, was man heutzutage dank der Forschung und Technik alles herausfinden konnte. Dr. Becker beschrieb die Tatwaffe als ein ganz normales Küchenmesser. Ein Kochmesser mit einer 20-cm-Klinge, der Allrounder für die Profi- und Hobbyküche. Geeignet zum Hacken von Kräutern, Schneiden von Gemüse, Zerteilen und Zerlegen von Fisch und Fleisch.

Merkwürdig, wunderte Thamsen sich. Von einem Täter aus der rechtsradikalen Szene hatte er eigentlich erwartet, er besäße oder benutze ein anständiges Jagdmesser. Oftmals hatte er gesehen, wie die Mitglieder solcher Gruppen derartige Messer als Waffen an ihren Gürteln trugen. Aber mit dem Ergebnis von Dr. Becker gehörte zum möglichen Täterkreis eigentlich jeder, der ein ordentliches Küchenmesser zu Hause hatte.

»Morgen.« Gunter Sönksen betrat den Besprechungsraum und blickte sich suchend um. Gleich hinter ihm erschien Ansgar Rolfs.

»Morgen. Is noch keiner da«, entgegnete Thamsen. Es war mittlerweile 20 nach acht, für acht Uhr war das Meeting angesetzt gewesen. Er spürte, wie sein Hals immer enger wurde. Was bildeten sich diese Lackaffen eigentlich ein? Bestellten ihn hier ein und erschienen dann nicht zum vereinbarten Zeitpunkt. Wenigstens anrufen hätten sie können, wenn sie sich schon verspäteten. Gegenüber seinen Mitarbeitern wollte er zwar nicht ausfallend werden, aber in Gedanken beschimpfte er die Husumer Kollegen aufs Heftigste.

Er stand auf und schob die Unterlagen zusammen. »Ruft mich, wenn es losgeht.«

Auf dem Weg zu seinem Büro holte er sich noch eine Tasse Kaffee, die er leider etwas zu voll goss. Da er sehr heiße Getränke noch nie gut hatte trinken können, balancierte er den Becher erst einmal über den Flur und versuchte dabei, keinen Kaffee zu verschütten. Vorsichtig einen Fuß vor den anderen setzend, den Blick sorgfältig auf die übervolle Tasse gerichtet, sah er die beiden Husumer Kollegen zu spät, die schwungvoll um die Ecke Richtung Besprechungszimmer bogen.

»Verdammt!«, fluchte Lorenz Meister, als sich der Schwall Kaffee über seinen Anzug ergoss.

»Entschuldigung«, murmelte Thamsen, musste sich dabei allerdings ein Grinsen verkneifen. Eigentlich verspürte er keine Reue, sondern freute sich insgeheim über das Malheur.

»Was machen Sie eigentlich hier? Warum sind Sie nicht im Besprechungszimmer?«, raunzte Lorenz Meister, während er versuchte, seinen Anzug trocken zu rubbeln. Der Erfolg war allerdings gering, und das zerknitterte Papiertaschentuch hinterließ massenweise kleine weiße Fusseln auf dem dunklen Zwirn.

»Ich …«, Thamsen räusperte sich und vollendete den Satz lediglich in Gedanken, denn beinahe wäre ihm rausgerutscht, dass er in der Zeit, in der er auf die hohen Herrschaften, die sich anscheinend einen Dreck um die Uhrzeit kümmerten, gewartet hatte, verdurstet wäre, wenn er sich nicht mit Kaffee versorgt hätte. Aber solch eine Bemerkung hätte wieder eine Menge Ärger bedeutet und daher schluckte er sie herunter. Er hatte dazugelernt.

»Kommt, die Berichte sind da«, wechselte er daher das Thema und verschwand eilig in den Besprechungsraum.

Mittlerweile waren seine anderen Mitarbeiter auch versammelt und die Kollegen aus Kiel sowie Dr. Becker per Konferenzschaltung eingewählt.

Thamsen begrüßte die Runde und bat zunächst Dr. Becker um ein Update. Wie Thamsen bereits dem Bericht entnommen hatte, war das Opfer tatsächlich an den Stichverletzungen gestorben. Allerdings gab es weitere Erkenntnisse, die Dirk noch nicht gelesen hatte.

Wie bereits am Morgen des Leichenfundes von Becker vermutet, war der Fundort nicht der Tatort. Da die Klinge des Messers auch direkt ins Herz gestochen worden war, musste viel Blut ausgetreten sein. Am Fundort hatten sie jedoch nur eine geringe Menge gefunden. Den Todeszeitpunkt hatte Dr. Becker auf ca. 23:00 Uhr in der vorangegangenen Nacht festgelegt.

»Das deckt sich mit der Aussage der Witwe«, mischte Thamsen sich ein. »Demnach ist Dr. Merizadi gegen 22:00 Uhr noch zu einem Notfall gerufen worden.«

»Das könnte passen«, bestätigte Dr. Becker übers Telefon. »Wir haben aber noch etwas Interessantes herausgefunden. Der Täter ist auf jeden Fall Linkshänder. Das können wir anhand des Stichkanals mit Sicherheit sagen.«

»Linkshänder«, wiederholte Thamsen murmelnd. Diese Information war sehr wichtig. Auch wenn sie zum jetzigen Zeitpunkt nichts damit anfangen konnten. Aber für die spätere Beweisführung war das äußerst relevant. Doch Dr. Becker hielt noch eine bedeutende Neuigkeit parat.

»Außerdem weist der Körper Druckstellen auf, die post mortem entstanden sind. Der Täter muss die Leiche auf oder in irgendetwas Fahrbarem an den Fundort gebracht haben. Vielleicht eine Schubkarre oder so. Durch einen bloßen Transport im Kofferraum können die jedenfalls nicht entstanden sein.«

Am Ende der Konferenz wurden einige Aufgaben verteilt. Die Spurensicherung wollte noch einmal an den Fundort fahren und aufgrund von Dr. Beckers Infos nach Hinweisen für ein Transportgefährt suchen. Gunter Sönksen sollte in Ladelund ein paar Aussagen hinterfragen und Thamsen wollte der Praxis des Ermordeten einen Besuch abstatten. Seltsamerweise übernahmen die beiden Husumer Kollegen keinerlei Aufgaben, aber Dirk verkniff sich einen Kommentar.

Er schmiss lediglich die Akten auf seinen Schreibtisch und machte sich gleich auf den Weg. Er hoffte, die Helferinnen noch anzutreffen, denn mit Sicherheit war die Praxis geschlossen worden. Er übersah durch seine Eile den Zettel auf seinem Tisch mit der Bitte von Haie Ketelsen um einen Rückruf. Flinken Schrittes ging er durch den Flur zum Ausgang und war sogleich darauf verschwunden.

Draußen war es noch gar nicht richtig hell geworden. Typisches Novemberwetter. Dicke graue Wolken verhüllten den Himmel und ein kräftiger Wind peitschte den permanenten Nieselregen seitwärts. Thamsen raffte seine Jacke zusammen und rannte über den Parkplatz zu seinem Wagen.

Die Praxis lag in einem Wohngebiet gleich am Ortseingang. Er fuhr über den sogenannten Schnapsweg und fragte sich wie jedes Mal, wann die Straße wohl endlich anständig ausgebessert würde. Der Weg war ohnehin schon schmal und durch die vielen Kurven gefährlich. Aber aufgrund der zahlreichen Schlaglöcher wurde das Risiko, in einen der tiefen Gräben links und rechts des Weges zu rutschen, deutlich erhöht. Selbst ohne einen entsprechenden Alkoholpegel, denn den Namen Schnapsweg hatte die Straße ursprünglich daher, weil viele alkoholisierte Fahrer Bekanntschaft mit den steilen Flanken der Fahrbahn gemacht hatten.

Am Eingang der Praxis hing ein Schild: ›Wegen Trauerfall geschlossen‹. Thamsen zweifelte an der Korrektheit der Formulierung, denn eigentlich war der Inhaber der Praxis tot und es war fraglich, ob hier der Betrieb fortgeführt werden konnte. Er drückte den Klingelknopf neben der schweren Haustür. Doch statt des erwarteten Türsummers meldete sich eine Stimme aus der Gegensprechanlage.

Knack. »Tut mir leid, aber wir haben heute keine Sprechstunde.« Knack.

»Hier ist Kommissar Thamsen.«

»Polizei?«

»Ja.«

Endlich wurde der Türsummer betätigt und er drückte die schwere Tür auf. Bereits im Hausflur empfing ihn der Geruch aus einer Mischung von Desinfektionsmittel und etwas, das er nicht benennen konnte. Er hasste alles, was mit Kranksein zu tun hatte, wenngleich diese Praxis sich ja eher um das werdende Leben und Schwangere kümmerte. Dennoch fühlte er sich hier nicht wohl und hoffte, die Befragung schnell hinter sich bringen zu können.

Aus einer der Türen im Flur streckte sich ihm ein blonder Schopf entgegen. »Können Sie sich ausweisen?«

»Selbstverständlich«, erwiderte Thamsen und kramte in seiner Jackentasche nach seinem Dienstausweis. Er fragte sich, ob die junge Frau zu viele Krimis im Fernsehen angeschaut oder schlichtweg Angst hatte.

Mit ausgestrecktem Arm hielt er ihr das Papier entgegen und sie studierte mit zusammengekniffenen Augen die Legitimation.

»Okay«, befand sie schließlich und trat einen Schritt zur Seite. Er folgte der Frau durch einen schmalen Gang, an dem links und rechts Babyfotos hingen, bis zum Empfangstresen. Dort saß eine zweite Arzthelferin. Ihre Augen wirkten verquollen und in der Hand knüllte sie nervös und etwas hilflos ein Papiertaschentuch.

Der Mord an ihrem Arbeitgeber schien sie mehr als schockiert zu haben.

»Kommissar Dirk Thamsen«, stellte er sich vor. »Ich hätte da ein paar Fragen an Sie, Frau …?«

»Berger. Sigrun Berger.«

Da die Frau ihm keinen Platz anbot und auch die andere Helferin wie angewurzelt neben dem Tresen stand, begann er einfach mit seiner Befragung.

»Wie wir erfahren haben, wurde Dr. Merizadi in der Nacht seines Todes zu einem Notfall gerufen. Können Sie mir dazu etwas sagen?«

Die blonde Dame schielte zu ihrer Kollegin, die nach wie vor das Taschentuch in ihren Händen knetete.

»Also, Anrufe nach Praxisschluss hat es öfter gegeben. Der Doktor war immer erreichbar für seine Patientinnen.«

»Und wird das irgendwo verzeichnet? Gibt es eine Rufweiterleitung, irgendetwas?«

Die Frau schüttelte den Kopf. »Außerdem fällt das unter die ärztliche Schweigepflicht. Ich dürfte Ihnen gar keine Auskunft geben.« Die Helferin blickte ihn unverwandt an, konnte seinem Blick aber nicht lang standhalten.

Thamsen wunderte sich über deren rebellische Art, verkniff sich aber einen Kommentar, dass er in diesem Fall ganz sicher eine richterliche Anordnung zur Aufhebung der Schweigepflicht beibringen konnte.

»Gab es ansonsten in der letzten Zeit irgendwelche Vorfälle?«

»Vorfälle?«

»Klagen, Beschwerden, eventuell sogar Drohungen?«

»Mit Klagen und Beschwerden haben wir hier jeden Tag zu tun. Oder meinen Sie, es ist ein Vergnügen, mit solch einer Kugel durch die Gegend zu laufen?«

Erst jetzt bemerkte Thamsen die Schwangerschaft der blonden Frau.

»Und wer sollte Dr. Merizadi gedroht haben? Er war ein sehr netter und einfühlsamer Arzt, der für jede Patientin Zeit hatte.«

»Könnten Sie sich denn irgendeinen Grund für seine Ermordung vorstellen?«, langsam wurde es Thamsen zu bunt mit den beiden Frauen. Die Dame, die hinter dem Empfangstresen saß, schluckte.

»Nein, nein, hier war alles in Ordnung.«

Sie stand am Fenster und sah hinaus. Morgen würde es endlich so weit sein. Schon morgen konnte sie endlich ihr Kind in die Arme schließen. Es küssen, liebkosen, einfach alles für *ihr* Kind tun. Endlich würde sie eine Mutter sein. So wie sie es sich immer gewünscht hatte.

Vor Aufregung ging sie im Kinderzimmer auf und ab. Kontrollierte noch einmal, ob auch alles da war, was das Kind brauchte. Hatte sie wirklich genug Windeln? Und wie sah es mit dem Milchpulver aus? Die ersten Tage würde sie die Wohnung nicht verlassen können. Daher musste alles in ausreichender Menge vorhanden sein.

Sie hatte alles genauestens geplant. Die Fahrt zum Krankenhaus, die Heimfahrt und die Tage zu Hause. Jede Minute hatte sie berücksichtigt. Sie wusste, was sie zu tun hatte. Es konnte nichts schiefgehen. Es durfte nichts schiefgehen.

Ein wenig mulmig war ihr schon, dies alles ganz allein durchstehen zu müssen. Doch es ging nicht anders und wenn das Baby erst einmal da war, dann war sie ja auch nicht mehr allein. Dann wären sie zu zweit, so wie sie es sich jahrelang ersehnt hatte. Und nichts auf dieser Welt würde sie jemals wieder trennen können. Rein gar nichts.

Nachdem sie alles zum hundertsten Mal kontrolliert hatte, verließ sie das Kinderzimmer und schloss leise die Tür hinter sich. Sie musste sich ausruhen, auch wenn sie noch so aufgeregt war und die Zeit kaum abwarten konnte. Aber morgen würde ein anstrengender Tag werden. Schön, aber anstrengend.

Nach der Befragung der beiden Arzthelferinnen fuhr Thamsen noch einmal nach Ladelund und inspizierte das Umfeld des Fundortes. Manchmal half es, sich in den Täter hineinzuversetzen, wenn man den genauen Tathergang rekonstruierte, zumindest soweit dies aufgrund des Ermittlungsstandes möglich war.

Die Männer von der Spurensicherung waren noch vor Ort und drehten quasi jeden Stein um. Und tatsächlich waren sie auf etwas gestoßen. Von der Straße bis kurz vor den Gedenkstein zogen sich schmale Reifenspuren über den Boden. »Könnten von einem Kinderwagen stammen«, urteilte der Mann, der gerade einen Gipsabdruck anfertigte. »Kinderwagen«, murmelte Thamsen gedankenverloren vor sich hin. Bedeutete das, der Täter könnte auch ebenso gut eine Frau sein? Der Fundort lag direkt neben der Straße. Es war unmöglich, mit einem Wagen bis an den Gedenkstein heranzufahren, aber mit einem Kinderwagen konnte vielleicht auch eine Frau einen Toten bis dorthin transportieren. Allerdings wog Dr. Merizadi, wenngleich er von der Statur eher schmächtig war, mit Sicherheit seine 70 Kilo. Normalerweise hätte er daher eine Frau als Täterin eher ausgeschlossen, denn die wäre rein körperlich kaum in der Lage, den Leichnam von der Straße bis zum Fundort zu schleifen. Und auch trotz Kinderwagen blieb die Frage, wie sie den leblosen Mann dort hineingehoben haben sollte. Ganz davon zu schweigen, dass der Kinderwagen doch sicherlich unter dem Gewicht der Leiche schlappgemacht hätte, oder? »Schickt mir die Auswertungen bitte gleich zu«, wies er den Kollegen von der Spurensicherung bei der Verabschiedung an. Wenngleich er noch nichts mit den neuen Hinweisen anfangen konnte, war er froh, wenigstens einen Ansatzpunkt zu haben.

Er verspürte wenig Lust, zurück in die Dienststelle zu fahren, und machte daher noch einen Abstecher zum Dokumentenhaus der KZ-Gedenkstätte. Er wusste gar nicht, dass hier bereits mehr als 60 Jahre Gedenkstättenarbeit geleistet wurde, wie ihm die freundliche Dame im Dokumentenhaus erklärte, die ihm, als er das Gebäude betrat, entgegenstrahlte. Sie war ca. Ende 30 und Thamsen auf Anhieb sympathisch. Sie führte ihn durch das Gebäude und erklärte ihm sehr gewissenhaft die Ausstellung. Von ihrer lebendigen Art fasziniert, folgte er ihr durch die Räume.

Als sie ihn am Ende des Vortrages fragte, ob er noch Fragen habe, antwortete er spontan: »Ja, eine. Gehen Sie mit mir einen Kaffee trinken?«

Es war überhaupt nicht seine Art, irgendwelche Frauen anzusprechen, schon gar nicht im Dienst. Aber diese Frau weckte in ihm ein Gefühl, das er nicht beschreiben konnte.

Es war weniger eine körperliche Anziehung, die sie auf ihn ausübte, sondern mehr ihre Art und ihr Wesen, die ihn faszinierten. Und obwohl in der Dienststelle jede Menge Arbeit auf ihn wartete, wollte er sich nicht von ihr verabschieden, noch nicht.

Da die Möglichkeiten in Ladelund eher begrenzt waren, fuhren sie nach Süderlügum und verbrachten dort in einem kleinen Café zusammen ihre Mittagspause.

»Gab es eigentlich in der letzten Zeit Anfeindungen aus der rechtsradikalen Szene?«, fragte er, um das Beisammensein zumindest ansatzweise nach einer dienstlichen Angelegenheit aussehen zu lassen. Dörte Paulsen nippte an ihrem Tee und nickte dabei.

»Schon«, bestätigte sie. »Drohbriefe, Schmierereien und erst neulich wurden wieder ein paar Gräber geschändet. Eigentlich kommt das in regelmäßigen Abständen vor. Es ist zum Kotzen, aber diese braune Brut scheint nicht auszumerzen zu sein.«

Thamsen war ein wenig erstaunt über den plötzlichen Wandel ihrer Ausdrucksweise, konnte aber ihre Wut nachvollziehen.

»Hast du denn keine Angst, dir könne etwas passieren? Immerhin liegt das Dokumentenhaus recht abgelegen und an so einem Tag wie heute ist ja nicht besonders viel los bei euch.« Ganz unbewusst hatte er Dörte Paulsen geduzt und sie griff den vertraulicheren Umgangston einfach auf.

»Schau mich an. Meinst du, mir würden die etwas tun? Da schneiden die sich ja ins eigene Fleisch.«

Dörte Paulsen hatte recht. Wenn jemand den Prinzipien der Rassengesetze der Nazis entsprach, dann war sie es. Blond, blauäugig, hellhäutig, kräftige Statur, gebärfreudiges Becken. Er musste zugeben, dass er Dörte auch körperlich anziehend fand, wenngleich er das erst jetzt bemerkte, denn fasziniert hatte ihn vor allem ihr mitrei-ßendes Wesen. Aber er war ein Mann und nicht blind. Ihre wohlgeformten Brüste, die sich unter dem Rollkragenpul-lover abzeichneten, waren ihm aufgefallen.

»Habt ihr denn eine Ahnung, was das genau für Typen sind?«

»Es gibt da so eine Gruppe direkt in Ladelund. Nicht besonders groß, nur vier, fünf Leute. Ihr Anführer heißt Ole Lenhardt.«

8.

»Unschön, äußerst unschön«, kommentierte Thamsen die Schmierereien an der Grundschule in Risum. »Aber warum hast du mich nicht direkt gerufen?«

»Hab' ich ja, aber du warst noch nicht im Büro«, verteidigte Haie den Umstand, dass Thamsen erst jetzt von dem Hakenkreuz erfuhr. Er war nach dem Gespräch mit Dörte Paulsen, das sie sehr ausgedehnt hatten, nicht noch einmal in die Dienststelle gefahren, sondern hatte noch einige der Befragungen in Ladelund übernommen, wie sie es am Morgen in der Besprechung festgelegt hatten. Anschließend hatte er zeitig Feierabend gemacht, da er sich mit Dörte fürs Kino verabredet hatte und vorher zu Hause den Kindern noch Abendbrot machen wollte. Von dem Hakenkreuz an der Schule hatte er erst am nächsten Morgen erfahren, als er, wie gewohnt, sein Büro betreten und die Berichte des vorangegangenen Tages überflogen hatte.

»Nun gut«, ließ Thamsen die späte Benachrichtigung von den Schmierereien, an der er selbst schuld war, auf sich beruhen.

»Hast du denn noch jemanden gesehen?« Er hatte den Bericht wirklich nur quergelesen. Ansonsten hätte er diese Frage nicht gestellt, denn Haie hatte zu Protokoll gegeben, die Schmiereien seien zwar frisch, aber kein Täter mehr vor Ort gewesen.

»Und der Fingerabdruck?«

»Ist von mir.«

Thamsen schüttelte nur leicht den Kopf, verkniff sich aber eine Bemerkung. Obwohl er gedacht hatte, Haie wäre umsichtiger in solchen Dingen. Aber wahrscheinlich hatte seine Neugierde wieder einmal den Verstand ausgeschaltet. Gerade dieser Wissensdurst war es jedoch, der den Freund stets antrieb. Irgendwie hatte Haie es geschafft, sich eine kindliche Neugierde zu bewahren und das Interesse, den Dingen auf den Grund gehen zu wollen. Das war nur eine der Eigenschaften, die Dirk an dem wesentlich älteren Freund schätzte, und manchmal wünschte er sich, er selbst hätte ein bisschen was von Haies Entdeckerdrang.

»'tschuldigung, aber ich hatte keine Zeit, den Bericht ganz zu lesen. Haben die Kollegen sonst irgendetwas gefunden?«

»Nee, aber da war auch nichts.« Haie hatte vor dem Eintreffen der Beamten bereits selbst den Tatort nach Spuren abgesucht.

»Ich verstehe das nicht. Wir hatten doch sonst nie Probleme mit diesen Nazis hier. Risum ist schließlich ein anständiges Dorf.«

Haie schüttelte verständnislos den Kopf. Für ihn war irgendwie seine komplette Welt aus den Fugen geraten. Er hatte keine Ahnung davon gehabt, wie verbreitet die rechtsradikale Szene in Nordfriesland überhaupt war. Aber erst dieser ermordete ausländische Arzt und nun das Hakenkreuz. Dabei hatte er eigentlich gedacht, zumindest in seinem Dorf sei für diesen Terror kein Platz. Doch da hatte er sich wohl gründlich geirrt.

»Hast du denn schon mal Leute im Dorf gesehen, die der Szene angehören könnten?«

Haie kratzte sich am linken Ohr. »Eigentlich nicht. Außer den Sohn von deinem Kollegen. Obwohl, ich weiß nicht …«

»Was weißt du nicht?«

»Na, ob der tatsächlich dazugehört. Kann ich mir kaum vorstellen. Aber der trägt immer so eine Bomberjacke und Springerstiefel.«

Marlene war nach dem morgendlichen Stillen wieder eingeschlafen, doch nun wurde sie durch die Unruhe im Zimmer geweckt.

Die Schwester stand neben ihrem Bett und blickte in das Babybettchen, in dem Niklas friedlich schlief. Doch was die Frau sah, schien sie nicht zu beruhigen. Marlene sah sofort die Panik, die der Frau geradezu ins Gesicht geschrieben stand, und war schlagartig hellwach. Blitzschnell rappelte sie sich auf und vergewisserte sich, dass alles mit ihrem Baby stimmte. Doch der Kleine lag mit rosa Bäckchen in seinem Bettchen und saugte friedlich an seinem Schnuller. Warum also blickte Schwester Inge so angstvoll drein? Marlenes Blick wanderte zum Nachbarbett. Es war leer.

»Was ist los, Schwester Inge?«

Doch die Frau in dem weißen Kittel drehte sich um und rannte geradezu aus dem Zimmer. Noch einmal schaute Marlene, ob mit Niklas alles in Ordnung war, und schwang dann ihre Beine aus dem Bett. Die Narbe schmerzte höllisch und als sie auch noch nach den Pantoffeln angelte, die vor dem Bett verstreut lagen, war der Schmerz kaum zu ertragen. Wenn sich bloß diese blöde Wunde nicht entzündet hätte, dachte Marlene wütend. Dann hätte sie das Krankenhaus bestimmt schon morgen verlassen dürfen.

Aber so musste sie bleiben, bis man sicher war, dass sich die Entzündung nicht ausbreiten würde.

Langsam und mit schlurfenden Schritten, das Babybettchen vor sich her schiebend, näherte sie sich der Tür, die die Schwester in der Eile nicht ganz geschlossen hatte. Sie hörte eiliges Laufen auf dem Gang und verschiedene Stimmen riefen durcheinander.

Wortfetzen wie »Das gibt es doch gar nicht!« und »Wir müssen die Polizei holen!« lösten sich aus dem Gewirr. Die Unruhe breitete sich nun noch stärker in Marlene aus. Sie stieß die Tür auf und sah mehrere Schwestern und den Arzt über den Flur laufen. »Was ist denn los?«, fragte sie, doch niemand beachtete sie.

Marlene stützte sich an dem Bett ab und schob es langsam Richtung Säuglingszimmer. Normalerweise hätte Niklas jetzt dort gelegen, doch weil sie nach dem Stillen eingeschlafen war, hatte sie das Bettchen nicht zurückgeschoben, und anscheinend hatte die Schwester vergessen, ihn wieder zu holen. Vielleicht gab es Komplikationen bei einer Geburt? Erst gestern war eine Frau eingeliefert worden, die Zwillinge erwartete. Erneut rannten einige Schwestern an ihr vorbei. Diesmal bemerkte man sie und wies sie in scharfem Ton an, wieder in ihr Zimmer zu gehen. Ganz offensichtlich war hier etwas ganz und gar nicht in Ordnung. Marlene folgte der Anweisung nicht, stattdessen wurde sie beinahe magisch angezogen von einem Geräusch, das aus dem Säuglingszimmer kam. Es war ein Schreien wie unter Schmerzen, vermischt mit Schluchzen, anders konnte sie es nicht beschreiben. Sie hatte auf jeden Fall noch nie etwas Ähnliches gehört. Es waren nur noch wenige Schritte, die sie von der Tür trennten, und das Geschrei wurde immer lauter. Hinzu kam das Weinen mehrerer Babys, die wahrscheinlich durch den Lärm aufgewacht waren.

Marlene steckte ihren Kopf um die Ecke und sah ins Innere des Zimmers. Dort stand Miriam Kuipers. Die erbärmlich verzweifelten Laute kamen aus ihrem Mund, ihr Körper krümmte sich, als habe sie entsetzliche Schmerzen, aber von den Schwestern und Ärzten war niemand zu sehen. Miriams Hände hatten sich in das Gestell eines Babybettchens gekrallt. Die Knöchel traten weiß hervor. Marlenes Blick wanderte zum Bettchen. Sie befürchtete das Schlimmste. Doch es war leer.

Thamsen fuhr die Dorfstraße entlang Richtung B5. Das Dorf schien so friedlich. Mütter schoben ihre Kinderwagen über die Gehsteige, Schulkinder, mit schweren Tornistern beladen, kamen von der Schule heim, hier und da hielten die Leute einen Klönschnack. Das Leben in einem kleinen Ort war beschaulicher, die Zeit schien irgendwie langsamer zu laufen. Und obwohl Niebüll nun wirklich keine große Stadt war, kam es ihm dort doch hektischer und stressiger vor. Das fiel ihm immer ganz besonders beim Autofahren auf, die Leute waren derart ungeduldig, hatten es immer eilig. Hier in Risum–Lindholm schien die Welt noch in Ordnung zu sein. Doch der Schein trog. Die Schmierereien an der Schule waren nicht der einzige Beweis dafür. In den vergangenen Jahren hatte es etliche Delikte gegeben und sogar den einen oder anderen Mord.

Er bog auf die Bundesstraße ab und gab gleich hinter dem Ortsschild Gas. Heute wollte er nicht den maroden Weg nach Leck fahren, sondern nahm den Umweg über Klintum gern in Kauf.

Er wollte noch einmal mit der Witwe sprechen. Aus den

Praxishelferinnen war nichts herauszubekommen gewesen, obwohl er das Gefühl gehabt hatte, auch sie verheimlichten ihm etwas. Vielleicht hatte es doch Anfeindungen gegen den Arzt gegeben? Nach den Angaben von Dörte Paulsen waren Drohbriefe ebenso wie verbale Übergriffe der Neonazis ja anscheinend an der Tagesordnung. Warum also sollte der ausländische Gynäkologe nicht davon betroffen gewesen sein? Fraglich nur, warum die Arzthelferinnen dann nichts erzählten. Hatten sie Angst? Beinahe war es ihm so vorgekommen, doch er konnte sich nicht erklären, warum. Vielleicht wusste die Witwe mehr über die Vorfälle in der Praxis.

Er parkte den Wagen vor dem kleinen, aber durchaus ansehnlichen Haus und ging den Weg zur Haustür hinauf. An dem Eingang gab es keinerlei Hinweise auf den Bewohner. Das fiel ihm erst heute auf. Kein Namensschild. Nichts.

Er klingelte und kurz darauf öffnete wie bei seinem letzten Besuch die Schwiegermutter des Ermordeten. Wortlos ließ sie ihn eintreten. Er folgte ihr ins Wohnzimmer, wo heute neben der Witwe ein älteres Ehepaar auf dem Sofa saß.

Er grüßte flüchtig in die Runde, murmelte eine Beileidsbekundung, da er annahm, die Herrschaften seien die Eltern des Toten. Diese nickten flüchtig und starrten ihn an.

Wieder fiel ihm diese unheimliche Schönheit von Nesrim Merizadi auf. Trotz aller Trauer schien sie wie ein Diamant zu strahlen. Mit großen dunklen Augen blickte sie ihn an. Er musste schlucken, denn die Hoffnung, den Täter bereits gefunden zu haben, die in diesen schwarzen Seen aufblitzte, musste er leider enttäuschen. Er war nicht wirklich weiter bei der Tätersuche als bei seinem letzten Besuch und das musste er ihr sagen.

Alle Anwesenden senkten den Blick, als er zugab, noch keine brauchbaren Spuren von dem Mörder zu haben.

»Wer tut nur so etwas?«, schluchzte der alte Mann und schlug seine Hände vors Gesicht. Sein Körper wurde vom Weinen geschüttelt. Er war ein gebrochener Mann. »Nun ja, es gibt Hinweise darauf, der Täter könne aus der rechtsradikalen Szene stammen.« Nesrim Merizadi zuckte merkbar bei seinen Worten zusammen. Er nahm an, die Vorstellung, dass ihr Mann irgendwelchen Neonazis in die Hände gefallen sein könnte, erschreckte sie. »Seit über 20 Jahren leben wir in diesem Land«, klagte der Vater des Opfers mit tränenerstickter Stimme, »wir arbeiten hier, zahlen Steuern, leisten unseren Beitrag für die Gesellschaft. Und was tut ihr?«, er blickte Thamsen direkt an. »Ihr hasst uns!«

Er musste schlucken. Obwohl Dirk sich nicht als fremdenfeindlich sah, fühlte er sich dennoch irgendwie angesprochen. Und er war es auch, wenngleich die Anklage des Mannes sicherlich durch Trauer und Wut überspitztüberspitzt war und sehr stark verallgemeinert. Aber wenn Thamsen es so recht bedachte, leistete er in der Tat kaum einen Beitrag dazu, dass sich diese Menschen besonders willkommen fühlten in Deutschland. Er hatte eigentlich kaum Kontakt zu ausländischen Mitbürgern, in seinem Freundes- und Bekanntenkreis gab es jedenfalls so gut wie niemanden mit Migrationshintergrund; lediglich Vasili, den befreundeten Wirt der griechischen Taverne, in der Thamsen Stammgast war. Und bei seinen Kindern verhielt es sich ähnlich. In der Schule galten ausländische Mitschüler immer noch als Exoten, egal ob die Kinder in Deutschland geboren waren oder nicht.

»Herr Merizadi, ich versichere Ihnen, wir werden alles tun, um den Fall aufzuklären«, versuchte er, die Situation irgendwie zu entschärfen und auf den eigentlichen Grund seines Besuches zu kommen.

»Gab es denn konkrete Anfeindungen gegen Ihren Sohn? Wurde er bedroht?«

»Soll das ein Scherz sein? Er ist ja wohl auf jeden Fall bedroht worden, sonst wäre er jetzt nicht tot.« Der ältere Mann war aufgebracht. Er hatte in die Polizei kein Vertrauen, das war nur zu offensichtlich. Thamsen konnte das verstehen, aber so kamen sie überhaupt nicht weiter. Außerdem war er gekommen, um mit der Witwe zu sprechen. Die aber brachte keinen Ton heraus und starrte nach wie vor zu Boden.

»Frau Merizadi«, sprach er sie daher direkt an, »wissen Sie etwas von Bedrohungen gegen Ihren Mann? Seine Arzthelferinnen haben angedeutet, es hätte hin und wieder schon Probleme in der Praxis gegeben.« Das entsprach zwar nicht ganz der Wahrheit, aber zumindest seinem Gefühl nach dem Gespräch mit den beiden Frauen.

»Was haben die beiden erzählt?« Ruckartig war der Kopf der Witwe nach oben geschnellt. Ihr langes glänzendes Haar schwang dabei nach hinten. Er war etwas überrascht über diese plötzliche Reaktion. Da war etwas in ihrem Blick, das Thamsen nicht deuten konnte. War es Hoffnung, die Frauen aus der Praxis könnten einen Hinweis auf den Täter geliefert haben? Vielleicht kannten sie den Täter sogar? Dirk blinzelte. Nein, es war keine Hoffnung, die ihm da aus den dunklen Augen entgegensprang. Sondern Angst. Nackte Angst.

Haie hatte die Frage, ob der Sohn von Dirks Mitarbeiter tatsächlich etwas mit den Neonazis zu tun hatte, keine Ruhe gelassen. Nachdem er Feierabend gemacht hatte, war er zwar zunächst nach Hause gefahren. Dann aber hatte er doch sein Fahrrad noch einmal aus dem Schuppen geholt und war nach Lindholm geradelt.

Gunter Sönksen wohnte gleich hinter dem Ortsschild neben der alten Post. Angestrengt hatte Haie die Fahrt über darüber nachgedacht, wie er seinen ungewöhnlichen Besuch begründen sollte. Er kannte zwar so gut wie jeden im Dorf, aber viel zu tun hatte er mit dem Polizisten nicht, geschweige denn, dass er ihn jemals zu Hause besucht hatte.

Er lehnte sein Fahrrad an den Zaun und ging auf das Haus zu. Der Garten wirkte äußerst gepflegt und der messingfarbene Klingelknopf blinkte ihn so strahlend an, dass er sich kaum traute, ihn mit seinem Finger zu berühren.

Eine schmale Frau mit Küchenschürze öffnete ihm. »Moin, Gitta«, grüßte Haie die Hausfrau, die er hauptsächlich vom SPAR-Markt her kannte. Sie war eine Zugezogene, Gunter hatte sie während seiner Wehrdienstzeit in Bayern kennengelernt. Das war zwar nun mittlerweile über 20 Jahre her, aber dennoch hing ihr der Makel an, keine Einheimische zu sein.

»Moin, Haie«, erwiderte sie seinen Gruß. Wenn sie überrascht war, ließ sie es sich nicht anmerken, dennoch wollte sie natürlich gern wissen, was den Hausmeister der Grundschule in Risum zu ihnen führte.

»Is Gunter da?«

Sie nickte, machte aber dennoch keinerlei Anstalten, ihn hereinzubitten.

»Kann ich ihn sprechen?«

Eigentlich erwartete Haie die Frage nach dem Warum, aber die Hausfrau ließ sich endlich erweichen und drehte sich um.

»Gunter!«

Wenig später streckte der Polizist seinen Kopf aus einem der Zimmer, die vom Flur abgingen. Er trug Jeans und ein zerknittertes Hemd, seine Haare standen wirr vom Kopf ab. Anscheinend hatte er sich nach dem Dienst hingelegt.

»Moin, Haie«, grüßte er erstaunt und kniff dabei die Augen leicht zusammen. Haie deutete dieses grundsätzliche Misstrauen als Berufsgewohnheit und nicht als gegen sich gerichtet.

»Moin, Gunter, du hast bestimmt von den Schmierereien an unserer Schule gehört. Mir ist da noch was eingefallen. Kann ich mal mit dir reden?«

Haie hatte zwischenzeitlich überlegt, ob es nicht das Beste wäre, den Polizisten direkt mit seinem Verdacht zu konfrontieren. Mit Sicherheit fragten sich mehrere Leute aus dem Dorf, ob der Sohn von Gunter Sönksen sich den Rechtsradikalen angeschlossen hatte. So, wie der rumlief.

Und wahrscheinlich war er nicht der Erste, dem ein möglicher Zusammenhang zwischen dem Hakenkreuz und dem Sohn des Polizisten in den Sinn gekommen war. Vermutlich hatte Helene vom SPAR-Markt ganz ähnliche Verbindungen gesehen und bereits massig Gerüchte im Dorf verbreitet.

Und auch Gunter schien zu ahnen, warum der Hausmeister ihn aufsuchte.

»Komm rein!«

Er führte Haie in die Küche und bat ihn, am Küchentisch Platz zu nehmen. »Magst du ein Bier?«

Haie schüttelte den Kopf.

Gunter Sönksen nahm sich jedoch aus dem Kühlschrank eine bauchige Flasche, setzte sich zu ihm an den Tisch und öffnete das Bier mit einem Plopp. Gitta blieb an der Spüle stehen.

»Ja, also«, Haie räusperte sich, »ihr habt sicher mitbekommen, dass da jemand ein Hakenkreuz an die Tür der Schule geschmiert hat.«

Die beiden schwiegen und Haie hatte das Gefühl, als wüssten sie, was er gleich sagen würde.

»Ich bin mir nicht sicher, ob das was mit dem Mord in Ladelund zu tun hat, aber merkwürdig ist das schon, denn bisher hatten wir hier in Risum ja eigentlich weniger Probleme mit so was.«

Eigentlich hatte er ›Neonazis‹ sagen wollen, dann war ihm das Wort aber bei dem Gedanken an den Sohn nicht über die Lippen gekommen. Trotzdem wussten die Eltern natürlich sofort, was Haie ausdrücken wollte und wen er zumindest in Bezug auf die Schmierereien verdächtigte.

»Und du meinst, Lars hat etwas damit zu tun, oder was?« Gitta Sönksen war die Erste, die es aussprach.

»Na ja, nicht direkt. Aber er hängt doch mit solchen Typen zusammen.«

»Aber trotzdem macht er so etwas nicht!« Es war mehr als verständlich, wenn sie als Mutter Partei ergriff. Es wäre schlimm gewesen, falls nicht. Bei Gunter sah das allerdings ein wenig anders aus. Er wippte auf seinem Stuhl vor und zurück und schwieg weiterhin.

»Ihr sollt nur wissen, was ich Thamsen erzählt habe. Nämlich, dass Lars in solch einer Gruppe ist«, rückte Haie nun heraus.

Gunters Blick traf ihn, und man sah ihm deutlich an, wie sehr er es bereute, nicht bereits selbst etwas zu seinem Vorgesetzten gesagt zu haben.

»Dirk hat sich heute die Schmiererei angeschaut und nach Verdächtigen im Dorf gefragt«, erklärte Haie den Umstand, warum er mit Gunters Vorgesetzten über den Sohn der Sönksens gesprochen hatte.

»Und da hattest du nichts Besseres zu tun, als Lars anzuschwärzen?« Gittas Stimme überschlug sich beinahe. Ihr war bewusst, was das Gespräch zwischen Haie und Thamsen für Gunter bedeutete. Und zwar nicht nur für Gunter, sondern auch für Lars.

»Is ja wieder typisch für euch Dörfler!«, kreischte sie. »Kaum ist einer anders als ihr, ist er bei jedem kleinen Delikt im Dorf verdächtig. Guckt euch doch selbst an. Ihr seid ja auch so aufgeschlossen. Wohnen ja auch so viele Ausländer hier. Ihr seht ja selbst mich nach einem Vierteljahrhundert noch als Ausländerin an!«

Ihr Gesicht war puterrot, und wenn sie sprach, spritzten kleine Tropfen aus ihrem Mund. Haie hatte sich instinktiv etwas geduckt unter ihrem Redeschwall, wurde sich aber mit jedem Wort sicherer, dass Lars' Mutter etwas wusste. So emotional, wie sie reagierte. Das konnte sich doch nicht einfach all die Jahre in ihr aufgestaut haben, oder?

9.

»Ich möchte nach Hause«, flüsterte Marlene unter Tränen. Tom nickte. Er wünschte sich auch nichts sehnlicher, als seine Frau und sein Kind sicher bei sich daheim zu wissen. Er hatte ebenso wie Marlene Angst. Angst um ihren Sohn, den sie seit gestern nicht eine Minute aus den Augen gelassen hatten. Selbst beim Schlafen hatten sie sich abgewechselt, Tom war über Nacht in der Klinik geblieben.

»Ich kann Sie zwar verstehen, Frau Meissner. Aber ich kann das nicht verantworten«, hatte der Arzt auf ihre Bitte, sie vorzeitig zu entlassen, geantwortet. »Mit einer entzündeten und vor allem offenen Bauchwunde ist nicht zu scherzen.«

»Aber wer garantiert uns, dass unser Kind nicht auch entführt wird?«

Der Sohn von Miriam Kuipers war spurlos verschwunden. Als ihre Bettnachbarin am gestrigen Morgen ihr Kind auf der Säuglingsstation hatte besuchen wollen, war das Wärmebettchen leer gewesen. Seitdem herrschten Angst und Schrecken auf der Station. Wie konnte ein Neugeborenes einfach so verschwinden?

Die Polizei ging von einer Entführung aus, hatte alle Patienten, Angehörigen und das gesamte Pflegepersonal befragt. Doch niemand, wirklich niemand hatte etwas gesehen. Das Kind schien wie vom Erdboden verschluckt.

Natürlich hatte die Presse bereits Wind davon bekommen. Irgendeiner plauderte ja immer. Und so schürten die

Artikel in der aktuellen Ausgabe des Nordfriesland Tageblatts, das am Kiosk im Erdgeschoss erhältlich war, die Ängste der Mütter und Väter auf der Abteilung.

»Dann rufe ich aber Dirk an. Vielleicht kann der etwas für uns tun«, entgegnete Marlene, während sie Niklas schützend an sich zog.

»Aber Dirk ist hier gar nicht zuständig«, bemerkte Tom.

»Und wenn, er ist immerhin der Chef in Niebüll. Vielleicht hat er Beziehungen.«

Tom zweifelte stark, ob Dirk Thamsens Einfluss so mächtig war, um einen Polizeischutz auf der Station zu organisieren. Sie hatten die Husumer Polizisten ja bereits gebeten, einen Mann zur Bewachung der Kinder abzustellen, aber die Antwort darauf war ernüchternd gewesen.

»Das ist Sache der Klinik«, hatte der Beamte gesagt und war mit den Protokollen der Befragungen verschwunden. Seitdem hatten sie niemanden von der Polizei mehr gesehen.

Miriam Kuipers hatte man auf ein Einzelzimmer verlegt und mit Medikamenten ruhiggestellt. Mehr konnte man im Augenblick vonseiten der Ärzte nicht für sie tun. Außer zu hoffen, das Baby würde schnell gefunden, blieb ihnen nichts, was sie tun konnten. Der Kleine war noch sehr schwach und brauchte dringend regelmäßige ärztliche Versorgung.

»Dirk?« Marlene schluchzte, als sie die Stimme des Freundes am anderen Ende der Leitung hörte. Nun würde alles gut werden. Sie vertraute Dirk Thamsen. Er würde ihr helfen. So wie er es bei der Aufklärung des Mordes an ihrer besten Freundin Heike getan hatte. Damals vor mehr als sechs Jahren, als sie sich kennenlernten. Seitdem war eine Menge passiert und Dirk immer mehr zu ihrem Freund geworden. Und seit er sie vor gut drei Jahren zum

Traualtar geleitet und ihre Ehe mit Tom bezeugt hatte, war ihre Freundschaft noch intensiver geworden.

»Marlene, was ist los?«

Unter Tränen erzählte sie ihm, was in der Klinik geschehen war.

»Geht es euch gut?« Thamsens erste Sorge galt den Freunden.

»Wir haben Angst.«

Dirk verstand Marlene. Er konnte sich vorstellen, wie es sich anfühlte, an einem Ort zu sein, an dem Gefahr für das eigene Kind bestand. Er hätte ebenfalls Angst um Anne und Timo, ganz gleich, wie alt sie waren. Er hatte jeden Tag Angst um seine Kinder. Wenn sie auf dem Weg zur Schule waren, wenn sie dort waren, wenn sie sonst wohin unterwegs waren. Heute passierte so viel und niemand wusste das besser als er. Nur, das sagte er der Freundin nicht. Und er sagte ihr auch nicht, dass er eigentlich nicht zuständig war im Falle einer Kindsentführung in Husum.

»Ich komme«, sicherte er Marlene zu und blickte dabei auf die Uhr. »In zwei Stunden kann ich bei euch sein.«

Als Dirk auf den Parkplatz der Klinik fuhr, sah er die Journalisten vor dem Eingang stehen. Wie die Geier kreisten sie um jeden, der das Krankenhaus betrat oder verließ. Das verschwundene Baby war natürlich die Sensation, aber wahrscheinlich war den Reportern gar nicht bewusst, welchen Schaden sie mit ihrer Berichterstattung anrichteten. Besonders objektiv konnte er sich die Schlagzeilen, die sie aus dem Fall machen würden, jedenfalls nicht vorstellen. Dazu kannte er die Leute zu gut.

Er beeilte sich, in die Klinik zu kommen, und wimmelte die neugierigen Journalisten, die ihn natürlich erkannt hatten, mit »Kein Kommentar« ab.

Tom und Marlene saßen zusammen im Bett und hielten den Kleinen fest in den Armen, als er das Zimmer betrat. Das Nachbarbett war leer und würde es vermutlich auch die nächsten Tage bleiben. Wer wollte sein Kind schon in einer Klinik zur Welt bringen, in der die Babys verschwanden?

»Dirk!«, rief Marlene erleichtert, als sie den Freund sah. Er trat neben sie ans Bett und legte ihr die Hand auf die Schulter. Durch den Stoff ihres Nachthemdes hindurch spürte er ihr Zittern.

»So, und das ist der Stammhalter?« Thamsen versuchte, die angespannte Situation zu entzerren, wenngleich ihm klar war, dass er den Freunden nicht wirklich helfen konnte. Er hatte mit dem Polizeichef in Husum gesprochen, der ihm erklärte, sie würden ein paar vage Spuren verfolgen, aber bisher sei noch nichts Brauchbares dabei gewesen. Eine Bewachung für die Kinder hielt er nicht für angebracht. Der Täter oder die Täterin würden sicherlich nicht gleich noch einmal zuschlagen. »Außerdem ist das Sache der Klinik«, machte er seinen Standpunkt klar.

Thamsen beugte sich über den Kleinen und betrachtete das Baby. Wie klein es war und doch so perfekt. Er erinnerte sich an die Geburt von Anne und Timo und ihm wurde bewusst, wie schnell die Kinder groß geworden waren. Zumindest Timo erschien ihm schon beinahe erwachsen.

»Möchtest du ihn mal halten?«

Noch ehe Thamsen etwas erwidern konnte, hatte Marlene ihm Niklas in den Arm gedrückt. Der Kleine knäckelte anfänglich, doch als Dirk ihn ein wenig hin und her wiegte, schlief er wieder ein. Er schien sich sicher bei ihm zu fühlen und Marlene blickte zufrieden auf die beiden.

»Wie kann nur jemand solch einen winzigen Wurm einfach entführen?«, flüsterte die Freundin, doch Thamsen konnte sich sehr gut vorstellen, wie Menschen, vornehmlich Frauen, versuchten, sich auf diesem Weg ihren unerfüllten Kinderwunsch zu befriedigen. Wahrscheinlich waren sie derart verzweifelt, dass sie einfach keinen anderen Ausweg mehr sahen. Wie oft hatte man schon gehört, wie zum Beispiel Babys aus Kinderwagen geklaut wurden. Erst letztes Jahr hatte es in Niebüll einen Fall gegeben, wo eine Mutter nur kurz zum Bäcker reingegangen war und als sie wieder herauskam, war der Kinderwagen weg gewesen. Zum Glück hatte es einen Zeugen gegeben und so hatte man das Kind wieder schnell seiner Mutter zuführen können.

Aus Krankenhäusern hingegen war ihm kein Fall aus der letzten Zeit bekannt, in dem ein Baby entführt worden war. Normalerweise herrschte gerade auf der Säuglingsstation rund um die Uhr Betrieb, die Babys mussten ja Tag und Nacht versorgt werden. Wie hatte es da jemand nur geschafft, den Kleinen von Marlenes Bettnachbarin aus seinem Bettchen zu nehmen und ungesehen die Klinik zu verlassen?

»Hat denn wirklich niemand etwas mitgekriegt?«, fragte er.

Marlene schüttelte den Kopf. »Niemand hat etwas bemerkt, bis Frau Kuipers den Kleinen besuchen wollte.«

»Aber er muss doch am Morgen bereits von den Schwestern versorgt worden sein, oder?«

»Mit Sicherheit, denn als Miriam das Fehlen des Kleinen entdeckte, war es bereits gegen 7:30 Uhr. Ich denke, er hatte schon sein Fläschchen bekommen.«

Thamsen legte Marlene vorsichtig das Baby in den Arm. »Ich höre mich mal ein wenig um.«

Ihr Herz sprudelte vor Glück geradezu über, als sie den Kleinen in ihren Armen hielt. Er war schön, einfach schön. Sie hatte noch niemals so etwas Vollkommenes wie ihren Sohn gesehen. Die kleinen Finger mit den Nägeln, die Augen, die Nase, selbst die Augenbrauen schienen perfekt geschwungen.

Sie beugte sich über das kleine Gesicht und küsste sanft die Stirn des Kindes. Dann stand sie auf und legte den Kleinen in seine Wiege.

In der Küche bereitete sie nach Anleitung auf der Packung das Fläschchen. Sie las den Text noch ein zweites Mal, obwohl sie ihn schon fast auswendig kannte. Aber sie wollte auf keinen Fall etwas falsch machen. Nach fünf Minuten hob sie die Flasche aus dem Wasserbad, testete die Temperatur mit einem Tropfen auf der Hand und ging wieder hinüber ins Kinderzimmer.

Der Kleine schlief immer noch. Langsam muss er doch Hunger haben, wunderte sie sich und blickte dabei auf ihre Uhr. Entschlossen nahm sie ihn aus der Wiege, weckte ihn sanft mit ein paar Küssen, legte ihn dann in den Arm und versuchte, den Nuckel in den winzigen Mund zu schieben. Es gelang ihr nach einigen Versuchen, aber der Kleine wollte nicht anfangen zu saugen.

Immer wieder rieb sie den Nuckel hin und her, stellte schließlich die Flasche weg, hob das Kind auf die Schulter, wanderte mit ihm durch den Raum, setzte sich wieder und schob den Nuckel erneut in den Mund. Doch noch immer reagierte das Baby nicht.

»Na gut«, flüsterte sie schließlich. »Du hattest auch einen anstrengenden Tag bisher. Schlaf dich erst einmal aus und dann trinkst du eben später.«

»Ich wollte dich fragen, ob du heute Abend zum Essen kommen möchtest?« Dörte Paulsens Stimme klang verlockend. Und nur zu gern hätte Thamsen zugesagt.

Er saß in seinem Büro und blätterte durch die Protokolle der Befragungen des Krankenhauspersonals, die er sich aus Husum hatte schicken lassen. Nur schwerlich hatte er erklären können, was er mit den Akten wollte, und war schließlich mit der Wahrheit rausgerückt: Er wolle Tom und Marlene einen Gefallen tun.

»Du, ich würde furchtbar gern, aber ich habe Anne und Timo einen Spieleabend versprochen.«

Das wiederum war gelogen, ließ sich aber zumindest noch in die Tat umsetzen.

»Da kann ich doch dazukommen!«

Thamsens Hals war plötzlich wie zugeschnürt. Das ging ihm irgendwie alles viel zu schnell. Er mochte Dörte, keine Frage, aber er war sich über seine wahren Gefühle noch nicht ganz im Klaren. Zu lange war er schon nicht mehr mit einer Frau zusammen gewesen. Und wenn er es sich auch noch so sehnlich gewünscht hatte, das Tempo, mit dem Dörte den Aufbau ihrer Beziehung vorantrieb, war ihm eindeutig zu rasant. Nur – wie sollte er ihr das sagen? Da kam das Klopfen an der Tür gerade recht.

»Du, ich muss dich leider abwürgen«, sagte er und rief im gleichen Moment »Herein«, damit sie den Grund für die Beendigung des Telefonats mitbekam. »Ich melde mich!«, versicherte er zum Abschluss und winkte Haie Ketelsen zu sich herein, der zögerte, einzutreten, als er Thamsen telefonieren sah.

»War nur privat«, erklärte Dirk und bat den Freund, sich zu setzen. Er nahm an, der Hausmeister war gekommen, um sich nach dem Stand der Ermittlungen im Fall des entführten Babys zu erkundigen.

»Lese gerade die Aussagen des Personals, aber anscheinend hat tatsächlich niemand etwas gesehen«, erklärte er daher und deutete dabei auf die Akten auf seinem Schreibtisch.

Haie runzelte die Stirn, erklärte dann aber, er sei gar nicht deswegen gekommen.

»Ich war gestern bei Gunter.«

Nun war es Thamsens Stirn, auf der sich fragende Falten bildeten.

»Ich hab dir doch erzählt, dass der Sohn immer mit Bomberjacke und so rumläuft.«

Dirk nickte, obwohl er den Hinweis nicht ernst genommen hatte. Wenn es da wirklich etwas gab, dann hätte sein Mitarbeiter ihm das sicherlich erzählt.

»Die Gitta hat sich ziemlich aufgeregt. Ich glaube, da stimmt was nicht.«

»Aufgeregt?«

»Na ja, ich wollte ja nur ganz normal mit ihnen über den toten Arzt sprechen und sie ist gleich ausgeflippt. Hat selbst mich als fremdenfeindlich bezeichnet.«

Das war allerdings höchst seltsam. Thamsen kannte die Frau seines Mitarbeiters zwar nur flüchtig, halt von Weihnachtsfeiern und Sommerfesten, die sie jährlich veranstalteten, aber da war ihm Gitta Sönksen immer sehr freundlich begegnet.

»Und der Sohn, war der auch da?«

Haie schüttelte seinen Kopf. Lars war zur Arbeit gewesen. Jedenfalls nahm Haie das an. Soweit er wusste, machte der Sohn von Thamsens Mitarbeiter eine Lehre im Baumarkt in Niebüll. Vielleicht wäre es besser gewesen, direkt mit dem Sohn zu sprechen. Immerhin verdächtigte Haie ihn, zumindest für die Schmierereien an der Grundschule verantwortlich zu sein. Etwas Schlimmeres wollte Haie sich von dem jungen Mann, den er von Kind auf kannte, nicht vorstellen. Wenngleich das Verhalten von Gitta Sönksen und die Gesinnung der Kreise, in welchen Lars sich aufhielt, durchaus Anlass zur Vermutung gaben, er könne etwas mit dem Fall zu tun haben.

»Ich kann gern mal beim Baumarkt vorbeifahren und mit ihm reden«, bot Haie an. Doch Thamsen schüttelte vehement den Kopf.

»Lass mal. Ich sprech nachher erst einmal mit Gunter.«

Tom war vor gut einer Stunde nach Hause gefahren. Marlene hatte ihn gebeten, auch diese Nacht bei ihr im Krankenhaus zu bleiben, und Tom wollte vorher gern duschen und sich frische Sachen holen.

Die Entzündung an Marlenes Wunde war noch nicht wirklich besser geworden, daher bestand kaum Hoffnung, dass man sie morgen entlassen würde.

Niklas war in ihrem Arm beim Stillen eingeschlafen und Marlene zog ihm nun vorsichtig die Brustwarze aus dem Mund und schloss ihren Still-BH. Dann stand sie langsam mit dem Kleinen im Arm auf und legte ihn in sein Bettchen.

Vor dem kleinen Waschbecken machte sie sich etwas frisch. Kämmte sich die Haare und putzte sich die Zähne. Dann zog sie sich ihren Bademantel über, schlüpfte in ihre Pantoffeln und schob das Bettchen in den Gang hinaus.

Soweit sie wusste, lag Miriam Kuipers nun zwei Zimmer weiter. Marlene wollte nach der jungen Frau sehen. Sicherlich ging es ihr furchtbar und keiner konnte wahrscheinlich auch nur annähernd nachvollziehen, was die Mutter fühlte, welche Ängste sie ausstand. Und wenn jemand auch nur ansatzweise verstehen konnte, was in Miriam Kuipers vorging, dann, so glaubte Marlene, war sie es. Sie hatten quasi zusammen entbunden. Ihre Kinder hatten gemeinsam in der Säuglingsstation gelegen. Es hätte genauso gut Niklas sein können, der aus dem Krankenhaus verschwunden war.

Bisher gab es wohl nach wie vor keine Spur. Aber die Schwestern sagten nicht viel. Außer, sie müsse sich keine Sorgen machen. Doch an ihren Gesichtern konnte sie den Schock über die Kindesentführung ablesen. Es war auch wirklich ein Albtraum. Und der war natürlich am schlimmsten für Miriam Kuipers.

Marlene klopfte an die Zimmertür und öffnete sie anschließend einen kleinen Spalt. Miriam Kuipers lag in ihrem Bett und starrte an die Decke. Marlene nahm an, sie bekam nach wie vor starke Beruhigungsmittel, ansonsten war es kaum vorstellbar, wie es eine Mutter in dieser Situation im Bett aushielt.

Langsam schob sie Niklas ins Zimmer und stellte das Bettchen neben dem Waschbecken ab. Sie wusste, es war nicht unbedingt taktvoll, den Kleinen mitzubringen, aber Marlene konnte ihn momentan nicht eine Minute aus den Augen lassen.

»Miriam?«, flüsterte Marlene, als sie neben das Krankenbett trat. Die junge Frau drehte langsam den Kopf zu ihr. Ihr Blick wirkte so verloren und Marlene griff automatisch nach ihrer Hand. Sie wusste allerdings nicht, was sie sagen sollte. Wie tröstete man jemanden in dieser Situation? Gab es überhaupt einen Trost oder etwas, was man sagen konnte, um der anderen Mut zu machen?

Und Hoffnung? Hoffnung darauf, das Kind schnell wieder in die Arme schließen zu können? Es gab ja nicht einmal eine Spur. Der Kleine war einfach verschwunden und keiner wusste, wohin.

Irgendjemand war in das Krankenhaus eingedrungen – man hatte keine Ahnung, ob es ein Mann oder eine Frau gewesen war – und hatte den Säugling aus seinem Bettchen und seiner Welt gezerrt und damit gleichzeitig der Mutter das Herz herausgerissen. Fatal war zusätzlich, dass der Kleine nach wie vor einer intensiven Betreuung bedurfte. Er war klein und schmächtig und hatte sich gleich eine Infektion eingefangen. Ohne die ärztliche Betreuung und seine Medikamente stand es schlecht für den Kleinen.

Niklas knötterte in seinem Bettchen und plötzlich blitzte etwas in Miriam Kuipers Augen auf. Sie setzte sich langsam aufrecht hin und blickte zum Kinderbettchen hinüber.

Marlene hoffte, ihr Sohn würde wieder einschlafen, denn sie war sich nicht sicher, was das Baby bei der Patientin auslöste. Doch Miriam Kuipers war plötzlich wie verwandelt.

»Darf ich ihn halten?«, bat sie Marlene und ihre Augen leuchteten geradezu.

Marlene fühlte ihr Herz einen Schlag aussetzen. Ihr Mund war ganz trocken, daher nickte sie nur, obwohl sie nicht sicher war, ob das allen Beteiligten guttun würde, wenn Miriam ein Baby in den Armen halten würde. Trotzdem ging sie zu Niklas hinüber und hob ihn aus dem Bett. Sie drückte ihn an sich, ehe sie zu Miriam Kuipers ging und ihn ihr reichte. Ganz genau beobachtete sie die Reaktion der Frau, doch das Lächeln auf dem Gesicht der anderen verriet, es war richtig, ihr den Kleinen gegeben zu haben. Der Blick war klar und Marlene seufzte innerlich.

»Er ist niedlich«, flüsterte Miriam Kuipers und streichelte seine Wangen. »Genauso wie mein Junge.«

Marlene hielt den Atem an.

»Ich habe mir so lange ein Kind gewünscht. Keiner hat mich wirklich verstanden, dass ich total verzweifelt war, weil es nicht klappte. Ich sei noch so jung, haben alle immer nur gesagt. Ich hätte noch so viel Zeit.«

Für einen kurzen Moment löste Miriam Kuipers den Blick von dem Baby und blickte zum Fenster hinaus. Es herrschte eine angespannte Stille, Marlene war sich nicht sicher, was jetzt passieren würde. Ängstlich blickte sie auf Niklas, der sich allerdings recht wohl im Arm der anderen Frau zu fühlen schien. »Aber ich wollte unbedingt ein Kind!« Die junge Frau wandte ihren Kopf und schaute Marlene direkt an. In ihrem Blick konnte sie die Entschlossenheit sehen. Entschlossenheit, gepaart mit einer Wut, die Marlene auf die Entführung des Kindes zurückführte. Doch das allein war es nicht, was Miriam Kuipers wütend machte.

»Und während ich von Monat zu Monat hoffte, waren da all diese Frauen, die schwanger wurden und überhaupt kein Kind wollten!«

Marlene stutzte. Wovon redete die junge Frau? Gut, dass jemand ungewollt schwanger wurde, kam natürlich vor. Selbst in dieser eigentlich recht aufgeklärten Zeit, in der man annahm, dass eigentlich jedes junge Mädchen bereits ausgiebig über Verhütungsmaßnahmen Bescheid wusste. Aber waren das wirklich viele? Oder war einfach Miriam Kuipers' Sichtweise durch den Druck, schwanger werden zu wollen, verzerrt gewesen?

»Woher wollen Sie wissen, dass die Frauen kein Kind wollten?« Sie beugte sich vor, um Niklas aus den fremden Armen zu nehmen.

Miriam Kuipers ließ sie gewähren, wenngleich ihr Blick sagte, wie ungern sie ihn wieder hergab.

»Weil sie alle immer so traurig aussahen«, flüsterte sie dann.

10.

»Gunter, setz dich«, Dirk Thamsen deutete auf den Stuhl vor seinem Schreibtisch.

Er hatte seinen Mitarbeiter gebeten, noch vor Feierabend in sein Büro zu kommen, da er etwas mit ihm besprechen wolle. Gunter Sönksen hatte ihn bereits bei der Ankündigung des Gesprächs schuldbewusst angeschaut, doch nun wirkte er nur noch wie ein Häufchen Elend, als er sich mit eingezogenem Kopf auf den zugewiesenen Platz setzte. Wahrscheinlich hatte er mitbekommen, wie Haie Ketelsen Thamsen einen Besuch abgestattet hatte, und konnte sich denken, warum sein Vorgesetzter ihn so dringend sprechen wollte.

Dirk kam ohne Umschweife schnell zum Punkt.

»Was macht eigentlich dein Sohn, Gunter?«

In dem wenig überraschten Gesichtsausdruck bestätigte sich seine Annahme. Trotzdem versuchte Gunter Sönksen, zunächst Unwissenheit vorzutäuschen.

»Der ist doch nun in der Lehre. Hat im Frühjahr Zwischenprüfung.«

»Das meine ich nicht.« Thamsen blickte seinen Mitarbeiter direkt an, dieser senkte den Kopf.

»Ich weiß«, flüsterte Gunter.

Irgendwie empfand Thamsen plötzlich ein wenig Mitleid mit dem Mann. Lars war das einzige Kind des Polizisten. Ganz bestimmt hatte Gunter Sönksen ihn stets verwöhnt und nur das Beste für sein Kind gewollt. Dafür war Thamsen selbst genug Vater und wusste, man gab immer alles für das eigene Kind. Aber manchmal gingen sie eben doch eigene Wege und Thamsen spürte bereits jetzt, obwohl Timo wesentlich jünger als der Sohn von Gunter Sönksen war, dass einem diese Wege als Vater nicht immer gefielen.

»Was ist das für eine Gruppe, in der er ist?«

»Das sind alles anständige Jungs. Ich kenne die alle von klein auf.« Gunters Überzeugung wirkte echt.

»Und du bist dir sicher, die haben nichts mit der Sache zu tun?«

»Mit welcher Sache? Mit dem Mord? Um Himmels willen! Nein!«

»Und mit den Schmierereien?«

»Weiß ich nicht. Das könnte eventuell sein«, gab Gunter zu.

Thamsen zog seine rechte Augenbraue hoch. Hatte Haie Ketelsen mit seinem Verdacht vielleicht doch recht gehabt? Aber in den bisherigen Akten war der Sohn des Mitarbeiters noch nie aufgetaucht. Oder hatte Gunter ihn absichtlich da rausgehalten?

»Kennt Lars einen Ole Lenhardt?« Dörte Paulsen hatte diesen Namen in Zusammenhang mit Übergriffen auf die KZ-Gedenkstätte genannt. Thamsen hatte ihn dann auch in einigen der Akten wiedergefunden. Laut ihren Informationen war Ole Lenhardt der Anführer der größten Gruppe in der Umgebung von Niebüll.

»Hör mal«, Gunter Sönksen lehnte sich ein Stück vor, »der Lars ist da nur so reingerutscht. Eigentlich ist das gar nicht seine Art. Das ist nur so eine Phase von ihm.«

Thamsen verstand, dass der Mann seinen Sohn schützen wollte. Aber so kamen sie nicht weiter.

»Kennt er Ole – ja oder nein?«

Gunter Sönksen schluckte. Er wusste, es hatte keinen Zweck mehr, irgendwelche Entschuldigungen und Erklärungen gegenüber seinem Vorgesetzten vorzubringen.

»Ja. Lars kennt Ole.«

Die kleine Gastwirtschaft, die etwas abseits auf einem kleinen Hügel an der Dorfstraße lag, war an diesem Abend gut besucht. Das hing zum einen damit zusammen, dass sich am Mittwoch immer einige der Männer aus dem Dorf zum Skat in diesem Lokal trafen. Zum anderen lag es vor allem daran, weil man sich dort über die Neuigkeiten im Dorf austauschte und die Frequentierung der kleinen Gaststube war in Zeiten krimineller Ereignisse in der Umgebung bedeutend höher als gewöhnlich. Sogar ein paar Frauen, die man ansonsten eher selten dort sah, hatten sich diesmal eingefunden.

Haie lehnte sein neongelbes Mountainbike an den Zaun und ging zum Eingang. Bereits beim Öffnen der Tür konnte er am Geräuschpegel feststellen, welch hitzige Diskussionen im Gang waren. Ein Mord – selbst wenn er nicht direkt im Dorf stattgefunden hatte – war immer ein aufregendes Ereignis. Brachte solch eine Tat doch die dunkelsten Seiten der Menschheit zum Vorschein, schürte die Angst, die sich zusammen bei einem Glas Bier besser ertragen ließ.

Haie hatte Mühe, in der gut besuchten Wirtschaft noch einen Platz zu finden. Schließlich rückten zwei Bauern aus dem Koog ein Stück zusammen, damit Haie sich an ihren Tisch setzen konnte. Per Handzeichen deutete er dem Wirt an, er solle ihm ein Bier zapfen.

»Na, Haie, hat denn die Polizei schon eine Ahnung, wer das Hakenkreuz bei euch an die Schule geschmiert hat?«

Sein Sitznachbar zur Rechten schaute ihn neugierig an. Natürlich war der Vorfall längst im ganzen Dorf bekannt. Und wahrscheinlich gab es auch jede Menge Spekulationen über den möglichen Täter.

»Nee, aber was meinst du denn?«, fragte er daher schlagfertig.

»Ich?« Der Mann in Haies Alter zuckte mit den Schultern. Eine ganz natürliche Reaktion. Man wollte schließlich nicht den Eindruck erwecken, man stecke seine Nase in Angelegenheiten, die einen nichts angingen. Haie selbst nutzte oftmals dieses gespielte Desinteresse.

»Na, ihr habt doch bestimmt all spekuliert, wer dat gewesen sein könnte«, ließ er sich daher gar nicht täuschen.

»Jo«, gab der andere zu, »aber wir sind ja nicht die Polizei!«

»Ganz recht«, mischte sich nun der Wirt ein, der Haies Bier an den Tisch brachte. »Aber die tut ja mal wieder wenig. Ist doch ein Unding, dass solche Kerle frei rumlaufen dürfen.« Haie blickte erstaunt auf. Normalerweise hielt sich der Wirt aus den Diskussionen seiner Gäste weitgehend raus. Aber dieses Thema schien ihn persönlich zu treffen. Mit hochrotem Kopf schimpfte er auf die Leute mit neonazistischer Einstellung. »Eine Schande sind die. Für ganz Deutschland!«

»Was hat der denn?«, fragte Haie leise, nachdem der Wirt seine Schimpftirade beendet hatte und wütend zurück zum Tresen gestapft war. Die anderen Männer am Tisch zuckten mit den Schultern.

»Aber recht hat er«, kommentierte der ältere Mann das Verhalten des Gastwirtes. »Wir sollten dieser braunen Brut keinen Raum in unserem Dorf geben! Wir müssen uns dagegen wehren!«

Die anderen in der Runde nickten. Sie ahnten jedoch nicht, wie schwer es sein würde, diesen Vorsatz in die Tat umzusetzen.

Dirk war auf dem Sofa eingeschlafen und schrak auf, als sein Handy klingelte. Er brauchte einen kurzen Moment, um sich zu orientieren. Wo war er? Wie spät war es? Wo war sein Handy?

»Thamsen?«, meldete er sich, nachdem er festgestellt hatte, dass es kurz vor Mitternacht war, er in seinem Wohnzimmer lag und sein Handy wie wild auf dem Couchtisch bimmelte.

»Dirk, du musst kommen. Wir haben hier einen Überfall auf das griechische Restaurant in Uhlebüll.«

»Und?« Normalerweise wurde er von den Kollegen nicht zu derartigen Einsätzen gerufen.

»Der Wirt wurde krankenhausreif geschlagen. Angeblich von Skinheads!«

Beim letzten Wort des Kollegen fuhr Dirk auf. Schon wieder ein Übergriff von Neonazis? Und dann auch noch auf den befreundeten Wirt! Was war denn hier plötzlich los?

»Ich komme sofort!«, kündigte er an und sprang vom Sofa auf. Im Flur schlüpfte er rasch in seine Schuhe, warf sich die Jacke über und griff nach den Autoschlüsseln.

Früher hatte er stets einen Zettel auf den Küchentisch gelegt, damit seine Kinder Bescheid wussten, wenn er zu einem Einsatz gerufen worden war. Aber dies war seit einiger Zeit schon nicht mehr nötig. Die beiden wurden erwachsen und das hatte auch Vorteile.

Die Straßen waren um diese Zeit wie leer gefegt. In dieser Jahreszeit wurden in Niebüll quasi schon bei Einbruch der Dunkelheit die Bürgersteige hochgeklappt. Er fuhr nicht gerade mit vorgeschriebenem Tempo an der Schule und am Marktplatz vorbei, wo er dann Richtung Uhlebüll abbog.

Schon von Weitem konnte er die Blaulichter der Kollegen erkennen. Die beiden Polizisten standen im Eingang und unterhielten sich mit zwei Zeugen des Überfalls.

Der eine war Kellner und zum Zeitpunkt des Übergriffs gerade im Nebenzimmer gewesen, um seine Sachen zusammenzupacken. Die letzten Gäste waren gegen 23 Uhr gegangen. Er hatte aufgeräumt und wollte dann Feierabend machen. Sein Chef, das Opfer des Überfalls, hatte währenddessen die Einnahmen des Tages gezählt und sich dabei selbst noch ein Feierabendbier gegönnt.

Plötzlich hatte der Kellner Gebrüll und lautes Poltern aus dem Gastraum gehört. Er war zur Tür geschlichen und hatte diese einen Spalt geöffnet. Vor dem Tresen hatten drei Männer mit Glatze gestanden. Mit Baseballschlägern hatten sie zunächst den Gastraum bearbeitet und dann den Wirt niedergeschlagen.

»Wieder und wieder haben sie auf ihn eingeschlagen«, flüsterte er, noch immer schockiert.

Thamsen schüttelte den Kopf bei dem Bild, das vor seinem inneren Auge durch die Schilderungen des Mannes entstand. »Und Sie haben nichts unternommen, um Ihrem Chef zu helfen?«

Thamsen war selbst oft Gast in der Taverne und kannte den Inhaber gut. Der Kellner hingegen war relativ neu.

»Ich hatte eine Todesangst!«, verteidigte sich der Angestellte. »Schauen Sie mich an. Was glauben Sie, was die Kerle mit mir gemacht hätten? Ich habe mich durch den Hinterausgang rausgeschlichen und die Polizei gerufen. Was hätte ich mehr tun sollen?«

Der Mann hatte recht. Er war selbst Grieche, was man ihm auch deutlich ansah. Natürlich hätten die Skinheads mit ihm das Gleiche wie mit seinem Chef gemacht und brutal auf ihn eingeschlagen. Er konnte verstehen, wenn man Angst hatte, sich gegen diese Leute zu wehren. Vor allem als Ausländer und wenn die anderen in der Überzahl und mit Baseballschlägern bewaffnet waren. Aber irgendwie feige war es doch, sich einfach davonzuschleichen. Wenn sich diesen Typen nie jemand in den Weg stellte, würde das letzten Endes fatale Folgen haben.

»Können Sie die Täter denn wenigstens beschreiben?«

»Na ja«, druckste der Mann herum. »Schwer. Die sahen irgendwie alle gleich aus.«

»Und auf Bildern wiedererkennen?« Dirk dachte an die Akten, in denen sie Fotos von den Rechtsradikalen hatten.

»Vielleicht.«

»Gut, dann kommen Sie bitte morgen früh in die Polizeidienststelle«, bestimmte er und wandte sich dann dem zweiten Mann zu.

Der kleine, untersetzte Mann hatte das Gespräch mit dem Kellner aufmerksam verfolgt.

»Es waren übrigens vier Männer. Einer hat hier draußen Schmiere gestanden«, korrigierte und ergänzte er die Aussage des anderen.

»Und Sie sind?«, fragte Thamsen zunächst nach dem Namen des Mannes, der ihm irgendwie übereifrig erschien.

»Matzen. Stefan Matzen. Ich gehe hier jeden Abend mit meinem Hund spazieren«, erklärte er seine Anwesenheit und deutete dabei auf einen fetten Dackel zu seinen Füßen. Dirk hatte den Hund, wenn man ihn überhaupt als solchen bezeichnen konnte, gar nicht gesehen. Die Beine des Dackels reichten kaum auf den Boden, weil ein riesiger Hängebauch das beinahe verhinderte. Er hatte noch niemals solch einen fetten Hund gesehen, der ihn irgendwie an eine Presswurst erinnerte. Der leidende, wenn auch berühmte Dackelblick verriet, dass der Hund sich offenbar nicht sonderlich wohl in seiner Haut fühlte.

»Und Sie haben bei Ihrem Spaziergang den Überfall beobachtet«, schlussfolgerte Dirk Thamsen. Der Hundebesitzer nickte.

»Und was genau haben Sie gesehen?«

Der korpulente Mann räusperte sich und rückte zunächst seine randlose Brille zurecht, ehe er tief Luft holte und zu berichten begann.

»Nun ja, es waren vier Männer.«

»Das sagten Sie bereits.«

»Sie kamen von da drüben.« Stefan Matzen wies mit ausgestrecktem Arm in Richtung Boosbüller Weg.

Die Aussage deckte sich zum größten Teil mit der des Kellners. Bis auf den vierten Mann. Aber den hatte der Kellner auch nicht sehen können. »Können Sie beschreiben, wie die Kerle aussahen?«

»Na ja«, druckste der Mann herum, »es war recht dunkel.«

Also nicht, dachte Thamsen für sich und hakte innerlich den Zeugen ab.

»Wo waren Sie denn die ganze Zeit?«

»Dort drüben, hinter dem Baum.« Herr Matzen wies auf einen Garten auf der gegenüberliegenden Straßenseite.

Thamsen folgte seinem Fingerzeig und war sich nun ganz sicher: Der Mann konnte kaum etwas zur Aufklärung beitragen. Aus der Entfernung hatte er praktisch so gut wie nichts erkennen können. Aber wenigstens ein Anruf bei der Polizei wäre ihm doch möglich gewesen, dachte

Dirk, doch er verkniff sich die Frage, warum der Mann das unterlassen hatte. Wahrscheinlich würde er die gleiche Antwort wie vom Kellner bekommen: »Ich hatte eine Todesangst!«

Und ein wenig verstehen konnte er die Männer sogar. Vier brutale Schlägertypen. Wer stellte sich denen schon freiwillig in den Weg?

Er beschloss, es für heute gut sein zu lassen und schickte den Zeugen nach Hause. »Wir melden uns bei Ihnen, wenn wir weitere Fragen haben.«

11.

»Das Fieber wird immer schlimmer«, flüsterte sie ängstlich, als sie ihre Hand auf seine Stirn legte. Seit gestern Abend war die Temperatur des Kleinen permanent gestiegen. Sie hatte ihm Wadenwickel gemacht, doch ohne Erfolg. Die Anzeige auf dem Thermometer wies einen immer höheren Wert aus.

Und trinken wollte er auch nichts. Die ganze Nacht hatte sie an seinem Bett gewacht, ihm immer wieder das Fläschchen angeboten. Aber er wollte es einfach nicht. Und von Stunde zu Stunde war ihre Angst größer und größer geworden. Was sollte sie nur tun? Sie fühlte sich so hilflos.

Sie nahm den Kleinen aus dem Bettchen und wiegte ihn im Arm. Dann ging sie hinüber ins Wohnzimmer zum Telefon. Sie setzte sich auf die feine Ledergarnitur, griff zum Hörer und wählte die Nummer eines befreundeten Arztes.

»Wenn das Fieber nicht sinkt, musst du mit ihm zum Kinderarzt«, antwortete er auf ihre Frage, was sie tun könne.

»Ich weiß aber gar nicht, bei welchem Arzt er ist. Und ich kann meine Freundin nicht erreichen.«

Sie hatte vorgegeben, auf das Kind einer Freundin aufzupassen.

»Ist doch egal. Dann geh zu irgendeinem. Notfalls fährst du ins Krankenhaus.«

Bei dem Wort Krankenhaus zuckte sie zusammen. Auf keinen Fall würde sie den Kleinen dorthin bringen. »Kannst du mir nicht etwas aufschreiben?«, bat sie deshalb.

»Ich bin Orthopäde und kein Kinderarzt. Versuch's noch mal mit Wadenwickeln. Und gib ihm viel zu trinken. Aber wenn das nicht hilft, musst du zum Arzt mit ihm gehen. Ansonsten wird es kritisch.«

Haie saß am Küchentisch und schmierte sich gerade seine Frühstücksbrote, als das Telefon klingelte.

»Marlene wird heute entlassen«, tönte Toms noch recht verschlafene Stimme aus dem Hörer. Er hatte in der letzten Nacht im Krankenhaus kaum geschlafen und war von Niklas geweckt worden, der in aller Herrgottsfrühe schreienderweise nach seinem Frühstück verlangt hatte.

»Wie schön!«, freute Haie sich für die Freunde und bereute gleichzeitig, nicht gestern bereits alles für die Heimkehr besorgt zu haben. Er wollte Marlene einen kleinen Empfang gestalten, mit Girlande um die Haustür und einer Wäscheleine mit Kinderkleidung. Für die hatte er bereits seit Wochen bei sämtlichen Nachbarn abgelegte Strampler und Hemdchen gesammelt. Aber die Girlande fehlte noch.

»Wann seid ihr denn zu Hause?«

»Oh, das kann noch dauern. Erst mal müssen wir noch die Visite abwarten, und dann wollte noch jemand von der Husumer Polizei mit Marlene sprechen. Wahrscheinlich erst am Nachmittag.«

Haie atmete innerlich auf. Da blieb ihm zum Glück noch ein wenig Zeit für seine Vorbereitungen. In der Mittagspause konnte er schnell die letzten Dinge erledigen. Vielleicht gab ihm sein Chef sogar den Nachmittag frei.

»Aber was will denn die Polizei von Marlene? Gibt es was Neues im Fall des geklauten Babys?«

»Angeblich ja. Jemand will einen Mann mit einem Baby aus dem Krankenhaus rennen gesehen haben. Die Polizei hat ein Phantombild angefertigt, das sie allen Patienten zeigen wollen.«

»Hm, Phantombild.« Haie wusste selbst, wie schwierig es war, eine fremde Person aus der Erinnerung heraus zu beschreiben. Er bezweifelte, dass es in diesem Fall etwas brachte. Aber es gab keine andere Spur, da mussten die Husumer jedem Hinweis nachgehen.

»Und bei dir? Irgendwelche Neuigkeiten von eurem Hakenkreuzmaler?«, fragte Tom, da Haie schwieg.

»Nee, Thamsen wollte zwar mit Gunter wegen Lars reden. Aber ich weiß nicht, ob das was bringt. Schlimm, aber man kann gegen diese Neonazis kaum etwas tun.«

»Das ist ja auch eher Sache vom Verfassungsschutz«, bemerkte Tom.

»Ja, aber die können ohne Beweise oder Anzeigen auch nichts tun. Da müssen wir schon selbst ein wenig dafür sorgen, dass dieser braune Mist bei uns nicht überhand nimmt.«

»Mmh, nun mal man nicht gleich den Teufel an die Wand«, versuchte Tom, den Freund zu beruhigen. Er glaubte nicht, dass es einer kleinen Gruppe gelingen könne, den Großteil der nordfriesischen Bevölkerung zum Nationalsozialismus zu bekehren.

»Das weiß man nicht. Nordfriesland war von Hitler damals genauso angetan wie alle anderen. In Wittbek haben sie ihm sogar die Ehrenbürgerschaft verliehen.«

Haie hatte recht. Natürlich war der Nationalsozialismus einst auch in Nordfriesland verbreitet gewesen. Die

Friesen waren ja sogar als Urgermanen von den Nazis glo-
rifiziert worden. Die Verfilmung von Storms ›Schimmel-
reiter‹ war dabei nur ein Aspekt gewesen, der noch heute
deutlich zeigte, wie der Friese als ›wahrer Arier‹ von den
Nazis herausgehoben wurde. Das hatte sicherlich einigen
durchaus geschmeichelt.

Aber trotzdem. Es hatte auch Widerstand gegeben, und
letztlich hatten die Nordfriesen aus der Vergangenheit
gelernt. Und nur, weil ein paar Idioten nun Hakenkreuze
an irgendwelche Wände schmierten, entstand noch lang
keine nationalsozialistische Bewegung.

»Und was ist mit diesem ermordeten Arzt? Das geht
bestimmt auch auf deren Kappe.«

Darauf hatte Tom keine entsprechende Antwort. Auch
wenn er sich aufgrund der Geburt seines Sohnes nicht
wirklich mit dem Fall beschäftigt hatte, musste er zugeben, dass der Tote bei der KZ-Gedenkstätte die Vermutung nahelegte, dass der Täter aus rechtsradikalen Krei-
sen stammte.

»Na ja, wie dem auch sei«, würgte er daher nun das
Telefonat ab, »wir kommen dann heute erst einmal nach
Hause.«

Heute war einfach nicht Thamsens Tag. Nachdem er verschlafen und deswegen der Morgen mit Chaos und Hektik begonnen hatte, sprang nun sein Wagen nicht an. Der
altersschwache Kombi hatte in der letzten Zeit die eine
oder andere Macke gehabt und es war sowieso verwunderlich, dass er nicht längst schon einmal ausgefallen war,
aber ausgerechnet an diesem Morgen? Das war natürlich
typisch. So etwas passierte doch immer, wenn man ohnehin im Stress war und solch eine Panne am wenigsten

gebrauchen konnte. Er machte sich gar nicht die Mühe, überhaupt die Motorhaube aufzuklappen und nach der Ursache des Problems zu forschen. Nachdem er einmal kurz und heftig geflucht hatte, rief er sich ein Taxi und nutzte die Wartezeit, um sich ein wenig zu beruhigen. Ich sollte wieder mit dem Laufen anfangen, überlegte er. Der Stress tat ihm auf Dauer nicht gut und er brauchte einen Ausgleich. Seit er die Leitung der Dienststelle übernommen hatte, hatte er seine sportlichen Aktivitäten ziemlich vernachlässigt. Er arbeitete oft bis in die Nacht hinein und die wenige Freizeit, die ihm blieb, wollte er selbstverständlich mit seinen Kindern verbringen. Aber irgendwie musste er den Sport in seinen Tagesablauf wieder einbauen, denn ansonsten wäre er in zwei, drei Jahren der typische Herzinfarktkandidat. Er merkte ja selbst, wie häufig sein Herz raste und sein Puls daher bereits bei der kleinsten Aufregung auf 180 war. Zum Beispiel jetzt, da das Taxi enorm lang auf sich warten ließ.

Endlich bog der Wagen um die Ecke und er machte mit einem wilden Winken auf sich aufmerksam.

»Moin, na, Probleme mit dem Wagen, Herr Kommissar?«

Der Taxifahrer kannte Dirk Thamsen vermutlich aus der Zeitung. Dirk war als Leiter der Polizei Niebüll des Öfteren bei verschiedenen Anlässen in der Zeitung abgebildet. Daher wussten viele Leute, wer er war, ohne ihn persönlich zu kennen. »Mmh«, antwortete Thamsen und ärgerte sich schon wieder, dass man seinem altersschwachen Fahrzeug geradezu ansah, wie unzuverlässig und marode es war. Er würde auch gern einen nagelneuen Mercedes fahren, doch obwohl sein Einkommen durch die Übernahme des neuen Postens durchaus gestiegen war, fuhr er immer noch seinen alten Wagen. Es hatten halt zunächst andere Dinge Priorität gehabt und da ihm sein Auto nicht so wichtig war, Hauptsache, es fuhr, stand das ganz am Ende der Liste.

Natürlich erhoffte sich der Fahrer des Taxis nun durch solch einen prominenten Fahrgast auch exklusive Informationen über den Toten in Ladelund.

»Und habt ihr die Kerle schon im Visier?«

Thamsen, dem dieses kumpelhafte Gehabe gar nicht gefiel, schüttelte nur stumm seinen Kopf. Er dachte, dem Mann müsse eigentlich klar sein, dass er darüber weder sprechen durfte noch wollte.

»Ich meine, ich bin auch nicht grad ein Freund von all diesen Leuten, die von irgendwoher kommen«, umschrieb er die ausländischen Mitbürger, »aber dass nun diese Nazis sich hier wieder einnisten und die einfach abmurksen, geht ja nun auch nicht!«

»Und woher wissen Sie, wer den Arzt erstochen hat?« Auch wenn er nicht viel auf das Geschwätz der Leute gab, interessierte er sich doch dafür. Manchmal erhielt man so durchaus hilfreiche Hinweise.

»Na, weil die Neonazis in der letzten Zeit wieder ordentlich aktiv sind.« Thamsen runzelte die Stirn.

»Wegen dem Mord und den Hakenkreuzschmierereien?«

»Und der Überfall in der Taverne gestern Nacht?« Der Mann, der ihn nun mit einem kurzen Seitenblick bedachte, war gut informiert, musste Thamsen zugeben. Aber kein Wunder, wahrscheinlich wurde jeder Fahrgast wie er nach den Neuigkeiten ausgefragt.

»War schließlich nicht der erste Übergriff.«

»Wieso?« Dirk war erstaunt. Er hatte in der letzten Zeit nichts von neonazistischen Aktivitäten gehört. Es war eher sehr ruhig um die Gruppe geworden. Jedenfalls der Aktenlage der letzten zwei Jahre nach hatten Übergriffe und Ähnliches nachgelassen. Was zwar nicht hieß, die Gruppe habe sich aufgelöst, aber sie war momentan eigentlich weniger rührig. Hatte er zumindest gedacht. Oder hatten sie sich einfach nur auf den großen Schlag vorbereitet und dies war erst der Anfang?

»Na, der Chinese in Leck ist auch vor zwei Wochen bedroht worden.«

»Und wieso gab es keine Anzeige?«

»Wieso, wieso nicht?« Der Taxifahrer zuckte mit den Schultern. »Der arme Kerl hat halt einfach Angst! Der hat schließlich auch Familie und seine Frau ist hochschwanger.«

Thamsen wartete eigentlich auf ein anklagendes »Und die Polizei tut ja nichts, um diese Leute zu schützen«. Aber dieser Spruch blieb zum Glück aus.

Stattdessen bog der Taxifahrer auf den Parkplatz vor dem Polizeirevier ab und drückte auf das Taxameter. »9,30 Euro bitte.«

Thamsen kramte nach seiner Geldbörse und reichte dem Mann einen Zehn-Euro-Schein.

»Stimmt so«, sagte er und stieg aus. Er wollte gerade die Tür zuwerfen, als der Taxifahrer plötzlich sagte: »Herr Kommissar?«

Thamsen drehte sich um und blickte den Mann an.

»Viel Erfolg!«

Haie war nach Toms Anruf zur Schule geradelt und hatte die nötigsten Arbeiten erledigt. Dann hatte er beim Direktor gebeten, sich den Rest des Tages freinehmen zu dürfen.

»Kein Problem, Haie«, hatte sein Vorgesetzter, Herr Mohn, gesagt, »du hast ja, soviel ich weiß, noch reichlich Überstunden abzufeiern.«

Da das Wetter heute nicht besonders angenehm war, versuchte er zuerst im SPAR-Laden sein Glück, um eine passende Girlande zu finden. Wenn Helene eine schöne in ihrem Sortiment hatte, konnte er sich die Fahrt nach Niebüll sparen und bei dem Nieselregen wäre er mehr als dankbar dafür.

Doch Helene schüttelte auf seine Frage hin bedauerlicherweise den Kopf. »Nee, zur Geburt haben wir nichts Passendes mehr da.« Natürlich wusste sie, dass Marlene vor einigen Tagen entbunden hatte, aber statt sich nach dem Befinden von Mutter und Kind zu erkundigen, interessierte sie viel mehr Miriam Kuipers verschwundenes Baby.

»Gibt es denn schon irgendeine Spur von dem entführten Jungen?«

Diesmal schüttelte Haie den Kopf. Obwohl Tom ihm von dem Phantombild erzählt hatte, wollte er Helene keinen neuen Stoff zum Tratschen liefern. Spekulationen waren wenig hilfreich, trotzdem stellte Helene natürlich welche an.

»Das war bestimmt irgendeine kranke Frau. Vielleicht konnte die selbst keine Kinder kriegen.«

Haie gab wenig auf das Geschwätz, obwohl – in einem Punkt hatte die Besitzerin des SPAR-Ladens vermutlich recht. Gut möglich, dass der Kleine von Miriam Kuipers tatsächlich von einer Frau entführt worden war, die sich selbst so sehr ein Kind gewünscht und, als es nicht klappte, eben einfach eines genommen hatte. Und so oder so, das war auf jeden Fall auch krank.

Haie verabschiedete sich und trat hinaus in den Nieselregen. Kurz überlegte er, auf die Girlande zu verzichten, doch er wusste, wie sehr Marlene sich darüber freuen würde, und schwang sich daher doch aufs Fahrrad. Er fuhr bis zum Risumer Weg und bog dann in Richtung Niebüll ab. Der Wind kam, wie so oft in Nordfriesland, von vorn, und Haie musste ordentlich in die Pedale treten, um überhaupt voranzukommen. Insgeheim verfluchte er bei jeder Windböe seine Schusseligkeit.

Endlich erreichte er Deezbüll und vorbei am Altenheim gelangte er nun wesentlich windgeschützter zur Hauptstraße, auf der er bis in die Innenstadt fuhr.

Leicht außer Atem, bremste er vor dem Papierladen gegenüber der Stadtbäckerei. Hier würde er sicherlich fündig werden.

»Moin, Haie«, grüßte ihn die Verkäuferin. Linda Lützen kam ebenfalls aus Risum und arbeitete aushilfsmäßig in dem Laden. Natürlich kannte sie Haie.

»Ach, schön, hat Marlene also das Baby? Und wie geht es ihr?«

Im Gegensatz zu Helene wollte die Dorfbewohnerin von Haie alles haargenau über den Nachwuchs von Tom und Marlene wissen. »Und habt ihr denn nun welche?«, fragte er nochmals nach, denn Linda Lützen schien den eigentlichen Grund seines Besuches völlig aus den Augen verloren zu haben.

»Oh, entschuldige«, sagte sie und errötete leicht. Anscheinend war ihr bewusst geworden, dass sie wie eine neugierige Schnattergans wirken musste. Eilig rannte sie zu einem Regal und nahm mehrere dünne Päckchen heraus.

»Hier haben wir bestimmt etwas Passendes.« Sie breitete die unterschiedlichen Girlanden vor ihm auf dem Verkaufstresen aus.

Haie betrachtete die verschiedenen Angebote und entschied sich dann für eine farbenfrohe Ausfertigung mit dem klassischen Spruch ›Herzlich Willkommen‹. Das passte seiner Ansicht nach am besten für beide. Außerdem waren die bunten Buchstaben aus Plastik. Eine Papiergirlande hätte bei diesem Wetter ansonsten wahrscheinlich bis zur Ankunft der Familie nicht überlebt.

Linda Lützen packte ihm das Päckchen in eine Plastiktüte und gab ihm die besten Glückwünsche für Tom und Marlene mit auf den Weg, als er gezahlt hatte und den Laden verließ. Draußen schien es schon schummrig zu werden, obwohl es erst kurz nach Mittag war. Aber der Himmel hing voller dunkler Regenwolken und Haie verspürte wenig Lust, sich gleich wieder aufs Fahrrad zu schwingen. Wenigstens einen Kaffee könnte er sich noch erlauben, bevor er zurückfuhr, überlegte er, als er plötzlich Schritte hinter sich hörte.

Er drehte sich um und blickte in das grinsende Gesicht eines Glatzkopfes.

»Na, alter Mann!« Der junge Kerl trat noch einen Schritt auf ihn zu und durchbrach damit die übliche Privatsphäre, die man für gewöhnlich seinem Gegenüber eingestand. Haie konnte nicht zurückweichen, da hinter ihm gleich der Fahrradständer stand, und er spürte, wie sein Herz ein Stück in die Hose rutschte. Bei dem Wetter waren so gut wie keine Passanten unterwegs und als er dem Mann über die Schulter blickte, sah er, dass der nicht allein war. In wenigen Metern Abstand stand ein weiterer Mann mit Springerstiefeln und Bomberjacke. Zwar waren dessen Haare nicht ganz abgeschoren, aber dennoch konnte man deutlich die Zusammengehörigkeit erkennen.

»Ich habe gehört, du hast jemanden von uns angeschwärzt?«

Haie schluckte. Diese Anspielung konnte sich nur auf Lars beziehen.

»Weißt du, was wir normalerweise mit Verrätern machen?« Die Glatze grinste ihn an und plötzlich sah Haie in dessen linker Hand etwas Metallenes funkeln, und sein Herz rutschte noch ein Stück tiefer.

Eigentlich war er sonst nicht gerade ängstlich, aber diese Kerle waren gefährlich und scheuten vor kaum etwas zurück. Vielleicht hatte der Typ vor ihm sogar Dr. Merizadi auf dem Gewissen.

»Nein, so jemanden habe ich hier nicht gesehen«, Marlene schüttelte müde den Kopf. Langsam gingen ihr die Fragen des Husumer Polizeibeamten auf den Wecker. Sie war müde, sie wollte nach Hause. Sie hatten stundenlang auf die Abschlussuntersuchung gewartet und dann hatte sich der Beamte derart verspätet, dass es beinahe schon dunkel draußen wurde. Obwohl, richtig hell war es ohnehin an diesem Tag nicht geworden und Husum machte seinem Storm'schen Spitznamen als ›graue Stadt am Meer‹ alle Ehre.

Sie war sich nicht sicher, ob diese Aktion der Polizei irgendetwas brachte. Woher wollte man wissen, dass der angebliche Zeuge wirklich den Entführer des Babys gesehen hatte? Vielleicht wollte der sich auch nur wichtigmachen. Schließlich war es, soweit sie von Thamsen wusste, nichts Ungewöhnliches, dass sich Zeugen meldeten, die eigentlich gar nichts bezeugen konnten. Ihre

Motivation war oftmals pure Langeweile oder aber Profilierungsdrang.

Marlene bezweifelte ohnehin, dass ein Mann Miriam Kuipers Sohn entführt hatte. Warum, konnte sie eigentlich gar nicht so genau sagen, aber irgendwie war eine Kindesentführung aus dem Krankenhaus ihrer Ansicht nach eher die Handschrift einer Frau. Wahrscheinlich einer ziemlich verzweifelten Frau, die sich nichts sehnlicher als ein Kind gewünscht hatte. Ein Mann hätte ein Baby vermutlich aus anderen Motiven aus dem Krankenhaus geklaut. Vielleicht, um es zu verkaufen oder um ihm irgendwelche Organe … Sie schluckte, daran wollte sie nicht denken. Fatal war es ohnehin, denn der Kleine von Miriam Kuipers hatte nur geringe Überlebenschancen, wenn er nicht bald gefunden wurde.

»Gut, dann war es das erst einmal«, sagte der Beamte endlich und nicht nur Marlene atmete erleichtert auf. Auch Tom, der während der Befragung neben Marlene gesessen hatte, war über das Ende der Vernehmung froh.

»Was machen Sie denn, wenn niemand den Mann auf dem Bild erkennt?«

Der Beamte zuckte mit den Schultern. »Schwierig.«

»Vielleicht macht es Sinn, wenn man in den umliegenden Praxen nachfragt, ob es Frauen mit unerfülltem Kinderwunsch oder einer Fehlgeburt gegeben hat«, warf Marlene ein, die nach wie vor sicher war, das Motiv der Entführung läge in der Sehnsucht nach einem Kind begründet.

»So viele Gynäkologen wird es hier in der Gegend ja nun nicht geben, oder?«

Der Beamte blickte Marlene mahnend an. Anscheinend ärgerten ihn ihre Vorschläge für seine Ermittlungen in diesem Fall.

»Das dürfte kaum möglich sein«, wiegelte er ihren Hinweis ab. »Wegen der Schweigepflicht bekommen wir keine Auskünfte.«

Marlene wusste, mit einem richterlichen Beschluss konnte man sehr wohl Informationen von Ärzten über deren Patienten erhalten. Dennoch schwieg sie. Was brachte es, sich mit diesem Polizisten anzulegen? Obwohl ihr Miriam Kuipers natürlich mehr als leidtat, und wenn sie sich vorstellte, selbst in der Situation zu sein, dann würde sie wollen, dass alles Erdenkliche unternommen wurde, um Niklas zu finden. Sie nahm sich vor, gleich nachher, wenn sie zu Hause war, bei Dirk anzurufen. Vielleicht konnte er die Ermittler in Husum ein wenig auf Trab bringen.

Der Beamte verabschiedete sich und Marlene nahm Niklas aus dem Bettchen und zog ihm eine Mütze und ein dickes Jäckchen an. Dann legte sie ihn in den Maxi-Cosi und nahm ihre Reisetasche.

Sie war froh, endlich nach Hause zu dürfen, und wollte keine Minute länger als nötig hier verbringen. Nur flüchtig verabschiedete sie sich von den Schwestern. Miriam Kuipers hatte sie bereits vor der Befragung Auf Wiedersehen gesagt und betont, sie hoffe, man würde den Kleinen bald finden. Die junge Frau hatte müde genickt, was Marlene auf die Medikamente zurückgeführt hatte. Miriam Kuipers bekam noch immer starke Beruhigungsmittel. Marlene ahnte, die Frau würde ein psychisches Wrack sein, sollte man das Baby nicht finden.

Als sie vor die Tür traten, fiel von ihr eine Last ab. Trotz des miesen Wetters war die Luft sauber und frisch und Marlene hatte das Gefühl, nach Tagen endlich wieder einmal durchatmen zu können. Sie hätte am liebsten gleich draußen einen Spaziergang gemacht, doch das hätten weder ihre Narbe noch Niklas vertragen.

Daher folgte sie Tom zum Wagen und freute sich, wie stolz er den Maxi-Cosi trug. Das hatte sie sich immer gewünscht. Eine richtige Familie – nun waren sie es endlich.

Die Fahrt verlief relativ ruhig. Irgendwie hing jeder seinen Gedanken nach und sowohl Marlene als auch Tom vergewisserten sich ständig, ob es Niklas auf dem Rücksitz auch gut ging.

Es war ungewohnt, mit dem Baby nun ganz auf sich gestellt zu sein. Endlich erreichten sie Risum und Tom bog von der B5 Richtung Maasbüll ab. Seit einigen Jahren wohnten sie an der Grenze zu diesem Ortsteil von Risum-Lindholm. Tom hatte vor einiger Zeit ein Haus von seinem Onkel geerbt und war aus München hierhergezogen. Mit viel Liebe und einer Menge Schweiß hatte er mit Haies Hilfe das Haus wieder schön hergerichtet. Das Kinderzimmer hatte er mit einer Clownstapete tapeziert und die hauptsächlich von Marlene ausgewählten Möbel aus Tondern zum größten Teil selbst montiert. Das hatte die Vorfreude auf das Baby noch gesteigert. Er konnte es kaum abwarten, bis Niklas das erste Mal in der hölzernen Wiege lag, für die Marlene einen hellblauen Himmel genäht hatte.

Als sie vor dem Haus stoppten, war Toms Vorfreude jedoch wie weggeblasen. Eigentlich hatte Haie doch vorgehabt, am Tage ihrer Rückkehr eine Girlande und eine Wäscheleine mit Kinderklamotten aufzuhängen. Jedenfalls hatte er das seit Wochen bei ihm angekündigt und schließlich hatte er ihn heute Morgen deswegen extra noch angerufen. Doch weder ein Willkommensgruß noch Haies

Fahrrad waren irgendwo zu sehen. Ob er sich eine andere Überraschung überlegt hatte, grübelte Tom, als er aus dem Wagen stieg und anschließend vorsichtig den Maxi-Cosi aus dem Auto hob.

Doch auch die Eingangstür war verschlossen. Von Haie keine Spur. Wo steckte der Freund nur?

12.

Dirk Thamsen streckte sich und blickte auf seine Uhr. Es wurde langsam Zeit, sich auf den Weg ins Krankenhaus zu machen. Schon vor Stunden hatte er dort angerufen und sich nach dem Besitzer der Taverne erkundigt. »Ich komme heute Nachmittag zur Befragung«, kündigte er dann an.

Doch die Befragung der Zeugen hatte ewig gedauert. Gemeinsam mit dem Kellner und Stefan Matzen, den sie ebenfalls noch einmal aufs Revier gebeten hatten, waren sie die Dateien und Fotos durchgegangen. Vor allem der Hundebesitzer, der aufgrund der Entfernung eigentlich am wenigsten hatte sehen können, hatte bei jedem zweiten Foto um Bedenkzeit gebeten und somit am Ende den gesamten Prozess derart verzögert, dass er es vor der Telefonkonferenz mit den Husumer Kripobeamten nicht mehr geschafft hatte, ins Krankenhaus zu gehen.

Er packte ein paar Akten zusammen und verließ dann das Büro. Der Weg zum Krankenhaus war nicht weit. Die Polizeidienststelle lag direkt neben den 1964 errichteten Gebäuden des Klinikums Niebüll. Die wenigen Schritte ging er deshalb zu Fuß.

Der Gastwirt der griechischen Taverne war böse zugerichtet worden. Mehrere Prellungen, eine gebrochene Rippe, ein ausgeschlagener Zahn und ein gebrochenes Schlüsselbein waren nur die äußeren Verletzungen, die mit Sicherheit verheilen würden. Anders sah es da mit den seelischen Wunden aus. Allein die ständig angstvoll umherhuschenden Augen sagten diesbezüglich alles.

Dirk Thamsen wusste nicht genau, wie er den Bekannten ansprechen sollte.

»Wie geht es dir?«, fragte er daher, wie man es üblicherweise tat. Wenngleich eigentlich ersichtlich war, wie es dem Wirt der Taverne ging.

»Beschissen«, lautete auch dessen prompte Antwort.

»Kannst du trotzdem kurz erzählen, was gestern Abend passiert ist?«

Aber im Grunde genommen war dies nicht nötig, da der Besitzer des griechischen Restaurants genau den gleichen Tathergang schilderte wie sein Angestellter. Natürlich mit dem Unterschied, dass er derjenige war, der von den Typen niedergeschlagen wurde.

»Haben die denn irgendetwas gesagt?«

»Nur, dass sie solche Kanaken wie mich hier nicht mehr sehen wollen.«

Thamsen schluckte. Auch wenn er selbst eine andere Einstellung hatte, schämte er sich für seine Landsleute.

»Und könntest du die Kerle identifizieren?«

Zu seinem Erstaunen schüttelte der Grieche den Kopf. Dabei war sich Dirk ziemlich sicher gewesen, der Mann müsse die Typen sehr genau beschreiben können. Immerhin hatte er ihnen ins Gesicht gesehen und Masken hatten sie laut Angaben beider Zeugen nicht getragen. Mit Sicherheit würde er die Männer wiedererkennen. Aber wahrscheinlich hatte er Angst. Vermutlich hatten die Kerle ihm sogar gedroht. Und in die Polizei hatte er, ebenso wie der Chinese, von dem der Taxifahrer ihm am Morgen erzählt hatte, wenig Vertrauen. Nicht ganz unberechtigt, denn konnten sie die Leute wirklich ausreichend schützen?

»Das heißt, du willst keine Anzeige erstatten?«

Der Wirt schüttelte mutlos seinen Kopf.

»Wo Haie bloß steckt?«, Tom und Marlene standen vor der Wiege im Kinderzimmer und schauten dem schlafenden Niklas zu.

So langsam machten sie sich Sorgen um den Freund. Das war überhaupt nicht seine Art, etwas zuzusagen und sich dann nicht zu melden. Gut, Tom hatte gesagt, es würde später Nachmittag werden, bis sie zu Hause waren, aber mittlerweile war es sechs Uhr durch und Haie hatte nicht einmal angerufen.

Und erreichbar war er auch nicht. Weder daheim noch auf seinem Handy.

»Ob ich Dirk mal anrufe?«, fragte Marlene mehr sich selbst als Tom. Sie hatte ihn ohnehin anrufen wollen wegen der Befragung im Krankenhaus und um ihm ihren Verdacht in Bezug auf die Entführung mitzuteilen.

Sie erreichte Thamsen im Büro, der gleich nach dem ersten Klingeln abnahm.

»Ach, ihr seid doch schon zu Hause?« Er hatte angenommen, Marlene müsse aufgrund der schweren Geburt noch länger in der Husumer Klinik bleiben.

»Möchtest du vielleicht später vorbeikommen? Ich würde dir auch gern noch von der Befragung im Krankenhaus erzählen.« Thamsen blickte auf die Uhr.

»Und was ist mit gleich?«

»Warum nicht«, entgegnete Marlene, »eigentlich wollte Haie zwar kommen, aber der hat sich noch nicht gemeldet. Weißt du, wo der steckt?«

»Nee, aber ich kann gern vorher bei ihm vorbeischauen«, bot Thamsen an.

Gut eine viertel Stunde später saß Thamsen im Dienstwagen der Polizei und fuhr Richtung B5. Die Dienststelle besaß einen Poolwagen, den sie für Ermittlungen nutzten, wenn man nicht direkt mit dem Peterwagen irgendwo vorfahren wollte. Für gewöhnlich fuhr er lieber mit seinem privaten Pkw und überließ den Dienstwagen den Mitarbeitern, aber in diesem Fall brauchte er einen fahrbaren Untersatz und hatte sich selbst für die nächsten Tage in die Liste der Nutzer eingetragen.

Der Feierabendverkehr war zwar in vollem Gange, aber in Niebüll war das nur halb so wild und bedeutete eigentlich keinerlei Verzögerung.

Er bog in Risum nicht direkt auf die Dorfstraße ab, sondern fuhr zunächst zur Tankstelle, um zumindest einen Blumenstrauß für Marlene zu kaufen. Um ein Geschenk für den Kleinen hatte er sich noch nicht gekümmert. Ihm schwebte ein Buch mit Geschichten über den Klabautermann vor. Anne hatte diesen Kobold geliebt, als sie noch kleiner gewesen war. Bisher hatte er allerdings noch keine Ahnung, wo so etwas erhältlich war. Bücher mit altem Kulturgut waren selten, vor allem für Kinder. Dazu müsste er wohl seine Mutter fragen, die hatte damals auch für Anne solch ein Buch gekauft und wusste sicherlich, wo er das bekommen konnte.

Er wählte einen bunten Strauß mit Rosen und zahlte an der Kasse. Dann verließ er die Tankstelle über den angrenzenden Parkplatz und bog nach links auf die Dorfstraße ab.

Als er an der Gastwirtschaft in der Abzweigung nach Maasbüll vorbeikam, sah er Haies Fahrrad am Zaun stehen. Aufgrund seiner grellen Farbe fiel es ihm sofort ins Auge und war daher auch unverwechselbar.

Hier steckst du also, Freundchen, dachte er und fuhr kurz entschlossen die kleine Anhöhe zur Wirtschaft hinauf.

Als er den Gastraum betrat, sah er den Freund am Tresen sitzen. Viel Betrieb war um diese Uhrzeit nicht und so war Haie beinahe der einzige Gast. Wild gestikulierend erzählte er dem Wirt, der ihm gerade ein frisch gezapftes Bier hinstellte, eine Geschichte.

»Moin, Max, machst du mir auch eins?«, sagte Thamsen, während er sich neben Haie setzte. Der Freund schien mehr als überrascht, ihn hier zu sehen, und schaute ihn stumm an.

»Was ist los? Hat es dir die Sprache verschlagen?«

Haie schluckte. »Was machst du denn hier?«, fragte er mit großen Augen.

»Na«, lachte Dirk auf, »das Gleiche könnte ich dich fragen. Marlene hat bei mir angerufen. Die erwarten dich seit Stunden.«

Der Wirt stellte ein weiteres Glas Bier auf den Tresen. Thamsen prostete Haie kurz zu, dann nahm er einen kräftigen Schluck. »Also?«, fragte er, nachdem er das Glas abgesetzt hatte und der Freund ihn immer noch anstarrte.

Haie blickte sich kurz im Gastraum um, ehe er sich ein Stück weit zu Thamsen hinüberbeugte.

»Ich bin heute bedroht worden.«

»Von wem?«

Haie zuckte mit den Schultern. »Irgend so ein Glatzkopf.«

Thamsen wurde hellhörig. Schon wieder ein Übergriff von Neonazis? Aber auf Haie?

»Wieso?«

»Weil ich mit dir geredet habe.« Wieder blickte Haie sich um.

»Über Lars?«, erriet Dirk sofort. Nicht ungewöhnlich, wenn die Gruppenmitglieder sich rächten, weil jemand einen von ihnen bei der Polizei angeschwärzt hatte. Aber bedeutete das nicht gleichzeitig, der Sohn seines Mitarbeiters hatte doch etwas mit der Sache zu tun?

»Du musst Anzeige erstatten«, forderte er den Freund auf. Denn dann hatten sie endlich etwas gegen diese Typen in der Hand und konnten sie vorladen.

»Auf keinen Fall!«, wies Haie ihn zurück. »Ich bin doch nicht lebensmüde. Der hat mich mit einem Messer bedroht.«

»Gerade deswegen musst du ihn anzeigen. Hast du nicht immer gesagt, man muss diesen Typen Einhalt gebieten?« Thamsen schaute Haie tadelnd an.

»Ich hänge aber an meinem Leben!« Der Freund war ebenso wie der Tavernenbesitzer und dessen Kellner verängstigt.

»Den Arzt haben sie schon umgebracht und Vasili halb totgeprügelt, wie mir Max gerade erzählt hat.«

»Aber Vasili will auch keine Anzeige erstatten.«

Haie nickte verständnisvoll.

»Und wie sollen wir den Typen dann beikommen?«, fragte Thamsen ein wenig ärgerlich. Er konnte Haie ja verstehen. Die Kerle waren echt gefährlich. Das hatte der Überfall auf die Taverne deutlich gezeigt. Vasili konnte wahrscheinlich froh sein, dass sie ihn nicht erschlagen hatten. Beim Arzt waren sie ja anscheinend nicht ganz so zurückhaltend gewesen. Ob Dr. Merizadi wohl schon vorher mal bedroht worden ist, schoss es ihm plötzlich durch den Kopf. Er sollte noch einmal mit der Witwe und den

Arzthelferinnen in der Praxis reden. Er hatte sowieso den Eindruck gehabt, die Frauen verbargen etwas, und Angst war da auch im Spiel gewesen. Vielleicht stimmte es, und die Neonazis hatten den iranischen Frauenarzt bereits vorher im Visier gehabt. Er beschloss, gleich morgen noch einmal zur Witwe und in die Praxis zu fahren.

Jetzt aber würde er erst einmal den Freund dazu bewegen, nach Hause zu gehen. Und Tom und Marlene warteten auch auf ihn.

»Also los«, er stieß Haie in die Seite. »Du bekommst heute sogar Polizeischutz auf dem Heimweg.«

Ein leichtes Grinsen huschte über Haies Gesicht. Seinen Humor hatten sie ihm wenigstens nicht austreiben können.

Draußen hatte ein leichter Nieselregen eingesetzt und Haie war nicht traurig, als Dirk sein Fahrrad in den Kofferraum des Dienstwagens legte und ihn aufforderte einzusteigen. Es war zwar nicht weit, aber Haie war heute schon einmal nass geworden und durch die überhitzte Luft in der Gastwirtschaft fröstelte er nun.

»Soll ich dich nach Hause fahren oder kommst du noch mit zu Tom und Marlene?«, fragte Thamsen, obwohl ihm eigentlich klar war, dass der Freund jetzt wahrscheinlich nicht gern alleine war. Deshalb war er auch nicht sonderlich überrascht, als Haie die Einladung zu den Freunden sofort annahm.

Die beiden guckten auch nicht schlecht, als Dirk mit Haie im Schlepptau bei ihnen auftauchte.

»Wo warst du denn bloß?«, fragte Marlene ohne Umschweife. Sie hatte sich ernsthaft Sorgen um ihn gemacht, denn es war ganz und gar nicht Haies Art, sich nicht zu melden.

»Lasst uns erst mal reinkommen«, antwortete Dirk und überreichte Marlene den Blumenstrauß, ehe sie dem Freund weitere Vorwürfe machen konnte. Zusammen gingen sie in die Küche und setzten sich an den Tisch. Marlene stellte die Blumen ins Wasser und servierte dann ein paar Schnittchen, die sie in der Zwischenzeit vorbereitet hatte.

Doch keiner von ihnen schien so recht Appetit zu haben. »Was ist denn los?«, fragte Tom, als Haie auf Marlenes Angebot den Kopf schüttelte, »du greifst doch sonst immer gern zu.«

Haie räusperte sich und erzählte, was ihm am Nachmittag passiert war.

»Was?«, entfuhr es Marlene. »Jetzt bedrohen die einen schon am helllichten Tag auf der Straße?«

Sie blickte Thamsen auffordernd an. Er war schließlich Polizist und musste dagegen etwas tun. Doch wie bereits beim vorangegangenen Gespräch konnte er nur betonen, dass, wenn Haie keine Anzeige erstattete, er nichts tun könne.

»Dann musst du die anzeigen!«, kreischte Marlene förmlich.

»Ganz sicher nicht! Der hat mich mit dem Messer bedroht. Außerdem wissen die doch auch, wo ich wohne!«

»Ja, aber was soll denn noch geschehen?«, fragte Marlene nun etwas ruhiger. »Der tote Arzt geht doch schon auf deren Konto. Wusstet ihr eigentlich, dass Miriam Kuipers bei ihm in Behandlung war?«

»Und?« Haie verstand nicht, was Marlene damit sagen wollte. Was hatte das verschwundene Baby jetzt plötzlich mit den Übergriffen der Neonazis zu tun?

»Habt ihr schon mal darüber nachgedacht, ob die Kerle vielleicht etwas mit der Entführung zu tun haben könnten?«

13.

Das Fieber war gesunken. Gott sei Dank! Die Wadenwickel mit Zwiebelsud hatten geholfen. Ein altes Hausmittel ihrer Mutter. Manchmal wirkten die Wunder.

Denn Appetit schien der Kleine plötzlich auch zu haben. Jedenfalls schrie er und versuchte immer wieder wie wild, an der Nuckelflasche zu saugen. Aber wirklich viel trank er nicht. Ob es ihm nicht schmeckte?

Sie stand auf und las noch einmal die Anleitung auf der Verpackung des Milchpulvers. Doch, sie hatte alles richtig zubereitet. Daran konnte es nicht liegen. Gut, es war nun einmal keine Muttermilch, aber wenn man Hunger hatte, musste das doch auch gehen, oder?

Endlich schlief der kleine Junge vor Erschöpfung ein. Seine Wangen waren ganz rot vom Brüllen und sie streichelte sanft über sein Gesicht. Dabei summte sie ein Lied, das ihre Mutter immer mit ihr auf Plattdeutsch gesungen hatte, als sie selbst noch ein Kind war. An die erste Strophe konnte sie sich noch erinnern:

Et wassen twee Künigeskinner,
de hadden eenanner so leef,
de konnen toanner nich kummen,
dat Water was vil to breed.

Schon damals hatte sie sich gewünscht, selbst einmal die Mutti zu sein, die dieses Lied mit ihrem Kind sang. Und nun war es wahr geworden, wenn auch nicht ganz.

Aber sie war so dicht davor gewesen, endlich ein eigenes Kind zu bekommen. Nachdem sie diesen Arzt getroffen hatte, hatte sie doch Hoffnung gehabt. Hoffnung darauf, nun endlich auch ohne einen Mann schwanger zu werden. Wenngleich sich der Gynäkologe zunächst allerdings ein wenig geziert hatte, die Behandlung überhaupt durchzuführen. Schließlich war sie alleinstehend und wie für fast alles gab es für künstliche Befruchtungen in Deutschland auch Richtlinien für die Anforderungen an den Familienstand. Doch nachdem sie ihm unter Tränen ihre Geschichte erzählt und mehrmals glaubhaft versichert hatte, finanziell bestens gestellt zu sein, hatte er sich schließlich bereit erklärt, ihr zu helfen. Und dann, nach dem dritten Versuch, hatte es endlich geklappt und sie war im siebten Himmel gewesen. Hatte sich an alle Vorgaben gehalten. Gesunde Ernährung, kein Alkohol, keine körperliche Anstrengung. Und jeden Tag hatte sie das Kind in sich wachsen gespürt. Bis zu diesem einen Morgen, an dem sie gar nichts mehr gespürt hatte. Kein Leben in sich.

Thamsen schloss leise die Wohnungstür auf. Es war spät geworden bei den Freunden. Viel später, als er eigentlich geplant hatte. Aber die letzten Ereignisse hatten alle derart aufgewühlt und sie hatten einfach nicht aufhören können, darüber zu diskutieren. Es war schließlich Niklas gewesen, der sie durch sein Gebrüll aufgescheucht hatte. Der Kleine verlangte sein Nachtmahl und Haie und Dirk waren aufgebrochen, als Marlene sich zum Stillen zurückgezogen hatte.

Thamsen hatte Haie, wie versprochen, nach Hause gebracht. Er hatte im Auto gewartet, bis Haie den Weg zum Haus hinaufgegangen war, die Tür aufgeschlossen und im Licht des Flurs ihm ein Zeichen gegeben hatte, dass alles in Ordnung war. Er hatte dem Freund empfohlen, die Haustür abzuschließen. Für gewöhnlich stand Haies Haus immer offen, wenn er daheim war. »Hier klaut doch keiner was«, war sein Argument. Aber nach dem Übergriff glaubte Thamsen, es sei vernünftiger, die Tür zu verriegeln. Es wäre unwahrscheinlich, wenn die Kerle gleich heute wieder zuschlagen würden, aber sicher war sicher.

Bei Timo im Zimmer brannte noch Licht. Durch den Spalt unterhalb der Tür konnte er den Strahl im dunklen Flur ausmachen. Anne schien bereits zu schlafen, bei ihr war alles dunkel.

»Na, mein Großer?«, begrüßte er seinen Sohn, nachdem er seine Sachen im Flur aufgehängt hatte. »Bei euch war alles klar?«

Timo nickte und Thamsen war wieder einmal mehr als stolz auf seine Kinder, die mittlerweile so selbstständig waren, dass er sich an und für sich keine Sorgen um die beiden zu machen brauchte. Trotzdem hatte er hin und wieder ein schlechtes Gewissen, weil er die zwei so oft sich selbst überließ.

»Am Wochenende unternehmen wir drei was Schönes, okay?«

»Ich dachte, am Wochenende kommt Oma wieder?«

Das hatte Dirk ganz vergessen. Zumal er seiner Mutter versprochen hatte, sie wieder vom Zug abzuholen. »Na und, wir können doch trotzdem etwas zusammen machen.«

»Mit Oma?« Für den Teenager gab es mittlerweile nichts Langweiligeres als Unternehmungen mit seiner Großmutter. Dirk konnte das verstehen. Er hatte in dem Alter auch selten Lust gehabt, seine Freizeit mit den Erwachsenen zu vergeuden.

»Na ja, um eine Tasse Kaffee werden wir nicht rumkommen, aber danach könnten wir ins Kino gehen oder vielleicht zum Bowling?«

»Oh ja, zum Kegeln!« Anne stand plötzlich in der Tür. Barfuß und im Nachthemd. Ihre zerzausten Haare standen wirr vom Kopf ab, aber ihre Augen strahlten.

Thamsen stand von Timos Bettkante auf und nahm Anne auf den Arm, was ihn zugegebenermaßen mittlerweile mehr Mühe kostete als noch vor ein paar Jahren. Die Kleine war inzwischen ganz schön schwer. Aber im Gegensatz zu ihrem Bruder, der durch die Trennung von Iris sehr schnell erwachsen geworden war, hatte sie sich viele kindliche Züge bewahrt.

»Also gut«, bestimmte Thamsen und kitzelte dabei seine Tochter am Hals, »Samstag ist Kegeln angesagt!«

Am nächsten Morgen kümmerte er sich als Erstes um seinen kaputten Wagen. Er wartete, bis der Abschleppdienst den Kombi aufgeladen hatte und um die Ecke gebogen war. Er hoffte nur, es würde nicht allzu teuer werden. Dann stieg er in den Dienstwagen. Im Büro angekommen, rief er zunächst bei Haie an, um sich zu erkundigen, ob bei dem Freund alles in Ordnung war. »Willst du das jetzt jeden Morgen machen?«, witzelte der Hausmeister, der nach einer ruhigen Nacht etwas entspannter war.

Anschließend rief er die Beamten in Husum an und

schilderte die Vorfälle des gestrigen Tages sowie den Überfall auf die Taverne.

»Wir sollten den Verfassungsschutz einschalten«, forderte er die Kollegen auf.

»Hm«, war die Antwort. Ob das wirklich nötig sei oder ob er nicht glaube, die kleinen Braunen, wie Lorenz Meister die Gruppe von Neonazis nannte, selbst in den Griff zu bekommen.

»Kleine Braune!«, schnaubte Thamsen. »Wir haben es hier immerhin mit Mord zu tun!«

»Na, na, na, das steht doch noch gar nicht fest. Oder habt ihr neue Hinweise?«

Das musste Thamsen leider verneinen. Bisher waren sie im Prinzip keinen Schritt weiter als bis zu dem Moment, als die Leiche an der KZ-Gedenkstätte von dem Jogger aufgefunden worden war. Ganz im Gegenteil. Zusätzlich gab es mehrere Delikte, von denen sie zwar wussten, wer sie zu verantworten hatte, aber ohne die offizielle Anzeige eines Geschädigten nichts tun konnten.

Er verabredete mit den Kollegen ein Treffen in Niebüll für den Nachmittag, bei dem sie anschließend eine Pressekonferenz geben würden. Vielleicht gab es ja doch noch Mutige in der Gesellschaft, die eine Aussage zu den Rechtsradikalen machen wollten.

Die Nacht war kurz und schlaflos gewesen. Niklas hatte fast ununterbrochen geweint und Marlene war von Stunde zu Stunde verzweifelter geworden.

»Vielleicht hat er Schmerzen?«, hatte Tom gefragt und sie damit noch mehr verunsichert. Sie hatte ja gewusst, es würde anstrengend mit einem Säugling werden, aber in den ersten Tagen im Krankenhaus mit der entsprechenden Unterstützung war ihr das gar nicht so vorgekommen. Daher traf sie nun die alleinige Verantwortung mit voller Wucht. Und Tom war dabei nicht unbedingt eine große Hilfe. Obwohl er mit ihr zusammen einen Vorbereitungskurs besucht hatte, stellte er sich mit allem, was Niklas betraf, derart tollpatschig an, dass man Angst haben musste, er könne den Kleinen verletzen oder womöglich fallen lassen. Genau das war auch Toms Sorge und machte den Umgang für ihn mit diesem winzigen Wesen nicht gerade leichter. An der Babypuppe war alles viel einfacher gewesen. Die hatte auch auf dem Wickeltisch nicht so jämmerlich geweint und irgendwie hatte man ja gewusst, man brach der Übungspuppe nicht alle Knochen, wenn man versuchte, das kleine Ärmchen in das Hemdchen zu stopfen.

Gerade jetzt kämpfte er mit dem Klebeband der Pampers, da Marlene in dem Sessel, in dem sie Niklas gestillt hatte, eingeschlafen war und er ihr zumindest das Wickeln hatte abnehmen wollen. Doch bei der ersten Windel hatte er so schwungvoll an der Lasche gezogen, dass diese gleich abgerissen war, und nun hatte er zu zaghaft gezogen, und die Lasche klebte bereits, und zwar in einer Stellung, in der die Windel sofort verrutschen würde, sobald sich Niklas bewegte. Da er nicht wusste, dass die Klebestreifen wiederverschließbar waren, puhlte er ganz vorsichtig an der Windel herum und riss dabei mit dem Fingernagel ein Loch in die Pampers. »Mist!«, schimpfte er und hörte plötzlich ein glucksendes Geräusch. Marlene war wach und hielt sich die Hand vor den Mund, um nicht laut loszuprusten. »Was gibt es da zu lachen?«, fragte er leicht verärgert, »das ist hier eine Scheißqualität.«

Marlene stand auf und nahm eine neue Windel vom Stapel. »Komm, ich erlöse dich.«

Doch Tom wollte sich nicht kampflos einer Papierwindel ergeben. »Gib her, ich mache das schon.«

Er riss Marlene die Pampers aus der Hand. Vorsichtig hob er Niklas an, der von dem Rein- in- die- Windel, Raus- aus- der- Windel langsam genug hatte und nun richtig schrie.

»Ist ja gut«, versuchte Tom, ihn zu beruhigen, »der Papa macht das schon.«

Marlene wollte gerade wieder helfend eingreifen, als Tom den Klebestreifen löste, doch da klingelte es.

»Oh, das muss die Hebamme sein.« Marlene zog ihre Hand zurück und lief zur Tür. Sich angeregt unterhaltend, kehrte sie kurz darauf mit der rundlichen Dame ins Kinderzimmer zurück, wo Tom ihnen einen frisch gewickelten Säugling präsentierte.

»Na, da bin ich wohl eine Minute zu spät«, entschuldigte sich die Hebamme, »ich muss mir den Kleinen heute noch einmal ansehen. Nabel und ob er nicht wund ist und so. Die Windel muss wieder runter.«

Tom verdrehte die Augen, als er Marlene kommentarlos das Baby reichte.

»Wir sind echt froh, mit Niklas zu Hause zu sein«, erklärte Marlene, während die Hebamme sich an dem Säugling zu schaffen machte. »Im Krankenhaus fühlten wir uns einfach nicht sicher.«

»Kann ich mir vorstellen. Zumal die Polizei immer noch keine Spur von dem Baby hat.«

»Das muss schrecklich für Frau Kuipers sein«, flüsterte Marlene.

»Ja, zumal sie lang gebraucht hat, um überhaupt schwanger zu werden, und die Schwangerschaft war so schwer.«

»Haben Sie sie auch betreut?«

»Ja, sie war eine der wenigen Patientinnen von Dr. Merizadi, die zu mir kam.«

»Aber gibt es denn noch so viele andere Hebammen in der Gegend?« Marlene konnte sich nicht daran erinnern, eine große Auswahl gehabt zu haben. Jedenfalls nicht in der näheren Umgebung.

»Das nicht«, die Hebamme wog Niklas und nickte zufrieden. Das Gewicht notierte sie in dem kleinen Buch neben dem Wickeltisch. »Aber viele Patientinnen hat der Arzt selbst betreut. Man hatte fast den Eindruck, als wolle er da sonst keinen ranlassen an seine ›Züchtungen‹.«

»Züchtungen?« Marlene blickte erschrocken auf.

»Entschuldigung«, entgegnete die Hebamme und erklärte, sie wäre bei künstlichen Befruchtungen immer etwas skeptisch. Generell sei es ein guter Weg, um kinderlosen Paaren den Herzenswunsch zu erfüllen, aber ihrer Meinung nach wurde damit auch viel Schindluder getrieben.

»Allein die Miriam. Die ist noch so jung. Die wäre sicher noch schwanger geworden. Ein wenig Geduld gehört nun einmal dazu.«

Marlene nickte. Sie verstand, was die Frau sagen wollte. Miriam Kuipers war wirklich noch sehr jung. Was nicht bedeutete, sie könne keine gute Mutter sein, aber vielleicht erst später. Manchmal machte die Natur es schon automatisch richtig und wählte selbst den passenden Zeitpunkt. Daher war es nicht immer sinnvoll, ihr ins Handwerk zu pfuschen.

»Außerdem weiß man nie, ob nicht irgendeiner bei der ganzen wissenschaftlichen Forschung auf dumme Gedanken kommt.«

14.

Thamsen war überrascht, die Witwe des Arztes in der Praxis anzutreffen, obwohl es sicherlich einiges zu klären gab. Wie sollte es mit der Praxis weitergehen, was war mit den Angestellten, würde sich vielleicht ein Käufer finden und wenn ja, wann?

Aber all diese Dinge hatten die Frauen vermutlich nicht besprochen, als er geklingelt hatte und das Beisammensein im Sozialraum der Praxis störte. Jedenfalls war dies sein Eindruck, denn die Stimmung ihm gegenüber war nach wie vor eher abweisend und die Frauen blieben sehr wortkarg.

»Frau Merizadi«, begann er, »ich möchte gern von Ihnen wissen, ob Ihr Mann in der letzten Zeit bedroht worden ist.«

»Bedroht?« Die Frau tat, als verstünde sie nicht, und blickte ihn mit unschuldigen Rehaugen an. Doch er merkte sofort, dass sie nur die Unwissende spielte. Wahrscheinlich lag er mit seiner Vermutung richtig und nicht nur ihr Mann, sondern auch sie selbst war bedroht worden. Aber aus Angst würde sie, wie er ahnte, ebenso wenig wie all die anderen Betroffenen etwas sagen.

Er hielt es jedoch für das Beste, sie mit seinen Überlegungen direkt zu konfrontieren.

»Momentan ist hier in der Gegend eine Gruppe Neonazis sehr aktiv. Es gibt etliche Leute, die massiv bedroht worden sind und den Mord an Ihrem Mann schreiben wir bisher auch dem Konto der Gruppe zu. Daher gehe ich davon aus, dass Ihr Mann und Sie von diesen Glatzköpfen bedroht worden sind. Werden Sie eventuell immer noch terrorisiert?«

»Neonazis?« Wieder diese Rehaugen, diesmal flackerte ihr Blick allerdings und Thamsen wusste, er hatte genau ins Schwarze getroffen.

»Ja, wie sieht es denn hier in der Praxis aus? Sie haben mir doch erzählt, dass Sie öfter Drohungen erhalten haben«, wandte er sich unvermittelt an die Sprechstundenhilfen.

»Ja, aber…«, die schwangere Frau blickte zu Nesrim Merizadi, dann zurück zu ihm. Doch dieser vergewissernde Blick sagte ihm alles.

»Seit wann geht das?«, versuchte er, weitere Ausflüchte zu vereiteln.

»Was?«

Die Frauen waren nicht so leicht zu knacken. Sie hatten Angst. Verständlicherweise. Immerhin waren diese Typen gefährlich. Wer wusste schon, womit sie den Frauen gedroht hatten. Aber wenn nicht endlich einer mal den Mund aufmachte, würde gar nichts passieren. Dann machten die immer und immer weiter. Kamen ja bestens durch mit der Masche, wie man sah.

»Bitte«, appellierte er daher an die Vernunft der Frauen, »die haben Dr. Merizadi doch nicht von heute auf morgen im Visier gehabt, da gab es doch vorher auch schon mal Vorfälle, oder?«

»Na ja«, mischte sich nun eine der Arzthelferinnen ein, »schriftliche Drohungen haben wir bekommen. Aber ob die von irgendwelchen Rechtsradikalen kamen?« Sie zuckte mit den Schultern.

»Wir haben das mehr als Spinnerei irgendwelcher religiöser Fanatiker abgetan.«

»Kann ich die mal sehen?« Vielleicht gaben die Schrift-
stücke Auskunft über die Herkunft. Eventuell waren sogar
Fingerabdrücke sicherzustellen. Technisch war heute jede
Menge möglich. Mit etwas Glück konnte er den Kerlen
zumindest in dieser Hinsicht etwas nachweisen. Er blickte
erwartungsvoll auf die Frau in Weiß.

»Nee, die haben wir gleich weggeschmissen.«

Wenig später fuhr er zurück ins Präsidium. Aus den Frauen
war nicht mehr herauszubekommen gewesen, obwohl da
sicher etwas war, das sie ihm verheimlichten. Er ärgerte
sich darüber, wie es die Neonazis schafften, die Bevölkerung derart einzuschüchtern, dass keiner sich traute, etwas
zu sagen. So musste es zu Hitlers Zeiten auch gewesen sein.
Ansonsten war doch das Ausmaß des Terrors damals wie
heute kaum zu erklären. Wie aber konnte man diesen Teu-
felskreis der Angst durchbrechen und den Verbrechern
das Handwerk legen?

Während er überlegte, wie man die Bürger aufrütteln
konnte, klingelte plötzlich sein Telefon. Da der Dienstwagen, anders als sein alter Kombi, über eine Freisprech-
anlage verfügte, konnte er das Telefonat annehmen, ohne
anzuhalten.

»Hallo, Dirk, hier ist Dörte!«

Bei den Worten, die aus dem Lautsprecher der Sprech-
anlage tönten, wurde ihm plötzlich ganz warm. Er räusperte sich. »Wie schön, dass du anrufst. Ich hatte so viel
zu tun. Ich bin gar nicht dazu gekommen, mich bei dir zu
melden. Entschuldige bitte.«

Die Entschuldigung war ihm ernst. Er freute sich wirklich über ihren Anruf und es tat ihm leid, sich nicht selbst
bei ihr gemeldet zu haben. Sie war eine sehr nette Frau

und er fühlte sich wohl in ihrer Gesellschaft. Sicher war die Witwe des Mordopfers eine der schönsten Frauen, die er jemals gesehen hatte, aber Dörte strahlte etwas aus, das ihn in gewisser Weise elektrisierte.

»Ich kann mir vorstellen, dass du jede Menge um die Ohren hast.«

Kein Vorwurf war in ihrer Stimme zu hören. Das brachte sie auf der Sympathieleiter gleich noch einmal ein paar Sprossen nach oben. Am liebsten hätte er sich sofort mit ihr getroffen, doch er musste ins Büro, um die Pressekonferenz vorzubereiten. Und morgen hatte er den Kindern einen gemeinsamen Tag versprochen. Natürlich hätte er Dörte fragen können, ob sie mit zum Kegeln kommen wollte, aber so gut kannten sie sich nun auch noch nicht. Und was sollte er den Kindern sagen? Was würden sie denken? Und Dörte?

»Hast du Sonntagabend schon etwas vor?«, erkundigte er sich daher. »Wir könnten vielleicht etwas essen gehen.«

»Sehr gern. Und wo?«

»Tja, die griechische Taverne fällt wahrscheinlich erst einmal aus, aber wie wäre es mit chinesisch? Treffen wir uns doch in der Mitte. Was hältst du vom Chinesen in Leck?«

»Abgemacht«, stimmte sie seinem Vorschlag zu. »Halb acht?«

»Halb acht«, bestätigte er ihre Verabredung und legte nach einer knappen Verabschiedung auf. Er wusste noch nicht, was das mit ihnen werden würde, wohin es ihn führte, sich auf diese Frau einzulassen. Aber warum nicht mal ein Abenteuer wagen? Er war nun lang genug allein. Schon geraume Zeit sehnte er sich nach einer Partnerschaft und er war bereit dafür. Die Verwundungen, die er aus seiner Ehe davongetragen hatte, waren verheilt und er fühlte sich offen für eine neue Beziehung. Bisher hatte er sich nur nie getraut. In Gegenwart von Frauen war er häufig gehemmt, einfach aus der Übung gekommen. Aber bei Dörte war das seltsamerweise anders. Vielleicht, weil er sich nicht primär körperlich zu ihr hingezogen fühlte, was nicht hieß, dass er sich nicht vorstellen konnte, mit ihr zu schlafen. Unter dem dicken Wollpulli, den sie das letzte Mal getragen hatte, verbarg sich unter Garantie ein schöner Körper, den er nur zu gern erkunden würde. Schließlich war er ein Mann. Es wäre wahrscheinlich anormal, wenn er sich keinen Sex mit dieser Frau vorstellte, die er durchaus attraktiv fand. Aber er spürte, es gab noch mehr, das sie verband, etwas Tieferes, was ihn zu ihr hinzog, und er war gespannt, dieses zu entdecken.

Ganz in Gedanken fuhr er auf den Parkplatz der Polizeidienststelle. Die Husumer Kollegen waren bereits vor Ort. Ihre dunkle Limousine stand auf dem Behindertenparkplatz. Er stieg aus dem Wagen, straffte die Schultern und holte tief Luft, ehe er zum Polizeigebäude hinüberging.

Die Husumer saßen bereits im Besprechungsraum. Gunter Sönksen hatte ihnen Kaffee gebracht und die Herren ließen sich von den letzten Ermittlungen berichten. Thamsen ärgerte sich, dass man nicht auf ihn gewartet hatte. Auch wenn die Besprechung offiziell noch nicht begonnen hatte, waren die Kommissare doch bereits gut im Bilde über die letzten Ereignisse.

»Und, hat dein Besuch in der Praxis noch einmal was gebracht?«, begrüßten sie ihn deshalb.

Thamsen blickte demonstrativ auf seine Armbanduhr. Er war nicht zu spät, sondern sogar noch fünf Minuten vor der verabredeten Zeit.

»Moin erst einmal«, entgegnete er daher und ließ die Frage des Kollegen unbeantwortet.

Er klappte seine Mappe auf und verteilte zunächst seinen Entwurf für die Pressemitteilung, die er am Morgen verfasst hatte. Die Husumer Beamten überflogen den Text.

»Ist ja nicht besonders konkret«, urteilte Lorenz Meister und legte das Blatt zur Seite.

»Es gibt auch kaum etwas Konkretes«, verteidigte Dirk seine Mitteilung. Er wollte die Pressekonferenz ja gerade dazu nutzen, eventuell an weitere Informationen zu gelangen und vielleicht sogar Aussagen oder Anzeigen gegen die Gruppe Rechtsradikaler zu bekommen.

»Aber wenn der Aufruf morgen gedruckt wird, braucht ihr auch einen Telefondienst.«

»Das lasst mal meine Sorge sein«, entkräftete Thamsen das Argument und blickte direkt zu Gunter.

»Also ich weiß nicht«, entgegnete nun der andere Beamte. »Durch die Mitteilung wird ganz klar, dass wir keinerlei Hinweise auf den Mörder haben.«

»Und auch sonst nichts gegen diese Kerle«, fügte Thamsen hinzu. »Aber vielleicht können wir durch den Aufruf jemanden bewegen, endlich mal den Mund aufzumachen.« Er war immer noch verärgert über das Verhalten der Arzthelferinnen. Ebenso wie über das Schweigen der Witwe. Auch wenn sie Angst hatte, wollte sie denn nicht, dass der Mörder ihres Mannes gefasst wurde und hinter Gitter kam?

»Oder wir scheuchen die Typen noch mehr auf«, gab der Husumer Kollege zu bedenken.

Augenblicklich musste Dirk an Haie denken. Natürlich bestand die Gefahr, die Gruppe könne sich nach dem Bericht erst recht rächen wollen. Den Freund hatten sie ja schon bedroht. Dennoch sah er es als Möglichkeit, Hinweise zu bekommen.

»Wie schätzt du das ein?«, wandte er sich an seinen Mitarbeiter. Der zuckte bei der Ansprache merklich zusammen.

»Nun ja«, Gunter Sönksen räusperte sich. »So oder so wird die Gruppe weiterhin Übergriffe verüben. Momentan sind die ja recht aktiv.«

»Also doch ein Fall für den Verfassungsschutz?«, warf Thamsen ein.

»Nein, nein, so schlimm ist es, glaube ich, nicht.« Gunter Sönksen schoss das Blut ins Gesicht. Man konnte förmlich dabei zusehen, wie sich die Röte bis zu den Haarwurzeln ausbreitete. Thamsen vermutete natürlich, der Mitarbeiter sagte das nur zum Schutz seines Sohnes, der ja in dieser Gruppe aktiv war. Die Husumer Kollegen, die von all dem nichts wussten, sahen das dennoch ähnlich wie Sönksen und aus einem unerklärlichen Grund ließ Thamsen die Sache auf sich beruhen. Er blickte auf seine Armbanduhr und rappelte sich auf.

»Wir müssen los! Die Meute wartet!«

»Und du meinst, die Kindesentführung und der Mord könnten etwas miteinander zu tun haben?«

Haie saß auf der Eckbank in Tom und Marlenes Küche und blickte die Freunde fragend an. Er war nach Feierabend bei ihnen vorbeigekommen – eigentlich, um sein Patenkind zu sehen. Doch da Niklas schlief, hatte Marlene Haie kurzerhand zum Abendbrot eingeladen. »Später wird er sowieso noch mal wach«, hatte sie erklärt und einfach ein paar Scheiben Brot mehr geschnitten.

Nun saßen sie vor dem gedeckten Tisch und diskutierten über einen möglichen Zusammenhang zwischen dem entführten Baby von Miriam Kuipers und dem ermordeten Arzt.

»Na ja, es kann natürlich Zufall sein. Aber was die Hebamme heute gesagt hat, ließ mich irgendwie stutzen.«

»Weil Dr. Merizadi sich nicht persönlich um sie gekümmert hat?« Haie sah da immer noch keinen Zusammenhang und Marlene konnte ihm natürlich keine Beweise liefern. Aber ihr Bauchgefühl sagte ihr, dass da etwas nicht stimmte. Wer waren die anderen Patientinnen? Die, um die sich der Doktor persönlich gekümmert hatte. Marlene kannte das von ihrer Ärztin nicht. Alle schwangeren Patientinnen, die sie dort getroffen hatte, waren von einer der empfohlenen Hebammen betreut worden. War doch eigentlich normal, dachte sie. Und wann hätte Frau Doktor sich auch die Zeit nehmen sollen? Gut, Frau Liebermann führte keine künstlichen Befruchtungen durch, aber trotzdem, sofern eine Schwangerschaft bestand, ob jetzt künstlich herbeigeführt oder auf natürlichem Wege entstanden, war doch die Hebamme für die Vorbereitung der werdenden Mutter und die Nachsorge nach der Geburt zuständig, oder?

»Wie lang machte der Merizadi das denn schon?«, mischte Tom sich nun ein. »Ich meine, wenn es seine ersten Patientinnen waren, ist es vielleicht verständlich, wenn er sie persönlich betreut hat.«

Marlene zuckte mit den Schultern und griff sich noch ein Stück Käse. Seit sie stillte, hatte sie ständig Hunger.

Sie wussten so gut wie nichts über diesen Arzt. Außer dass er ausländischer Abstammung war, eine gynäkologische Praxis in Leck hatte und vor einer Woche ermordet worden war. Dirk hatte Haie erzählt, er sei anfänglich davon überzeugt gewesen, den Täter schnell zu fassen. Dr. Merizadi war nicht an der KZ-Gedenkstätte ermordet worden und daher musste es woanders Spuren geben. Der Arzt war brutal erstochen worden und hatte laut Angaben des Gerichtsmediziners viel Blut verloren. Und Blut hinterließ immer Spuren, zumal man davon ausgehen konnte, dass der Täter die Leiche ja irgendwie zum Fundort gebracht haben musste. Und das wahrscheinlich mit einem Auto. Nicht zu vergessen die schmalen Reifenspuren, die sie gefunden hatten und die vermutlich zu einem Kinderwagen gehörten. Aber das war dann auch schon so gut wie alles, was ihnen über das Opfer und den Mord bekannt war, und eigentlich durften Tom und Marlene nicht einmal das wissen. Doch Thamsen wusste, er konnte ihnen vertrauen. Sie würden schweigen und diese Informationen lediglich dazu nutzen, den befreundeten Kommissar bei seinen Ermittlungen zu unterstützen. Aber in diesem Fall konnten sie ihm nicht wirklich helfen. Außer der Verbindung zwischen dem Toten und der ehemaligen Bettnachbarin Marlenes hatten sie nichts Greifbares in der Hand.

»Aber warum hat er dann nicht alle betreut? Was ist mit Miriam Kuipers?«, warf sie ein.

»Vielleicht wollte die lieber eine Hebamme«, vermutete Haie.

»Ach, was soll's«, gab Marlene sich geschlagen. Vielleicht trog sie ihr Bauchgefühl, obwohl sie ein ausgeprägtes Gespür für derartige Zusammenhänge hatte. Es war mehr als weibliche Intuition. Zumindest seit dem Mord an ihrer besten Freundin Heike hatte sie für Kleinigkeiten Sensoren entwickelt, die auch schon in anderen Fällen Puzzlestücke zusammengefügt hatten.

Aber sie konnte den beiden Männern nicht erklären, was genau in diesem Fall dieses eigenartige Gefühl in ihr auslöste. Trotzdem sagte ihr irgendetwas, dass es einen Zusammenhang gab zwischen dem toten Arzt und dem von ihm im Reagenzglas gezeugten Baby, das anscheinend spurlos verschwunden war.

15.

Thamsen stand von seinem Schreibtisch auf und reckte sich. Es war spät geworden. Die Pressekonferenz hatte ewig gedauert. Ursprünglich hatte er gedacht, die Journalisten würden die Informationen nehmen und wieder verschwinden. Aber eigentlich hätte er es besser wissen müssen. Natürlich hatten die Vertreter der Medien Fragen über Fragen gestellt.

Die Husumer Kollegen hatten nur dagesessen und die Lippen zusammengekniffen, während er sich eine Antwort nach der anderen hatte aus den Fingern saugen müssen. Aber anscheinend dachten die feinen Beamten, dies sei hier sein Revier, und hatten ihn der Meute von Presseleuten überlassen.

Nach einer Stunde hatte er dann die Konferenz für beendet erklärt und nochmals auf den Inhalt der Presseerklärung verwiesen. Ansonsten würden sie wahrscheinlich immer noch Fragen stellen. Der Fall verursachte einen ordentlichen Wirbel und hatte inzwischen bereits über die Grenzen von Nordfriesland hinaus für Schlagzeilen gesorgt. Es war nur eine Frage der Zeit, wann das Fernsehen hier auftauchen würde. Rechtsradikale Taten lockten die Sender immer irgendwann aus den Löchern.

Er schob die Akten sorgfältig zusammen und steckte einige davon in seine Tasche. Vielleicht fand er am Wochenende Zeit, den einen oder anderen Bericht noch einmal durchzugehen. Manchmal sah man mit etwas Abstand die Dinge plötzlich in einem neuen Licht.

Morgen würde er jedoch erst einmal ausschlafen. Und vielleicht fand er anschließend die Zeit, mal wieder eine Runde zu laufen. Früher hatte er das regelmäßig gemacht und irgendwie hatte er den Eindruck, seine Müdigkeit rührte auch ein wenig von der mangelnden Bewegung her. Er fühlte sich schlapp und erledigt. Daher fiel es ihm umso schwerer, sich aufzuraffen und loszulaufen. Aber wenn er Anne dazu bewegen konnte, ihn mit dem Fahrrad zu begleiten, war es vielleicht leichter. Zumindest für das erste Mal. Anschließend musste er mittags dann seine Mutter vom Bahnhof abholen. Wahnsinn, wenn er bedachte, wie die Woche an ihm vorbeigerast war. Er hatte das Gefühl, sie erst gestern verabschiedet zu haben. Wahrscheinlich würde ihm ein Urlaub auch mal wieder guttun. Er war schon lang nicht mehr verreist. Ein oder zwei Tage mit den Kindern, das ja, aber Urlaub? Vielleicht sollten sie im nächsten Sommer einfach mal ihre Koffer packen. Ansonsten waren die Kinder bald zu alt und wollten nicht mehr mit ihrem alten Herrn in Urlaub fahren. Er hatte ein wenig Geld gespart und hoffte, die Reparatur seines Wagens würde nicht allzu teuer werden, denn dann könnte es schlecht aussehen mit einem Familienurlaub. Aber wenn alles gut lief, wäre Spanien eventuell ein tolles Ziel, überlegte er, während er den Gang hinunterlief.

Aus einem der Büros hörte er eine Stimme und wunderte sich. Für gewöhnlich war er um diese Uhrzeit am Freitag der Letzte im Gebäude. Ausgenommen natürlich der Bereitschaftsdienst, aber die Kollegen saßen im vorderen Teil des Gebäudes. Er stoppte und lauschte jetzt bewusst.

»Ich kann das aber nicht schon wieder unter den Tisch ...«, tatsächlich, aus dem Büro von Gunter Sönksen drangen Wortfetzen, die Tür war nur angelehnt, daher konnte er relativ gut verstehen, was gesprochen wurde. Allerdings schien es sich um ein Telefonat zu handeln, denn es war lediglich die Stimme seines Kollegen zu hören.

»Ihr müsst aufhören damit. Ich kann das nicht ...« Thamsen überlegte kurz, ob er anklopfen, das Telefonat unterbrechen und seinen Mitarbeiter zur Rede stellen sollte.

Selbst den wenigen Bruchstücken konnte er entnehmen, dass es wahrscheinlich um die Aktionen der Neonazis ging. Aber was hatte Gunter Sönksen damit zu tun? Gut, sein Sohn gehörte der Gruppe an, aber angeblich war er eines der harmloseren Mitglieder. Und wenn Gunter auch bedroht wurde?

Dirk riss die Tür auf ohne anzuklopfen und platzte in das Büro.

Gunter Sönksen ließ vor Schreck den Hörer fallen. Panisch blickte er ihn an. Und bevor er überhaupt etwas sagen konnte, stotterte der Mitarbeiter bereits los.

»Ich kann dir das erklären, Dirk.«

Tom drehte sich im Bett herum und blickte auf die Leuchtziffern seines Weckers. 5:30 Uhr, und der Kleine schien mehr als wach zu sein. Draußen war es noch dunkel und vor der Ankunft seines Stammhalters hätte Tom nicht im Traum daran gedacht, um diese nachtschlafende Uhrzeit überhaupt seinen Zeh unter der Bettdecke hervorzustrecken.

Marlene schlief seltsamerweise tief und fest neben ihm. Sie hatte bis spät in die Nacht geputzt und noch einen

Kuchen gebacken, da Gesine Liebig für heute ihren Besuch angekündigt hatte. »Deine Mutter kann sich doch denken, dass es hier nicht picobello aussehen kann. Schließlich bist du erst gestern nach Hause gekommen und eigentlich noch krank«, hatte Tom geschimpft, als sie mit dem Staubwedel durch die Wohnung gehuscht war. Doch Marlene ließ sich nicht stoppen. Alles sollte perfekt sein, wenn ihre Mutter kam. Ihr Verhältnis war eigentlich nur als schwierig zu bezeichnen. Obwohl es sich in den letzten Jahren, besonders seit ihrer Hochzeit, ein wenig gebessert hatte. Trotzdem war es sehr distanziert und Marlene hätte alles dafür getan, dass ihre Mutter keinen Anlass fand, ihr Nachlässigkeit oder Schlampigkeit im Haushalt nachzusagen.

Tom hatte lediglich den Kopf über Marlenes Putzfimmel geschüttelt und war schließlich ohne sie ins Bett gegangen. Er stand auf und ging hinüber ins Kinderzimmer. Niklas lag in seiner Wiege und knötterte vor sich hin. Wahrscheinlich hat er die Hosen voll, dachte Tom und stöhnte innerlich auf. Er wollte ja ein Vollblutvater sein, aber mit diesen Plastikwindeln stand er nun einmal auf Kriegsfuß. Er nahm den Kleinen aus dem Bett und legte ihn sich über die Schulter. Für einen kurzen Augenblick war das Kind still und Tom summte ein wenig vor sich hin, in der Hoffnung, Niklas würde vielleicht auf seinem Arm einschlafen. Aber bereits wenige Minuten später fing er richtig an zu schreien und Tom ahnte den Grund dafür.

»Ist ja gut. Der Papa macht das mal klar«, versuchte er, seinen Sohn zu beruhigen, und legte ihn auf die Wickelkommode.

»Puh!«, stöhnte er, als er ihm den Strampler abgestreift und die Pampers aufgerissen hatte. Eilig suchte er nach Feuchttüchern, fand aber nur einen Waschlappen, den

Marlene wahrscheinlich am Abend zum Gesichtwaschen benutzt hatte.

»Geht auch«, befand Tom und wischte damit den Po des Kleinen sauber, was sich als nicht so einfach erwies, da der Lappen beinahe schon trocken war.

»Ich weiß, ist nicht so angenehm«, kommentierte er seine vermeintliche Waschaktion, als Niklas wieder zu weinen begann, »aber früher haben die Menschen sogar Zeitungspapier zum Hinternabputzen benutzt. Da kannst du dich über einen Frotteelappen echt freuen.«

Anschließend stellte Tom sich dem Kampf mit der Pampers, den er diesmal eindeutig gewann. Dann zog er dem Winzling einen frischen Strampler an. Niklas im Arm wiegend, stellte er sich ans Fenster und beobachtete, wie langsam die Morgendämmerung anbrach. Es schien ein schöner Tag zu werden, denn hinter der sich davonschleichenden Dunkelheit konnte man einen blauen Himmel erahnen. Plötzlich fiel ihm ein Gedicht von Storm ein, welches Marlene ihm letztes Jahr, hübsch aufbereitet, zum Nikolaus geschenkt hatte: ›Vom Himmel in die tiefsten Klüfte‹.

Besonders die letzte Strophe hatte es ihm angetan und er flüsterte sie seinem Sohn ins Ohr, während sie beide still vor dem Fenster standen.

>»Ein frommer Zauber hält mich wieder,
>Anbetend, staunend muss ich stehn;
>Es sinkt auf meine Augenlider
>Ein goldner Kindertraum hernieder,
>Ich fühl's, ein Wunder ist geschehn.«

»Hier steckt ihr also!« Marlene war unbemerkt ins Zimmer getreten. Sie hatte sich ihren rosa Bademantel übergeworfen, ihre Haare waren noch total verwuschelt. Von hinten umarmte sie Tom und schmiegte sich an ihn. Sie war glücklich in diesem Augenblick und wünschte, die Zeit würde stehen bleiben. Doch der stille Augenblick währte nur kurz. Niklas hatte Hunger und begann zu schreien.

»Sch, mein Kleiner«, flüsterte Tom ihm zu. »Es gibt gleich Frühstück. Papa jagt ein paar Brötchen und Mama eröffnet schon mal die Milchbar«, grinste er, während er Marlene das schreiende Kind hinhielt.

»Vielen Dank. Es ist toll, auf solch essenzielle Dinge reduziert zu werden«, schmollte Marlene und setzte sich mit Niklas auf den Sessel.

Tom zog sich inzwischen an und machte sich dann auf den Weg zum Bäcker. Er war noch nie so früh im Dorf unterwegs gewesen. Jedenfalls nicht, um Brötchen zu holen, und er hoffte, der Bäcker hatte überhaupt schon auf.

Doch erstaunt stellte er fest, dass bereits reichlich viele Leute im Dorf unterwegs waren. Ob die alle Kinder haben, wunderte er sich.

Beim Bäcker war jedenfalls die Hölle los. Er bekam kaum einen Parkplatz und musste ein ganzes Stück entfernt am Straßenrand halten.

Als er aus der kalten Morgenluft in den überhitzten Laden trat, beschlugen die Gläser seiner Brille, die er neuerdings beim Autofahren tragen musste. Er setzte sie ab und blinzelte. Vor ihm standen bereits vier weitere Kunden und warteten auf die Verkäuferin, die gerade im angrenzenden Nebenraum Briefmarken verkaufte. In den Bäckerladen war eine Filiale der Post integriert, daher auch der Name Bäckerpost.

Um die Wartezeit zu überbrücken, griff Tom nach dem Nordfriesland Tageblatt, das auf dem Verkaufstresen auslag und von dem ihm die Schlagzeile ›Brauner Terror in Nordfriesland‹ entgegenprangte.

»Eine Schande is dat«, kommentierte ein älterer Herr mit Pudelmütze den Bericht auf der Titelseite, noch ehe Tom die Chance hatte, dem Text weitere Einzelheiten zu entnehmen.

Der Mann fühlte sich anscheinend durch Toms Nicken aufgefordert, weitere Kommentare abzugeben, und über Tom ergoss sich eine Schimpftirade auf diese Kerle, die anscheinend aus der Vergangenheit gar nichts gelernt hatten, und auf die Polizei, die dem Treiben dieser Neonazis nichts entgegensetzte.

Tom nickte lediglich weiter, fragte sich jedoch, ob nicht ebenso jeder Einzelne von ihnen dafür verantwortlich war, dieses Gedankengut auszurotten und der braunen Gesinnung Paroli zu bieten. Aber der Pudelmützenmann ließ ihn gar nicht erst zu Wort kommen und als der Redeschwall endlich verstummte, war er an der Reihe und orderte seine Brötchen.

»Zwei Kieler und drei Vollkorn. Und die Zeitung nehm ich auch.«

Tom zahlte und verließ den Laden. Noch auf dem Weg zum Auto schlug er die Zeitung auf. Nun wollte er doch endlich ganz genau wissen, wie weit das braune Gedankengut angeblich in Nordfriesland verbreitet war.

Eigentlich hatte er ja immer gedacht, hier in Risum lebten sie fernab solcher Einstellungen, aber die Ereignisse der letzten Tage, insbesondere der Übergriff auf Haie, hatten ihn eines Besseren belehrt. Und insgeheim musste er dem Berichterstatter recht geben. Gerade Jugendliche waren hier oben aufgrund von Arbeitslosigkeit und dem mangelnden Angebot an Freizeitaktivitäten für derartige

Gruppen eine leichte Beute. Obwohl es natürlich auch immer eine Frage der eigenen Einstellung war, alles konnte man den äußeren Umständen wirklich nicht in die Schuhe schieben, denn gerade in der letzten Zeit hatte besonders die Gemeinde viel Geld in die Kinder- und Jugendarbeit investiert.

Er schlug die Zeitung wieder zu, dabei fielen einige Werbeblätter heraus. Tom interessierte sich nicht sonderlich für derartige Anzeigenblättchen, bückte sich dennoch, denn schließlich konnte man den Dreck nicht auf der Straße liegen lassen. Als er das Papier zusammenschob, stach ihm ein Blatt plötzlich ins Auge. Es war kein Hochglanzprospekt oder eines dieser bunten Blättchen, die mit tollen Angeboten lockten, sondern ein kopiertes Blatt mit einer Naziflagge. Zuerst nahm er an, es sei ein Aufruf, sich gegen die neonazistischen Vorkommnisse zu wehren und dem braunen Terror Einhalt zu gebieten, doch als er die Zeilen auf dem Blatt las, wurde ihm ganz anders.

›Blood & Honor
Macht dem deutschen Volk keine Schande!
Deutschland muss sauber bleiben –
daher Ausländer raus!
Zeugt nur reinrassige Kinder! Das deutsche Volk
braucht sie! Ebenso wie den Nationalsozialismus!
Jetzt!‹

Thamsen blieb keuchend stehen. Seine Lunge brannte, als wollte sie ihm gleich aus dem Leib springen, und Seitenstiche hatte er auch. Er war viel zu schnell losgelaufen, doch der Ärger über das Telefonat am Morgen und das eiskalte Schmuddelwetter hatten ihn angetrieben.

Der Mechaniker von der KFZ-Werkstatt hatte ihn bereits um 7:30 Uhr aus dem Bett geklingelt und die Hiobsbotschaft überbracht, dass sein Wagen einen totalen Motorschaden habe und sich eine Reparatur angesichts des Alters des Kombis kaum lohnen würde.

»Mist!«, hatte Thamsen laut geflucht und den ersehnten Spanienurlaub schon den Bach runtergehen sehen. Verärgert hatte er sich in seine Laufschuhe gequält und war vor die Tür getreten. Erst da war ihm das schlechte Wetter aufgefallen. Kein Wunder, wenn Anne lieber im Bett geblieben war.

Dieser Tag hatte genauso beschissen angefangen, wie der gestrige zu Ende gegangen war.

Nachdem er Gunter mehr oder weniger überrascht hatte, gestand dieser ihm, den einen oder anderen Bericht geschönt zu haben.

»Aber die Jungs haben wirklich nichts damit zu tun!«, hatte er zu seiner Verteidigung hervorgebracht. Thamsen wusste, Gunter hatte wahrscheinlich nur seinen Sohn schützen wollen. Er war selbst Vater und vielleicht hätte auch er in der Situation zumindest darüber nachgedacht, den einen oder anderen Hinweis in einem Bericht zu ›vergessen‹. Aber trotzdem, durchgehen lassen konnte er das dem Kollegen nicht.

»Ich muss dich vorläufig vom Dienst suspendieren«, hatte er Gunter Sönksen mitgeteilt und ihm Dienstwaffe und Marke abgenommen.

Das Dumme war nur, er verfügte ohnehin über zu wenig Personal und den Husumern musste er den Fall auch irgendwie erklären. Wie hatte er das Ganze nur so schleifen lassen können? Schon bei dem ersten Hinweis Haies in Bezug auf Lars Sönksen hätte er viel härter durchgreifen und seinen Mitarbeiter von dem Fall abziehen müssen. Doch irgendwie hatte er versucht, die Tatsachen zu verdrängen und sich insgeheim vor der Verantwortung gedrückt. Nun würde es auf jeden Fall eine Menge Ärger geben.

Er stöhnte und blickte sich um. Weit war er noch nicht gekommen. Kaum einige Hundert Meter zwischen den Feldern hinter der Wehle raus. Langsam trabte er wieder an.

Im Prinzip musste er sämtliche Berichte und Aussagen nochmals überprüfen. Und was, wenn es Anzeigen gegeben hatte, die Gunter ebenfalls unter den Tisch hatte fallen lassen? Dieser hatte ihm zwar versichert, lediglich Hinweise auf seinen Sohn aus den Berichten entfernt zu haben, aber den wenigen Gesprächsfetzen nach zu urteilen, die er gestern aufgeschnappt hatte, konnte er sich gut vorstellen, wie die Freunde seines Sohnes auch ihn bedroht hatten und er daher doch weitere Vergehen nicht gemeldet hatte. In den Unterlagen hatte Thamsen nämlich so gut wie nichts gefunden, was auf den Anführer der Gruppe Ole Lenhardt hinwies. Stets hatte man die Taten der Gruppe aus Neumünster zugeschrieben, obwohl genaugenommen gar keine Verbindung nach Nordfriesland bestand, oder? Er beschloss, bevor er heute seine Mutter von der Bahn abholte, noch einmal in die Dienststelle zu fahren, um die Akten mitzunehmen und am Wochenende erneut genauestens durchzugehen. Außerdem würde er Gunter noch einmal zur Rede stellen.

Nicht auszudenken, wenn er jetzt, da er wusste, dass Informationen unterschlagen worden waren, nicht genau hinschaute. Erneut blieb er stehen und blickte sich um.

Dieses Land schien so friedlich. Es war seine Heimat. Hier war er aufgewachsen. Er wollte keine Verbrecher in dieser unglaublich schönen Gegend. Deshalb war er Polizist geworden. Er wollte dieses Märchenland bewahren. Diese weitgehend unberührte Natur, diese herrliche Weite, in der sich jeder frei bewegen können sollte. Egal, welcher Hautfarbe er war. Diese Natur war ein Geschenk und sie gehörte jedem. Jedem, der pfleglich mit ihr umging. Er atmete noch einmal tief die würzige Luft ein. Dann drehte er um und machte sich auf den Heimweg.

Immer noch schlief der Kleine viel, aber das Fieber war nicht wieder angestiegen. Sie stellte die Rotlichtlampe über dem Wickeltisch an, damit das Baby nicht fror, während sie ihn wusch, wickelte und ihm frische Sachen anzog. Die Lampe tauchte den Tisch in ein seltsames Licht und färbte auch die Haut des Kindes unnatürlich rot. Sie zuckte beim Anblick des Scheins zusammen.

Diese Farbe rief schreckliche Erinnerungen in ihr hervor und lähmte sie. Wie damals, als sie wie in Trance diese Wärme zwischen ihren Beinen gespürt hatte.

Der Kleine fing an zu schreien und riss sie aus ihren Gedanken. Sie musste sich zwingen, sie durfte nicht mehr zurückschauen. In die Vergangenheit, in der schreckliche Dinge geschehen waren. Das war vorbei. Sie musste nur noch vorwärts schauen. In ein wunderbares Leben, das vor ihr und ihrem Sohn lag.

Sie nahm den Säugling auf den Arm und presste ihn fest an sich. »Ich gebe dich nie wieder her«, flüsterte sie und drückte ihm einen Kuss auf die Stirn.

»Ich kann Oma sehen! Juhu!« Anne riss ihre Arme in die Höhe und winkte wie wild. Dirk verrenkte sich immer noch den Hals. Wo hatte seine Tochter Magda Thamsen bloß gesehen?

Endlich konnte auch er seine Mutter ausmachen. Sie trug eine dunkelblaue Regenjacke und eine geblümte Reisetasche. Und sah unglaublich erholt aus.

»Herzlich willkommen!«, begrüßte er sie und nahm ihr nach einer Umarmung die Tasche ab. Anne hüpfte neben den beiden auf und ab.

»Wo ist Timo?«, wunderte sich seine Mutter und blickte sich suchend um.

»Der ist erkältet und liegt im Bett«, erklärte Dirk die Abwesenheit seines Sohnes. »Na, kein Wunder bei diesem Sauwetter«, nickte Magda Thamsen und zog den Kragen ihrer Jacke zu. »Im Westerwald war so tolles Wetter und eigentlich hielt sich das auch bis kurz vor Hamburg. Dann wurde es zunehmend grauer und ab dem Kanal fing es an zu regnen.«

Dirk nickte. Jetzt im Herbst war das Wetter hier in Norddeutschland wirklich trist. Sonne hatten sie in den letzten Tagen kaum gesehen. Stattdessen hielt sich diese graue Suppe am Himmel. Und dann dieser ständige Nieselregen. Kein Wunder, wenn so mancher hier an Depressionen litt. Dieses trübe Wetter konnte einem schon aufs Gemüt schlagen.

Thamsen steuerte vor dem Bahnhofsgebäude auf den Dienstwagen zu und seine Mutter blickte ihn fragend an.

»Mein Wagen ist hinüber.«

»Oh nein!«

Er nickte. Über kurz oder lang würde er sich mit dem Kauf eines neuen Autos beschäftigen müssen. Er konnte schließlich nicht ewig den Dienstwagen nehmen. Er musste sich nur noch mal ausgiebig mit seinen Finanzen auseinandersetzen, um zu wissen, wie viel Geld er investieren konnte. Für einen Neuwagen würden seine Ersparnisse zwar nicht reichen, aber ein allzu altes Modell wollte er auch nicht kaufen. Ab einem gewissen Alter bekamen die meisten Pkws so ihre Wehwehchen. Kannte er ja selbst von seinem alten Kombi. Eigentlich gab es immer etwas, was nicht in Ordnung war. Und auf lange Sicht waren diese ewigen Reparaturen halt teurer, als wenn man gleich richtig Geld ausgab.

»Also, wenn du Geld brauchst«, bot seine Mutter an, doch er winkte ab. Zwar war seine Mutter bestens versorgt und musste sich über Geld nun wirklich keine Gedanken machen. Doch sie hatte ihr Leben lang auf so viel verzichten müssen, da sollte sie es lieber für sich ausgeben. Er kam klar. Wenngleich das Ersparte auch in eine Reise hätte fließen können, aber beides ging nicht. Jedenfalls nicht mit dem Geld, das sein Vater jahrelang gehortet hatte.

Im Grunde genommen ging es genau darum. Obwohl sein Vater nun schon einige Zeit tot war, wollte er immer noch beweisen, dass er bestens allein klarkam. Das war schon immer so gewesen, und das Gefühl, seinem Vater etwas beweisen zu müssen, war mit dessen Tod seltsamerweise nicht gestorben. Wahrscheinlich war dieses Verhalten schon zu tief in ihm verwurzelt und ließ sich eben in seinem Alter nicht mehr so einfach ablegen.

Er hielt vor dem Haus der Mutter und half ihr, die Reisetasche ins Haus zu tragen. Anne trabte hinter den beiden her.

»Soll ich uns einen Kaffee machen?« Seine Mutter war unermüdlich. Er an ihrer Stelle hätte lieber zunächst einmal zu Hause ankommen, die Tasche in Ruhe auspacken und sich von der Reise ausruhen wollen, aber Magda Thamsen war da anders. Sie liebte es, Dirk und die Enkel um sich zu haben, zumal das in der letzten Zeit deutlich weniger geworden war. Sie war ihnen nicht böse. Dirk hatte durch den Posten als Dienststellenleiter nun mal mehr zu tun und die Kinder wurden einfach größer und selbstständiger. Anfänglich hatte sie das verunsichert. Ihre Rolle war immer die der treu sorgenden Ehefrau und allzeit bereiten Oma gewesen und erst langsam hatte sie sich daran gewöhnt, dass sie auch einmal an sich denken konnte. Dennoch würde sie Dirk niemals ohne Bewirtung fortschicken.

Und der war dankbar für das Angebot. Er liebte Kaffee und der seiner Mutter schmeckte einfach besonders gut. Nur zu gern ließ er sich von ihr in die Küche schieben und nahm auf der Eckbank Platz, während Anne im Wohnzimmer fernsah.

»Und seid ihr weitergekommen in dem Mordfall?« Im Gegensatz zu seinem Vater, der nie besonders großes Interesse an Dirks Arbeit gezeigt hatte, wollte Magda Thamsen immer wissen, welchen Fall ihr Sohn gerade bearbeitete. Doch die gekrauste Stirn und das leichte Seufzen ließen sie die Antwort schon erraten. Trotzdem ließ sie Dirk von den Ereignissen der letzten Tage berichten, da sie den Eindruck hatte, es tat ihm gut, darüber zu sprechen.

»Und diesem Anführer hast du noch nicht auf den Zahn gefühlt?«

Wieder ließ Dirk ein Seufzen hören. »Ich habe ja nicht wirklich etwas gegen den in der Hand. Und ich habe Angst, ihn bei einer Befragung erst recht aufzuscheuchen.«

»Na ja, aber wenn du ihn nicht zur Rede stellst, wirst du nichts rausfinden.«

Da musste Dirk seiner Mutter allerdings recht geben. Trotzdem sträubte sich in ihm irgendetwas gegen einen Kontakt zu Ole Lenhardt. »Die sind gefährlich.«

Seine Mutter nickte, während sie ein Ei aufschlug, das

sie zu dem Kaffeepulver in den Filter tat. »Mörder sind eigentlich immer gefährlich. Das ist doch dein Job. Du jagst seit Jahren Verbrecher. Was ist los?«

Dirk fühlte sich ertappt, obwohl ihm selbst bewusst war, wie sehr er zögerte, sich näher mit den Neonazis zu beschäftigen. Irgendwie wollte er in dieser braunen Brühe nicht herumrühren, aber er wusste, von allein würde sich das Problem nicht lösen. Und letztlich konnte er nicht anderen einen Vorwurf machen, sich nicht gegen diese Typen zu wehren, wenn er selbst nicht bereit war, etwas zu unternehmen.

»Es ist nur …«, er stockte, da er seine Bedenken nicht in Worte fassen konnte.

»… weil du bei einem Mörder oftmals das Motiv nachvollziehen kannst? Und bei diesen Neonazis die Motivation nicht verstehst?« Magda Thamsen blickte ihn an.

»Vielleicht.«

»Dirk, da gibt es nichts zu verstehen. Da kannst du lang nach einem Grund suchen. Du wirst keinen für dich plausiblen finden. Weil es keinen gibt. Trotzdem musst du diese Kerle bekämpfen. Du kannst nicht zulassen, dass die sich hier breitmachen.« Sie blickte ihn mit festem Blick an.

Seine Mutter hatte über ihre Erfahrungen im Krieg nie gesprochen. Schließlich war sie noch ein Kind gewesen, hineingeboren in das Nazi-Deutschland. Doch ihrem Blick konnte er entnehmen, dass sie wusste, wovon sie sprach.

Plötzlich vibrierte sein Handy in der Hosentasche. »Entschuldigung«, murmelte er und lief in den Flur, während er das Gespräch entgegennahm.

»Hier ist Tom«, meldete sich der Freund, »du glaubst nicht, was ich heute Morgen als Beilage im Nordfriesland Tageblatt gefunden habe.«

Dirk hatte keine Vorstellung, was ihn derart aufregte, aber es musste dringend sein, ansonsten hätte er nicht so aufgebracht geklungen.

Er versuchte gar nicht erst zu erraten, was in der Zeitung gelegen hatte. »Was war es, Tom?«, fragte er daher ohne Umschweife.

»So ein Flugblatt von diesen Nazis!« Thamsen schluckte. Seine Mutter sollte recht behalten, er konnte das nicht länger ignorieren.

»Ich komme gleich.«

»Und, was hat er gesagt?« Marlene stand vor Toms Schreibtisch und hielt Niklas im Arm. Nachdem Tom das Flugblatt entdeckt hatte, war er nochmals zurück in den Laden und hatte den Stapel Zeitungen durchwühlt. Die Bäckersfrau hatte ihn fragend angesehen, doch als er aus jedem Exemplar eines dieser Blätter herausgezogen hatte, war sie leichenblass geworden. »Das gibt es doch gar nicht«, hatte sie geflüstert.

Zu Hause hatte Tom Marlene das Flugblatt gezeigt. Es war ihre Idee gewesen, Thamsen anzurufen.

»Das kann doch kein Zufall sein, dass sich diese Vorfälle häufen«, hatte sie gesagt, »da wird einem ja angst und bange!«

Wenig später klingelte es an der Tür, doch es war nicht, wie erwartet, Dirk Thamsen, sondern Gesine Liebig und ihr Mann, deren Besuch die beiden in der Aufregung beinahe vergessen hatten. Der Kuchen stand noch unglasiert in der Küche und Kaffee hatte Marlene auch noch keinen gekocht.

Leicht überrumpelt, präsentierten sie Niklas, den Gesine Liebig sogleich völlig in Beschlag nahm. Eher nebenbei überreichte sie das Geschenk zur Geburt – einen überdimensionalen Teddybären und einen Umschlag mit einem Sparbuch, auf das am Tag der Geburt 10.000 Euro eingezahlt worden waren.

»Das ist viel zu viel!«, protestierte Marlene und wollte das Heftchen an ihre Mutter zurückreichen. Die wehrte jedoch ab. »Hast du eine Ahnung, was ein Kind heutzutage kostet?«

Allerdings, das wusste Marlene. Bereits die Grundausstattung für den Kleinen hatte ein Vermögen gekostet. Wiege, Wickelkommode, Kinderwagen, Autositz und dann natürlich die Klamotten, Windeln … Das ging ganz schön ins Geld, aber trotzdem empfand sie den Betrag als viel zu hoch. Sie würde später noch einmal mit ihrer Mutter darüber sprechen. Jetzt hatte das sowieso keinen Sinn, da Gesine Liebig voll und ganz in der Rolle der Oma aufging und den frischgebackenen Enkel summend in den Armen wiegte.

Marlene ging in die Küche, um den Kuchen fertigzumachen, und Tom half ihr, indem er den Kaffee kochte.

Er hatte gerade das Kaffeepulver in den Filter gefüllt, da klingelte es erneut. Diesmal war es, wie erwartet, Dirk Thamsen.

»Oh, ihr habt Besuch, das hättet ihr doch sagen können!« Thamsen machte Anstalten, wieder zu gehen, doch Tom zog ihn am Arm durch den Flur in die Küche.

Marlene verteilte gerade die flüssige Schokolade über den Kuchen. Als sie die beiden sah, ließ sie sofort den Topf sinken und begrüßte den Freund.

»Hier«, sie reichte ihm das Flugblatt, »das gab es heute anscheinend als Beilage im Nordfriesland Tageblatt.«

Thamsen überflog rasch die Zeilen auf dem Zettel. »Kann mir fast denken, woher das kommt«, er dachte an das Telefonat seines Mitarbeiters, das er am gestrigen Abend in Bruchstücken mitbekommen hatte.

»Mich wundert nur«, mischte Tom sich ein, »dass sich sonst noch keiner gemeldet hat.«

»Vielleicht hat man es als Scherz abgetan«, mutmaßte Thamsen, doch eigentlich war klar, dieses Pamphlet konnte nach den letzten Ereignissen eigentlich nicht missverstanden werden. Also war nur durch Angst und vielleicht eine gewisse Gleichgültigkeit zu erklären, warum bisher noch niemand laut aufgeschrien hatte.

»Darf ich das mitnehmen?«

Die Freunde nickten. Thamsen wollte nicht länger stören. Er hatte ohnehin etwas in der Gegend zu tun. Und jetzt erst recht.

Gunter Sönksen wohnte nicht weit entfernt, nur die Dorfstraße entlang. Als Thamsen durch das Dorf fuhr, musste er erneut feststellen, wie trügerisch diese Idylle doch war. Nichts deutete auf die grausamen Verbrechen hin, die sich in den letzten Jahren hier ereignet hatten.

Dieses etwa 3500-Seelen-Dorf, das auch heute noch zur Bökingharde gehörte und als Friesenhochburg galt, wirkte so friedlich. Man konnte sich schwer vorstellen, dass in diesem Dorf der braune Terror schlummerte. Gewiss, den meisten Bewohnern war hierüber nichts bekannt – genauso wenig, wie sie einst vermutet hatten, es könne auch in ihrem Dorf Mord und Totschlag geben. Aber dieser so beschaulich wirkende Landstrich war nicht frei von Verbrechen; ansonsten wäre er schon arbeitslos.

Kurz überlegte er, ob er sich an den Bürgermeister wenden und ihn bitten sollte, eine Bürgerversammlung einzuberufen. Die Leute müssten aufgeklärt werden, eventuell ließ sich so etwas wie eine Protestveranstaltung gegen die Neonazis organisieren. Aber vielleicht sollte man das gemeindeübergreifend veranstalten. Schließlich betraf es auch andere Dörfer und Städte in Nordfriesland. Er würde zunächst mit Haie darüber sprechen und nach dessen Meinung dazu fragen. Der kannte sich hier aus und konnte sicherlich besser beurteilen, ob die Leute sich in einer Gruppe stärker fühlten. So konnten sie sich wehren und Farbe bekennen gegen die rechte Szene.

Er hielt den Wagen vor dem Haus neben der alten Post. Hier wohnte Gunter Sönksen. Er stieg aus und ging zur Haustür. Im oberen Stockwerk meinte er, einen Schatten am Fenster wahrzunehmen, doch als er hinaufblickte, war dort nichts zu sehen. Auch sonst war es sehr ruhig. Nur im Garten gegenüber harkte ein Nachbar Laub. Und auch, wenn er tat, als sei er in die Gartenarbeit vertieft, bemerkte Thamsen sehr wohl, wie er ihn beobachtete.

Und Gunter wusste das anscheinend auch, denn Thamsen hatte noch nicht einmal den Finger auf den Klingelknopf gelegt, da wurde bereits die Haustür geöffnet.

Ein kurzes »Moin, Chef«, und schon folgte er seinem Mitarbeiter ins Haus.

In der Küche saß Gunters Frau am Tisch. Als er den Raum betrat, sprang sie auf und holte aus dem Schrank eine Kaffeetasse.

Mit zitternder Hand goss sie ein und reichte ihm den Becher. Sie hatte geweint, das konnte er an ihren Augen erkennen. Wahrscheinlich wegen Lars, dachte er.

»Ist euer Sohn da?«

Gunter schüttelte eilig den Kopf und vermittelte Thamsen damit sofort den Eindruck einer Lüge. Doch er ließ diese Antwort auf sich beruhen, sprach aber bewusst laut, während er den Zettel aus der Hosentasche zog und langsam auseinanderfaltete.

»Ich gehe davon aus, du kennst den?«

Gunter nickte.

»Darüber hast du also gestern Abend am Telefon gesprochen?«

Ein zögerliches »Ja« kam aus dem Mund seines Gegenübers. »Aber Gunter hat das alles nur wegen uns getan!«, verteidigte nun die Ehefrau ihren Mann.

Thamsen nickte. »Mag sein, trotzdem ist das nicht okay. Woher kommen überhaupt diese Blättchen und wie sind die in die Tageszeitung gekommen?«

»Keine Ahnung, ehrlich!«

Thamsen runzelte die Stirn. Versuchte der Kollege nun auch, sich selbst zu schützen?

»Und mit wem hast du gestern telefoniert?«

Haie radelte die Dorfstraße entlang. Er hatte noch schnell ein paar Sachen fürs Wochenende eingeholt und war nun auf dem Weg zu Elke, seiner Exfrau.

Vor etlichen Jahren hatten sie sich getrennt und nicht mehr sonderlich viel miteinander zu tun. Beide hatten bisher keinen neuen Partner. Anfänglich hatte Haie immer das Gefühl gehabt, Elke wolle ihn zurückerobern, wenn sie ihn um seine Hilfe bat, und sicherlich war da auch etwas dran gewesen, aber mittlerweile hatte sie wohl eingesehen, dass es keinen Zweck hatte. Obwohl er sie einst sehr geliebt hatte, würde er nicht zu ihr zurückkehren. Dafür war das, was zwischen ihnen vorgefallen war, zu verletzend für Haie gewesen. Er war zwar eigentlich kein nachtragender Mensch, aber er hatte kein Vertrauen mehr zu Elke und Vertrauen war nun einmal die Basis jeder Beziehung.

Bei der Scheidung hatte Haie ihr jedoch das gemeinsame Haus überlassen. Er hatte damals nur so schnell wie möglich weg von ihr gewollt und wenn er ehrlich war, hätte er in diesem Haus auch nicht mehr leben wollen. Mit all diesen Erinnerungen. Wie es Elke damit erging, konnte er nur erahnen, aber auch für sie wurde das Haus langsam zur Belastung, vor allem, weil immer wieder Reparaturen anfielen. Deshalb hatte sie auch heute Morgen angerufen und Haie um seine Hilfe gebeten. Die Heizung war ausgefallen. Ob er mal nach dem Kessel schauen könne.

Natürlich ließ er Elke nicht hängen, wobei es ihm weniger um seine Exfrau als um das Haus ging, denn schließlich hatte er einst viel Arbeit hineingesteckt und war traurig, es nun Stück für Stück verfallen zu sehen. Daher bemühte er sich, ihr, so gut es ging, beim Erhalt zu helfen.

Elke öffnete ihm die Tür. Sie trug eine dicke Strickjacke, denn im Haus herrschten ähnliche Temperaturen wie draußen und daher war sie überglücklich, ihn zu sehen.

»Danke, dass du gleich gekommen bist!«

Haie nahm sich den Schlüssel vom Heizungsraum und ging über den Hof zum ehemaligen Stallgebäude, in dem sich die Heizungsanlage befand. Schon als er die Tür öffnete, fiel ihm auf, wie still es hier war. Weder der Ofen noch die Pumpe liefen. Zunächst drehte und drückte er mehrere Knöpfe. Nichts. Er betätigte den Lichtschalter, aber es blieb dunkel. Haie atmete auf. Wahrscheinlich war nur die Sicherung rausgeflogen.

Er ging hinüber ins Haus und kontrollierte den Sicherungskasten. Tatsächlich, zwei Sicherungen für den Außenbereich und den Heizungsraum waren umgekippt. Er legte die Schalter um.

Als er wieder über den Hof ging, hörte er schon das Summen der Anlage. Er stellte ein paar Regler neu ein, dann schloss er ab und ging zu Elke ins Haus.

»Ich habe uns einen Tee gemacht. Zum Aufwärmen.«

»Na, wird schon gleich warm.« Aus den Heizkörpern war ein Gluckern zu hören. Trotzdem ließ er sich zu einem Stück Kuchen überreden.

»Heute ist ja auch die Miriam nach Hause gekommen. Hast du gehört?«

Haie schüttelte den Kopf.

»Wieso?«

»Na, was soll sie noch im Krankenhaus? Dahin wird der Entführer das Kind kaum zurückbringen.«

»Mmh«, bestätigte er. Aber die Entlassung Miriams machte den Fall so endgültig. So, als wolle man zur Normalität übergehen. Es musste schrecklich für die junge Frau sein.

»Wer betreut sie denn jetzt?«

»Keine Ahnung. Die war ja bei diesem ermordeten Arzt in Behandlung. Nee, was ist das alles schrecklich«, seufzte Elke.

»Ich habe gestern Lore getroffen. Die ist auch ganz fertig. Die hat ja in der Praxis in Leck geputzt.«

»Lore Jensen?«

Elke nickte. »Und Lore sagt, sie kann sich nicht vorstellen, dass der Dr. Merizadi von diesen Nazis umgebracht worden ist.«

»Nicht?« Haie runzelte die Stirn. Eigentlich deutete alles darauf hin. Insbesondere, da die rechte Szene in der letzten Zeit hier so aktiv geworden war. Und wie gewaltbereit die Kerle waren, hatte er ja am eigenen Leib zu spüren bekommen.

»Nee, Lore sagt, der Arzt hatte wohl ein ganz gutes Verhältnis zu denen. Da waren viele Patienten bei ihm. Jedenfalls hat sie oft welche von denen in der Praxis gesehen.«

»Nun rede doch endlich!« Thamsen riss langsam der Geduldsfaden. Seit über zehn Minuten versuchte er, seinen Mitarbeiter zum Reden zu bringen. Es war doch zu offensichtlich, dass er in die Sache verstrickt war.

»Mensch, Gunter, das hat doch keinen Zweck, du reitest dich mit deinem Schweigen nur noch mehr in die Scheiße!«

»Bitte, Gunter«, mischte sich nun auch seine Frau in das Gespräch ein. Bisher hatte sie nur stumm dagesessen und von einem zum anderen geblickt. »So kannst du Lars auch nicht helfen.«

Thamsen runzelte die Stirn und blickte die Frau an. Sie war bereit auszupacken.

»Lars wollte aussteigen«, erklärte sie.

»Ja«, stimmte nun Gunter ein, deswegen habe er doch alles versucht, seinen Sohn da rauszuholen. »Aber er war schon viel zu tief in diesem Sumpf. Wusste zu viel, daher haben die anderen ihm gedroht und meine Position ausgenutzt.«

»Das heißt, du hast etliche Informationen unter den Tisch fallen lassen, um Lars vor der Gruppe zu schützen?«

Gunter nickte. »Seit Lars seine Ausbildungsstelle hat, ist er vernünftig geworden. Er wollte nichts mehr mit diesen Kerlen zu tun haben, aber die haben ihn nicht gehen lassen, ihn eiskalt erpresst und bedroht. Einmal haben sie ihn grün und blau geprügelt. Lars hat Angst vor denen, deswegen ist er noch immer bei diesem Haufen.«

»Und wieso bist du nicht zu mir gekommen?« Thamsen wunderte sich, warum der gestandene Polizist sich nicht an ihn gewandt hatte. Er schätzte ihr Verhältnis als beinahe freundschaftlich ein, oder täuschte er sich? Gunter Sönksen blieb ihm jedoch eine Antwort schuldig und zuckte lediglich mit den Schultern.

»Und diese Gruppe ist auch für die Flugblätter verantwortlich?« Gunter nickte.

»Ich habe einen Freund bei der Druckerei der SHZ. Über den habe ich einem ein Praktikum besorgt und der muss die Flugblätter mit eingelegt haben.«

Thamsen kratzte sich am Kopf. »Aber mit wem hast du gestern telefoniert, du hast doch gesagt, du könntest das nicht mehr decken.«

»Lars hat von der Aktion Wind bekommen und mir Bescheid gegeben. Natürlich habe ich meinen Freund gewarnt. Der sollte ja keinen Ärger bekommen wegen mir. Immerhin hatte ich ihm diesen Kerl als Praktikanten vermittelt.«

Gunter Sönksen schüttelte den Kopf. Er saß wirklich tiefer in der Scheiße, als Thamsen gedacht hatte. Letztlich hatte er nämlich nicht nur Akten manipuliert, was an sich schon ausreichend war für ein internes Verfahren, er hatte die Neonazis sogar bei ihren Aktionen unterstützt. Das war strafbar.

»Gestern Abend hat mich dann dieser Ole angerufen und gedroht, ich solle ja mein Maul halten.«

»Ole Lenhardt, ist das nicht der Anführer?«

»Ja, und er ist gefährlich!« Lars Sönksen stand plötzlich in der Küchentür. Er hatte das Gespräch vom Flur aus belauscht. Nun trat er zwischen seine Eltern und legte seine Hände auf jeweils eine ihrer Schultern.

Es war ganz offensichtlich, wie leid es ihm tat, ihnen solche schwerwiegenden Probleme eingebrockt zu haben.

Wenn er jetzt allerdings geständig war, konnte das von Vorteil für ihn sein. Und natürlich gut für die Ermittlungen.

»Vielleicht können wir diesen Ole wegen der Flugblätter drankriegen«, überlegte Thamsen laut.

»Das dürfte schwierig werden. Der macht sich nämlich nie selbst die Finger schmutzig.«

»Nicht?« Dirk dachte an den Übergriff auf Haie. Der Beschreibung nach hatte Ole Lenhardt selbst die Drohungen ausgestoßen.

Doch Lars schüttelte den Kopf. »Der hat überall seine Handlanger.«

»Aber befragen können wir ihn ja wenigstens zu diesen Flugblättern. Mal sehen, was er so sagt.«

»Das ist ja furchtbar«, entgegnete Gesine Liebig, nachdem Tom ihr von den Flugblättern in der Zeitung erzählt hatte. Natürlich hatte sie trotz aller Begeisterung für ihren Enkel Interesse daran, was Dirk Thamsen hier gewollt hatte. Zumal er so schnell wieder verschwunden war und mit ihr so gut wie kein Wort gewechselt hatte. Marlenes Mutter kannte Dirk von der Hochzeit. Er war ja schließlich der Trauzeuge ihrer Tochter gewesen.

»Und ihr glaubt, hier ist die richtige Umgebung, um ein Kind großzuziehen?« Natürlich überspannte Gesine Liebig mal wieder den Bogen. Sie hätte Marlene und den Kleinen am liebsten bei sich in Hamburg gehabt und nutzte daher jeden Anlass, ihnen Risum-Lindholm als Wohnort madig zu machen. Die Aktivitäten der Neonazis waren natürlich ein gefundenes Fressen für sie und Marlene versuchte, Tom mit Blicken zu töten, weil er dieses Thema zur Sprache gebracht hatte.

»Na, nun übertreib mal nicht«, versuchte Tom daher,

die Wogen wieder zu glätten. »Hamburg ist da wohl auch nicht besser!«

»Kommt ganz darauf an, wo man wohnt«, betonte Gesine Liebig, die mit ihrem zweiten Mann an einer der besten Adressen in Hamburg lebte. Sie hatte nach dem Tod von Marlenes leiblichem Vater reich geheiratet und hatte nun leicht reden. Wenn Geld keine Rolle spielte, konnte man sich seinen Wohnort natürlich aussuchen. Da war selbst die Elbchaussee nicht zu teuer.

Aber selbst wenn Marlene die Wahl gehabt hätte, sie lebte gern hier. Nach dem Mord an ihrer besten Freundin hatte sie sich ein paar Mal die Frage gestellt, ob sie hier wohnen bleiben sollte. Aber nicht, weil es in der Gegend so gefährlich war, sondern weil sie Angst hatte, mit den Erinnerungen nicht klarzukommen.

Doch sie hatte sich für ein Leben in Nordfriesland entschieden. Hier war sie zu Hause, hier gehörte sie hin.

Bevor die Diskussion ausarten konnte, meldete sich Niklas zu Wort. Er hatte Hunger. Marlene verzog sich mit ihm zum Stillen ins Kinderzimmer und ließ Tom mit den Eltern allein. Als sie aus dem Fenster blickte, sah sie Haie vorbeiradeln. Er war schnell unterwegs, blickte nicht mal zum Haus hinüber.

»Na, wo der wohl hin will?«, murmelte sie, setzte sich auf den Sessel und entblößte ihre Brust.

»Die Milchbar ist geöffnet«, flüsterte sie lächelnd.

Haie hatte es tatsächlich eilig. Nach dem Tee und Kuchen bei Elke war er unruhig geworden. Die Neuigkeiten über die Patienten aus der rechtsradikalen Szene hatten ihn aufgescheucht. Das wollte er genauer wissen, vielleicht war das eine heiße Spur?

Er hatte sich von Elke verabschiedet und auf sein Rad geschwungen. Lore Jensen wohnte in Spätland, nur wenige Meter von Haie entfernt. Eigentlich hatte er mit ihr nicht viel zu tun, aber er kannte beinahe jeden im Dorf, da er hier aufgewachsen war, und hatte deshalb keine Berührungsängste. Außerdem wussten die meisten von seiner Freundschaft mit dem Kommissar, und dass er hin und wieder als eine Art Hilfssheriff einsprang. Auch wenn einigen Leuten seine neugierige Art nicht immer gefiel, für seinen Beitrag an der Aufklärung etlicher Verbrechen zollten ihm die meisten Bewohner trotzdem reichlich Respekt. Und so verschwand auch auf Lore Jensens Gesicht schnell der verwunderte Ausdruck, als Haie sie nach ihrer Arbeit in der Praxis des ermordeten Arztes fragte.

»Na ja«, gab sie vorsichtig zu bedenken, »viel hab ich nicht mitbekommen. Und ich versteh ja auch nichts vom Kinderkriegen.«

Lore Jensen war früh verwitwet, sehr früh. Mit ihrem Mann hatte sie keine Kinder gehabt und nach seinem Tod hatte es für sie keinen anderen mehr gegeben, was ihr im Dorf den Ruf eingebracht hatte, sonderbar zu sein. Böse Zungen behaupteten, es würde ihr guttun, wenn ›mal einer die Spinnweben beseitigen würde‹. So ein anständiger Kerl halt, aber Haie gab nicht viel auf das Geschwätz im Dorf. Er fand Lore Jensen nett, wenngleich er nicht viel Kontakt zu ihr hatte.

»Willst du einen Lütten?«

Haie nickte und ließ sich von Lore in die Küche führen. Wahrscheinlich würden sich die Nachbarn gleich das Maul zerreißen, weil er sie besuchte. Zumal auch er alleinstehend war. Er drehte sich um und seine Vorahnung wurde prompt bestätigt. Am Fenster im Haus gegenüber verrenkte sich die Nachbarin beinahe den Hals, nur um das Geschehen vor Lore Jensens Tür mitzubekommen. Er winkte ihr zu, worauf die Frau eilig die Gardine vors Fenster zog.

Die Einrichtung im Haus von Lore Jensen war alt und es fiel einem sofort auf, dass hier ein Mann im Haushalt fehlte. Einige Dinge bedurften dringend einer Reparatur, aber für eine alleinstehende Frau war das sicher nicht leicht.

»Also, wenn du mal Hilfe brauchst«, er deutete mit einem Kopfnicken in Richtung einer Steckdose, die bereits auf halb acht aus der Wand hing.

Lore Jensen errötete leicht. »Danke«, sagte sie dann, »vielleicht komme ich darauf zurück.«

Sie holte aus dem Schrank über der Spüle zwei kleine Schnapsgläser und aus dem Gefrierschrank eine Flasche Aquavit. Wahrscheinlich gönnt sich Lore öfter mal einen, dachte Haie, denn die Flasche war zur Hälfte leer, und so häufig bekam sie sicherlich keinen Besuch, dem sie einen Schnaps anbot.

»Ja, ich soll dich schön von Elke grüßen«, begann nun Haie, um endlich zum eigentlichen Grund seines Besuches zu sprechen zu kommen. »Also, sie sagt, du hast da öfter Neonazis in der Praxis gesehen?«

»Ja, aber jümmers ganz nett. Datt waren Patienten von dem Herrn Doktor. Sonst nichts.«

»Bist du dir sicher?« Haie konnte sich einfach nicht vorstellen, dass diese Typen ihre Frauen zu einem ausländischen Arzt gehen ließen. Da stimmte doch etwas nicht.

»Und die haben den nicht erpresst oder so?«

Lore Jensen zuckte mit den Schultern. »Woher soll ich das wissen? Sah aber nicht so aus.«

16.

Dirk Thamsen hatte schlecht geschlafen und wachte irgendwie zerknittert auf.

Er war gestern nach seinem Besuch bei Gunter Sönksen noch eine ganze Weile durch die Gegend gefahren, um über die nächsten Schritte nachzudenken. Oftmals half es ihm, den Wagen ziellos durch die Landschaft zu lenken und den Gedanken einfach freien Lauf zu lassen. Meistens landete er am Meer. Irgendwie zog die Nordsee ihn stets wie durch eine unsichtbare Kraft an. Auch gestern war er schließlich in Schlüttsiel gelandet, hatte den Wagen geparkt und war ein paar Schritte am Deich entlanggelaufen. Die würzige Seeluft und diese scheinbar unbegrenzte Weite machten seinen Kopf frei, und er hatte sich besser gefühlt, als er wieder in den Wagen stieg.

Anschließend hatte er Anne von seiner Mutter und Timo von zu Hause abgeholt und sie waren wie versprochen kegeln gegangen. Es war ein schöner Abend gewesen, wenngleich ihm bereits wieder der Fall im Kopf herumgespukt war. Aber er hatte seine Kinder in der letzten Zeit schon so oft vertröstet, und jetzt, da auch ein Urlaub aufgrund des kaputten Wagens ins Wasser fallen würde, wollte er ihnen wenigstens mit diesem gemeinsamen Kegelabend eine Freude machen.

Die Kinder hatten viel Spaß gehabt und waren glücklich in ihre Betten gefallen, als sie spät am Abend nach Hause gekommen waren. Thamsen war jedoch kein Stück müde gewesen und hatte sich mit einer Flasche Rotwein vor den Fernseher gefläzt. Nach dem dritten Glas waren ihm dann doch die Augen zugefallen und als er gegen zwei Uhr nachts aufgewacht war und sich in sein Bett geschleppt hatte, fühlte er sich wie erschossen.

Der Schlaf hatte allerdings keine Erholung gebracht. Nur gut, dass heute Sonntag war und er nicht ins Büro musste. Trotzdem würde er heute arbeiten, denn irgendwie brauchte er eine Strategie, wie sie den Rechten beikommen konnten.

Er kroch aus dem Bett und schlich in die Küche. Die Kinder schienen noch zu schlafen, er wollte sie nicht aufwecken. Er machte sich zunächst einen Kaffee und setzte sich dann an den Küchentisch und schlug die Zeitung von gestern noch einmal auf.

Er hatte das Blatt bereits kurz überflogen, es aber resigniert zur Seite gelegt, nachdem er die reißerischen Schlagzeilen und Anfeindungen gegen die Polizei gelesen hatte.

Doch nun fiel sein Blick auf eine kleine Meldung aus Husum. Das entführte Baby war nach wie vor nicht auffindbar und von dem Täter gab es trotz des veröffentlichten Phantombildes noch immer keine Spur. Daher wandte sich die Polizei nun direkt an den oder die Entführer und wies explizit auf den kritischen Gesundheitszustand des Säuglings hin. Das Kind sei schwach und habe sich bei der Geburt einen Virus eingefangen, der dringend behandelt werden musste. Es bestünde akute Lebensgefahr.

Ob das den Tatsachen entsprach?, überlegte Thamsen. Oder wollte man den Täter einfach nur verunsichern? Aber wenn der Kleine wirklich ernsthaft krank war, dann war die Entführung natürlich doppelt heikel, und wenn das Kind starb, hatten sie dann nicht mit diesem Wissen so etwas Ähnliches wie einen Mord? Zumindest unterlassene Hilfeleistung. Aber zu einem Arzt würde der Täter kaum gehen können. Das würde auffallen, die Entführung war mittlerweile auch überregional bekannt.

Ihm fiel wieder ein, was ihm Marlene erzählt hatte. Miriam Kuipers war bei Dr. Merizadi in Behandlung gewesen. Ob das tatsächlich ein Zufall war oder ob sich, wie die Freundin vermutete, doch mehr dahinter verbarg?

Eigentlich konnte er sich eine Verbindung zwischen den beiden Fällen nicht recht vorstellen. Schließlich gab es nur wenige Frauenärzte in der Umgebung, da war wahrscheinlich sowieso jede zweite werdende Mutter bei dem Arzt in Behandlung gewesen.

Er stand auf und goss sich einen Kaffee ein, als es plötzlich an der Tür läutete. Thamsen runzelte die Stirn. Er bekam so gut wie nie Besuch und schon gar nicht am Sonntag um diese Uhrzeit. Das mussten Freunde von Timo oder Anne sein, dachte er, während er zur Tür lief.

Doch der Gast an der Haustür wollte tatsächlich zu ihm. Es war Haie Ketelsen.

»Was machst du denn hier?« Normalerweise rief der Freund an, bevor er ihn persönlich überfiel. Es musste also dringend sein.

»Der Merizadi ist vielleicht gar nicht von den Neonazis umgebracht worden«, platzte der Freund auch sogleich ohne jegliche Begrüßung heraus.

»Guten Morgen erst einmal«, grinste Dirk. »Möchtest du vielleicht einen Kaffee?«

Er ging vor in die Küche und goss dem Freund einen Becher ein.

Der wirkte irgendwie aufgelöst, als er nach der Tasse griff und gierig trank.

»Also, was ist mit Dr. Merizadi?«, fragte Thamsen, nachdem er sich an den Tisch gesetzt hatte und auf den anderen Stuhl wies, damit der Freund ihm in Ruhe erklärte, was für Neuigkeiten ihn um diese Zeit hierher trieben.

»Also, ich habe mit der Lore gesprochen und …«

»Wer ist denn Lore?«

»Die Putzfrau vom Merizadi, und die hat gesagt, sie glaubt nicht, dass die ihn umgebracht haben.«

»Wer *die*?«

»Na, die Nazis. Die waren da nämlich Patienten.«

»Patienten?«, Thamsen kniff die Augen zusammen, »das war ein Frauenarzt, Haie!«

»Ja, aber auch die Neonazis haben Frauen!«, eiferte Haie zurück.

»Hm, und? Nur weil die Patienten waren, heißt das ja nicht, dass sie ihn nicht ermordet haben.« Er musste plötzlich an die ängstlichen Aussagen und Gesichter der Arzthelferinnen denken.

»Ja, aber die Lore hat gesagt, die seien da ganz friedlich gewesen – bis auf einmal.«

»Das ›Einmal‹, das sie mitbekommen hat«, korrigierte Thamsen Haie. Sicherlich war die Putzfrau nicht bei jedem Besuch der Neonazis in der Nähe.

»Die Arzthelferinnen und auch die Witwe sind total verängstigt. Bestimmt waren die nicht nur freundlich zu dem Arzt. Wieso haben die sich eigentlich ausgerechnet *den* ausgesucht?«

»Habe ich mich auch gefragt.«

Haie wunderte sich jedenfalls, warum die rassistischen Mitglieder dieses Vereins zu einem ausländischen Arzt gegangen waren.

»Also irgendetwas stimmt da nicht.« Thamsen kratzte

sich am Kinn. Er musste langsam dieser Truppe doch mal stärker auf die Pelle rücken, auch wenn sich in ihm alles dagegen sträubte.

Tom und Marlene schoben zum ersten Mal den Kinderwagen durch das Dorf. Der Kleine hatte außergewöhnlich lang geschlafen und die beiden fühlten sich daher fast ausgeruht. Nach einem ausgiebigen Frühstück hatten sie die Köpfe zur Tür hinausgestreckt und festgestellt, wie mild die Luft war. Hier und da riss sogar der Himmel ein Stück weit auf und zeigte zwischen den dicken, grauen Wolken ein wenig Blau.

Sie hatten sich und das Baby dick eingemummelt und waren aufgebrochen. Tom schob stolz den Kinderwagen, in dem Niklas bereits wieder schlief.

»Der Besuch deiner Mutter hat ihn anscheinend ganz schön müde gemacht«, bemerkte Tom und grinste dabei. Gesine Liebig war selbst für ihn als erwachsenen Mann anstrengend. Sie redete viel, war ständig in Bewegung und verbreitete dadurch eine Unruhe, die sich auf jeden in ihrer Umgebung übertrug. Zum Glück war Marlene ihrer Mutter nicht besonders ähnlich, ansonsten wären sie wohl kein Paar geworden. Dieser oberflächliche Perfektionismus, diese Probleme mit sich selbst, die Gesine Liebig offensichtlich hatte und die sie mehr oder weniger erfolgreich hinter ihrer Geschäftigkeit zu verstecken versuchte, hatten sich nicht vererbt. Bei Marlene mussten mehr Eigenschaften des Vaters weitergegeben worden sein, anders konnte Tom sich nicht erklären, wie die beiden Frauen derart unterschiedlich sein konnten. Gesine Liebigs erster Mann war früh verstorben. Marlene hatte sehr an ihrem Vater gehangen und wenn Toms Theorie der Vererbung stimmte, dann bedauerte er, ihn nicht kennengelernt zu haben. Gesine Liebig hatte relativ schnell wieder geheiratet, was Marlene ihr unterschwellig bis heute nicht verziehen hatte. Daher rührte auch das schlechte Verhältnis der beiden zueinander, das besonders ihre unterschiedliche Wesensart nicht gerade besser machte.

Aber durch die Geburt von Niklas war Marlene diesbezüglich etwas entspannter. Jedenfalls war Tom gestern aufgefallen, dass sie aufgehört hatte, zu versuchen, möglichst alles perfekt zu machen, damit sie in den Augen ihrer Mutter bestehen konnte. Gut, sie hatte das ganze Haus gewienert, gebacken und gekocht, aber als gestern der Kuchen noch nicht fertig gewesen war, als Gesine Liebig eintraf, war nicht wie sonst eine Welt für Marlene zusammengebrochen. Und auch die spitzen Bemerkungen über das Dorf und das alte Haus, in dem sie wohnten, hatte Marlene großzügig überhört. Obwohl sie derart unterschiedlich waren, hatte Marlene ihre Mutter stets als ihre Familie betrachtet, die vor Tom und Niklas ihre einzige gewesen war. Sie war ein absoluter Familienmensch und hatte den Kontakt trotz aller Schwierigkeiten zwischen ihnen nicht verlieren wollen. Krampfhaft hatte sie versucht, eine Familie zu haben, die sie eigentlich nie gehabt hatte, aber seit es Tom und vor allem Niklas gab, hatte sich ihr Traum erfüllt, und gegenüber ihrer Mutter war sie toleranter und entspannter geworden.

Sie waren den kleinen Weg bis zur Schule gegangen. Hier würde wahrscheinlich in wenigen Jahren auch Niklas unterrichtet werden. Tom hatte hier ebenfalls die Schulbank gedrückt, jedenfalls in der dritten und vierten Klasse. Er war damals, nachdem sein Großvater verstorben war, hier zu seinem Onkel ins Dorf gekommen und hatte die

Grundschule besucht, bis er aufs Gymnasium nach Nie-büll wechselte.

»Da ist das Hakenkreuz«. Tom deutete mit ausgestreck-tem Arm in Richtung der Schmiererei. Marlene nickte nur mit dem Kopf. Sie fragte sich, ob ihre Mutter nicht doch ein klein wenig recht hatte mit ihren Zweifeln, und Risum der richtige Ort war, um ein Kind großzuziehen. Doch eigentlich ist es keine Frage des Ortes, schoss es dann Mar-lene durch den Kopf, sondern ob man überhaupt Kinder in eine Welt setzen sollte, wo es Hass und Gewalt gibt. In der Babys den Müttern gestohlen und Menschen mit Mes-sern und Baseballschlägern bedroht wurden.

Aber hatte es das nicht von jeher gegeben? Gewalt? Hass? Bedrohung? Die Welt war nun einmal nicht so fried-lich, wie man es sich wünschte, und solange es Menschen gab, würde sich das nicht ändern, denn oftmals resultierten solche Gewalttaten aus durchaus verständlichen Motiven. Rache, Neid, Eifersucht. Alles menschliche Empfindungen, die jeder kannte und nachvollziehen konnte. Nur war man in den letzten Jahren vielleicht etwas brutaler geworden. Doch die Motivation solcher Neonazis war durch nichts zu erklären oder gar zu rechtfertigen. War es Angst, die Ausländer könnten ihnen irgendetwas wegnehmen? Waren sie vielleicht selbst arbeitslos und hatten nur wenig Geld zur Verfügung? Dafür aber viel Zeit, sich die absurdesten Gedanken zu machen?

Marlene hatte auch keine Lösung parat, nur musste man diesen Machenschaften auf jeden Fall Einhalt gebieten.

»Ich denke, es wäre eine gute Idee, wenn man einen regelmäßigen Jugendtreff in Risum einrichten würde«, erklärte sie plötzlich.

»Das dauert aber noch ein wenig, bis Niklas so weit ist«,

grinste Tom, merkte dann aber an Marlenes Gesichtsausdruck, wie ernst es ihr damit war.

»Warum nicht?«, meinte er daher, und Marlene begann sofort, Pläne zu schmieden. Wen musste man ansprechen, wo konnte man das Ganze räumlich einrichten? Woher bekamen sie Gelder? Sie war Feuer und Flamme und redete ununterbrochen, als sie über die Herrenkoogstraße ins Dorf zurückgingen. Tom war mittlerweile schon mit seinen Gedanken ganz woanders und stutzte erst, als Marlene plötzlich schwieg.

Er schaute sie von der Seite an und folgte dann ihrem Blick. Ein Stück weiter die Dorfstraße hinunter stand Miriam Kuipers und versperrte einer anderen Frau mit Kinderwagen den Weg.

»Gib mir sofort mein Kind!«, hörten Tom und Marlene sie schreien, als sie näherkamen.

Miriam Kuipers riss dabei am Verdeck und die andere Frau versuchte hilflos, den Kinderwagen nach hinten zu ziehen.

»Dat ist nich din Kind!«, schrie die Mutter dabei, doch Miriam Kuipers war wie besessen von der Vorstellung, in dem Kinderwagen läge ihr Junge, und zerrte noch kräftiger an dem Verdeck.

Marlene blieb stehen und stieß Tom in die Seite. Der trat neben Miriam Kuipers und versuchte sie wegzuziehen. Doch das war nicht einfach, denn die junge Frau wehrte sich mit Händen und Füßen.

»Frau Kuipers«, bemühte Tom sich, sie anzusprechen, während die andere Frau mit dem Kinderwagen wegrannte. Als Miriam Kuipers das sah, probierte sie, sich aus Toms Umklammerung zu befreien. Sie biss ihm in die Hand und wollte fliehen.

Doch Tom war schneller und vor allem stärker.

Plötzlich hörten sie eine besorgte Stimme rufen: »Miriam?«

Marlene rief: »Hier!« Sie sah eine rundliche Frau eilig näherkommen. Anscheinend die Mutter von Miriam Kuipers, die das Verschwinden ihrer Tochter bemerkt hatte.

»Was geht denn hier vor?«, fragte die Frau, als sie sah, dass Tom Miriam mit Gewalt festhalten musste.

»Sie braucht dringend ärztliche Betreuung«, raunte Marlene der Mutter zu.

»Mama«, schluchzte Miriam Kuipers, »die hat mein Kind!« Sie zeigte die Dorfstraße entlang, in der in einiger Entfernung die Frau mit dem Kinderwagen immer noch rennend zu sehen war.

»Nein, Miriam, das ist Dagmars Anna-Lena.«

»Aber wo ist denn nur mein kleiner Benjamin«, schluchzte die junge Frau. Tom löste nun langsam seinen Griff, Miriam sackte in sich zusammen und er musste abermals kräftig zugreifen, damit sie nicht hinfiel.

»Die Polizei sucht ihn.« Die Mutter trat neben Tom und redete mit ruhiger Stimme auf ihre Tochter ein, während sie sie behutsam unterhakte. »Sie finden ihn sicher bald.«

Miriam Kuipers schien nun gefasster und Tom konnte sie schließlich loslassen. Mit beruhigenden Worten zog die Mutter sie weg und nickte ihnen nur leicht zu.

Miriam Kuipers begann zu weinen. »Mein kleiner Benjamin«, schluchzte sie. »Bestimmt haben diese Nazis ihn!«

Thamsen stand vor seinem Schrank und überlegte, was er anziehen sollte. Der Chinese war kein feines Restaurant, aber in Jeans wollte er zu dem Rendezvous mit Dörte auch nicht gehen. Oder war er in einer Stoffhose overdressed?

Er konnte sich nicht entscheiden. Schließlich zog er seine braune Cordhose und ein dunkelblaues Hemd an. Da sah man wenigstens die Schweißflecken unterm Arm nicht sofort, sollte er ins Schwitzen kommen.

Im Badezimmer kontrollierte er noch einmal seine Frisur und legte etwas Aftershave nach. Dann straffte er die Schultern, holte tief Luft und nickte seinem Spiegelbild ermutigend zu. Er war bereit.

»Fernsehen maximal bis neun«, ermahnte er Anne, als er sie zum Abschied küsste, »und dann gleich schlafen!«

Die Kleine saß, mit einer Tüte Chips bewaffnet, auf dem Sofa und schaute eine DVD. Sie nickte brav, doch er wusste, vermutlich würde sie den Film zu Ende sehen, obwohl der länger als verabredet ging. Aber eigentlich fand er das okay, er hatte sich als Kind schließlich genauso verhalten.

Er fuhr über die Bundesstraße nach Leck. Der Chinese befand sich im Industriegebiet, eine eher ungewöhnliche Lage, aber zumindest gab es ausreichend Parkplätze.

Als er auf die Uhr sah, stellte er fest, dass er viel zu früh dran war. Das passierte ihm selten und er fragte sich, ob er im Auto warten oder schon reingehen sollte. Sein letztes Rendezvous lag schon einige Zeit zurück, seine Erfahrungen mit Frauen auch. Kam es besser an, wenn er sie bereits erwartete? Oder war das zu offensichtlich? Und was, wenn sie nun schon da war? Wollte sie dann etwas von ihm? Jetzt erinnerte er sich, warum er sich so lang gegen eine Verabredung mit einer Frau gesträubt hatte. Irgendwie war alles so kompliziert und er fühlte sich total gehemmt. Und je länger er es aufgeschoben hatte, sich wieder mit einer Frau zu treffen, umso größer war seine Verunsicherung geworden.

Und diesmal schien es noch schlimmer. Vielleicht, weil ihm an dieser Frau etwas lag?

Plötzlich klopfte es an die Seitenscheibe und er zuckte erschrocken zusammen. Neben seinem Wagen stand Dörte und lächelte ihn an.

Oh Gott, dachte er, wie lang steht sie wohl schon da?

Er strich sich die feuchten Hände an der Cordhose ab, zog den Schlüssel aus dem Zündschloss und stieg aus.

»Hallo«, begrüßte er sie zögernd.

»Hallo, Dirk«, sie umarmte ihn zur Begrüßung, wobei er ein Kribbeln in der Bauchgegend spürte.

»Ich hab richtig Hunger«, versuchte er abzulenken und sie hakte sich wie selbstverständlich bei ihm ein. »Dann komm«, sagte sie und zog ihn Richtung Eingang.

Das Restaurant war gut besucht. Thamsen sondierte zunächst, ob eventuell Freunde oder Bekannte in dem Gastraum saßen. Er konnte es nicht erklären, aber irgendwie wäre es ihm unangenehm gewesen, wenn man ihn hier mit Dörte gesehen hätte. Vielleicht, weil er keine Lust auf irgendwelche Sprüche wie ›Wurde ja auch Zeit‹ oder ›Schön, dass du ganz über Iris hinweg bist‹ hatte.

Doch er hatte anscheinend Glück. Keiner der Gäste war ihm bekannt und so ließ er sich von der zierlichen asiatischen Kellnerin zu einem Tisch am Fenster führen.

»Und was hast du heute gemacht?« Dörte lehnte sich ein Stück über den Tisch und wirkte deutlich interessiert an seiner Arbeit und ihm.

Was hatte er gemacht? Nachdem Haie wieder gegangen war, hatte er noch einige Akten gewälzt und sich Notizen gemacht. Anschließend hatte er mit Anne eine Runde Malefiz gespielt, ehe sie zu seiner Mutter zum Kaffee gefahren waren. Zusammen unternahmen sie einen Spaziergang, dann war er mit den Kindern nach Hause gefahren und hatte ihnen ihr Abendbrot vorbereitet.

Aber konnte er ihr das erzählen? Es klang so wenig aufregend.

»Och, nicht viel«, antwortete er deshalb und versuchte, mit einer Gegenfrage von sich abzulenken.

»Ja, also, ich hatte heute Dienst in der Gedenkstätte. Seit dem Mord ist da die Hölle los. Es kommen sogar Leute aus Hamburg oder von noch weiter weg.«

»Tatsächlich?«, fragte Dirk nach, obwohl er es nicht weiter verwunderlich fand, schließlich hatten die Medien überregional über den Mord berichtet, und solche Orte, an denen grausame Verbrechen geschahen, zogen seit eh und je sensationslüsterne Zeitgenossen an. Obwohl in diesem Fall der Fundort nicht einmal der Tatort gewesen war.

Trotzdem wanderten die Leute oft in Scharen zu solchen Unglücksorten und ließen sich bei der Vorstellung des Verbrechens kleine Schauer über den Rücken laufen. In Risum-Lindholm gab es zum Beispiel die sogenannte Mörderbrücke. Dort war in den 50er Jahren die Leiche einer ermordeten Frau gefunden worden. Bis heute nannte man die Brücke über die Lecker Au daher ›Mörderbrüch‹ und es fanden sich immer wieder Neugierige, die diesen Ort besichtigten. Wahrscheinlich verhielt es sich mit dem Fundort von Marlenes bester Freundin Heike in Norderwaygaard ähnlich. Auch sie war vor einigen Jahren einem Gewaltverbrechen zum Opfer gefallen. Er verstand dieses makabre Interesse zwar nicht, denn er war froh, wenn er mal nicht mit Verbrechen und den Abgründen der menschlichen Seele konfrontiert wurde, aber diese Plätze schienen eine Art Faszination auszustrahlen, die es schon immer gegeben hatte. Letztendlich besuchten nicht alle Leute so ein KZ nur im Gedenken an die Opfer.

»Und ist dir etwas Besonderes aufgefallen?« Irgendwie fiel es ihm leichter, sich mit ihr über berufliche Dinge zu unterhalten. Außerdem war seine Frage schließlich berechtigt. Gut möglich, dass der Täter zum Tatort zurückkehrte.

Doch Dörte schüttelte nur ihren Kopf und stöhnte leicht auf. »Mir brummt nur der Schädel ein wenig. Den ganzen Tag dieses Stimmengewirr um einen herum. Und dann kommen die Leute auch noch mit schreienden Babys. Finde ich an solch einem Gedenkort irgendwie unpassend. Und bei dir?«

Durch die Frage wurde klar, sie wollte das Thema wechseln, doch von sich wollte Dirk nichts preisgeben. Daher erzählte er von seinem kaputten Wagen und ereiferte sich über die übertriebenen Preise der Gebrauchtwagenhändler. Er bemerkte nicht einmal, wie Dörte ein Gähnen unterdrückte, als er über die hohen Kosten schimpfte.

17.

»Na endlich, Dirk!«, begrüßte Marlene am Morgen den Freund am Telefon. »Warum hast du dich denn gestern nicht zurückgemeldet?«

Dirk hatte gar nicht bemerkt, dass sein Handy am Abend geklingelt hatte. Erst am Morgen, als er sich aus dem Bett quälte, sah er, dass Marlene gestern mehrere Male versucht hatte, ihn zu erreichen. Sofort war sein schlechtes Gewissen erwacht. Was, wenn mit den Kindern etwas gewesen wäre und er nicht erreichbar war? Aber in seiner Verwirrtheit hatte er gestern sein Handy im Wagen liegen lassen, nachdem Dörte so überraschend an die Scheibe geklopft hatte, und später dann, ja ... Er musste lächeln, als er an den restlichen Abend dachte.

»Dirk?«

Marlene holte ihn aus seinen Gedanken. »Hast du gehört?« Sie hatte ihm von dem gestrigen Vorfall im Dorf berichtet. Die Äußerung von Miriam Kuipers bestätigte Marlenes Bauchgefühl, der Mord an dem Gynäkologen könne etwas mit dem Verschwinden des Babys zu tun haben. »Ihr müsst unbedingt diese Typen genauer unter die Lupe nehmen.«

»Ich weiß«, antwortete Dirk, doch ihm graute davor. Mit denen war nicht zu scherzen und vor allem, so befürchtete er, würde man ihnen wieder nichts nachweisen können, weil sie sich alle gegenseitig deckten. Aber die Kerle hatten sich genug geleistet. Der Übergriff auf die Taverne und die Drohungen gegen Haie, dann die Flugblätter, die Aussage der Putzfrau und nun auch die Vermutung Miriam Kuipers. Er musste handeln.

Gleich, nachdem er das Gespräch mit Marlene beendet hatte, rief er die Kollegen in Husum an. Die sahen zwar ein, dass man den Brüdern mal etwas auf den Zahn fühlen sollte, überließen diese Aufgabe aber gern ihm. »Wenn du etwas Konkretes hast, kommen wir dazu.«

Das war mal wieder typisch für die Beamten von der Kripo. Er durfte die Arbeit machen und sie würden wie immer die Lorbeeren dafür einheimsen. Aber nicht mit ihm. Er würde das diesmal allein in die Hand nehmen.

Er trank noch einen Kaffee und blätterte schnell die Berichte der Kollegen vom Wochenende durch. Viel war nicht passiert. Ein Einbruch und eine Schlägerei in einer Discothek. Ansonsten war es ruhig geblieben. Was zum Glück ja auch normal war, denn Mord und Totschlag gab es hier im Vergleich zu einer Großstadt doch eher selten.

Er fuhr zunächst über die B5, bog aber gleich hinter Klixbüll Richtung Ladelund ab. Es war ein außergewöhnlich schöner Tag. Strahlend blauer Himmel und Sonnenschein, beinahe ungewohnt, denn in den letzten Tagen hatte ein hartnäckiges Grau das Wetter dominiert und er hatte beinahe das Gefühl, die Sonne seit Wochen nicht gesehen zu haben.

Da es noch recht früh am Tag war, hoffte er, Ole Lenhardt zu Hause anzutreffen. Aus den Unterlagen wusste er, dass der Mann arbeitslos war. Sicher lag er bis mittags im Bett und war um diese Zeit auf jeden Fall daheim. Anschließend konnte er noch in der Gedenkstätte bei Dörte vorbeischauen und sich noch einmal für den netten Abend bedanken. Bei dem Gedanken an das gestrige Treffen kribbelte es angenehm in seinem Bauch.

Dörte hatte, nachdem Dirk angefangen hatte, auch noch über die Kfz-Steuern zu schimpfen und dass man als Autofahrer nichts als schlechte Straßen dafür zurückbekam, irgendwann »Stopp« gesagt. Sie wolle nichts über Benzinpreise und Steuern hören, sondern wissen, wer er war und wie es ihm ging. Zunächst war Dirk überrascht und wie vor den Kopf gestoßen gewesen, dann aber hatte er gedacht, alles oder nichts, und von sich, den Kindern und seinem Leben erzählt. Dörte hatte ihm aufmerksam zugehört und seit Jahren verspürte er zum ersten Mal wieder das Gefühl, eine Frau interessiere sich ernsthaft für ihn. Für ihn als Mensch, nicht nur als Mann, mit dem man eine nette Nacht verbringen konnte.

Seinetwegen hätte der Abend ewig dauern können, er fühlte sich sehr wohl in ihrer Gegenwart, aber irgendwann waren die Teller leer und die Bedienung kam, da sie die letzten Gäste waren, dezent mit der Rechnung. Auf dem Parkplatz hatte Dörte sich mit einem Kuss von ihm verabschiedet.

Er erreichte das Ortsschild und bremste den Wagen ab. Gleich die nächste Straße bog er ein. Hier sollte laut Angaben aus der Akte der Anführer der Neonazis wohnen.

Wider Erwarten wurde die Tür bereits nach dem ersten Klingeln geöffnet. Doch vor ihm stand nicht, wie erwartet, Ole Lenhardt, sondern eine kleine, schmächtige Frau. Sie war hochschwanger.

»Guten Morgen.« Er hielt ihr seinen Ausweis vor die Nase. »Ich möchte gern mit Ole Lenhardt sprechen.« Auf ihrem Gesicht zeichnete sich keinerlei Regung ab.

Sie strich sich ihre blonden Haare, die reichlich unge-pflegt wirkten, aus dem Gesicht und sagte: »Moment mal.« Dann grölte sie mit einem Organ, das man dieser zierlichen Frau gar nicht zugetraut hätte: »Ole, Polizei!«

Gleich darauf erschien der glatzköpfige Mann. Bei-nahe so, als hätte er Thamsen bereits erwartet. Beim Anblick der breiten Schultern und des feindlichen Aus-drucks auf Ole Lenhardts Gesicht wurde es Dirk leicht mulmig zumute, doch äußerlich ließ er sich nichts anmer-ken. Das hatte er bereits auf der Polizeischule gelernt und in seinen vielen Dienstjahren verinnerlicht. Nie-mand konnte ihm seine wahren Gefühle ansehen, wenn er es nicht wollte.

»Guten Tag. Herr Lenhardt?« Obwohl eigentlich klar war, wer vor ihm stand, musste er sich offiziell immer rückversichern. Zumal ihm der Mann eben nicht persön-lich bekannt war.

Ole Lenhardt nickte stumm. Thamsen hatte nichts anderes erwartet.

Er kramte aus der Tasche das Flugblatt hervor. »Ken-nen Sie das?«

Wider Erwarten nickte der Mann. Thamsen wusste das nicht recht einzuordnen, doch Ole Lenhardt klärte das sofort auf. »Gab's ja am Samstag als Beilage in der Tages-zeitung.« Er grinste. »Wer kennt das also nicht?«

»Und den Verfasser kennen Sie nicht auch zufällig?« Diesmal fiel die Reaktion wie erwartet aus. Ole Lenhardt schüttelte den Kopf.

»Gut.« Dirk nickte und steckte den Zettel wieder ein.

»In der letzten Zeit hat es einige Übergriffe und einen Mord gegeben. Ich nehme an, Sie haben davon gehört.« Er formulierte keine Frage, sondern stellte fest. »Laut Zeugen treffen einige Beschreibungen durchaus auf Sie zu, und ich muss Sie deshalb fragen …«

»Ist ja klar!«, fuhr Ole Lenhardt dazwischen. »Kaum wird irgendeiner von irgendjemandem mit wenig Haaren bedroht, sind es gleich wieder wir gewesen.« Er blickte Thamsen feindselig an, der sich erneut eingestehen musste, dass er tatsächlich nichts Konkretes gegen den Mann in der Hand hatte. Aber irgendwo musste er anfangen und in diesem Fall war das hier und jetzt. »Wo waren Sie in der Nacht von Donnerstag auf Freitag der letzten Woche?«

»Hier.«

»Und das kann jemand bezeugen?«

»Meine Freundin. Oder haben Sie keine Augen im Kopf? Die Frau ist hochschwanger, da lasse ich sie doch nicht allein!«

»Und am letzten Mittwoch? So gegen 23:00 Uhr?«

»Hallo? Ich weiß ja nicht, ob Sie was an den Ohren haben.« Er zerrte die zierliche Frau, die sich bisher im Hintergrund gehalten hatte, am Arm zur Tür. »Das Kind kann quasi stündlich kommen, da fahre ich nicht in der Gegend rum.«

»Und ich weiß nicht, ob *Sie* richtig verstehen. Dies ist eine polizeiliche Ermittlung und wenn Sie nicht kooperieren, kann ich Sie auch gern auf die Dienststelle beordern.«

Mit solch einer scharfen Reaktion hatte Ole Lenhardt wohl nicht gerechnet. Wahrscheinlich, weil die Polizei sich aufgrund von Gunter Sönksens Manipulationen bisher gegenüber den Neonazis sehr zurückgehalten hatte. Aber das hatte jetzt ein Ende.

»Und?«

»Was, und?«, raunzte Ole zurück, allerdings in einem schon etwas friedlicheren Ton.

»Wann kommt das Baby denn?«, wandte Thamsen sich nun an die Frau, um die Situation noch weiter zu entspannen. »Der Termin ist übermorgen.« Ihre Stimme war nicht mehr als ein Flüstern. Besonders glücklich wirkte sie nicht, aber er konnte sich gut an Iris erinnern, die letzten Tage der Schwangerschaft waren ohnehin beschwerlich, sodass einem nicht zum Lachen war, sondern man nur noch endlich die Geburt hinter sich bringen wollte. Obwohl einem der Gedanke daran vermutlich auch gleichzeitig Angst machte. Er erinnerte sich an die Geburten von Anne und Timo, bei denen er seiner Exfrau selbstverständlich beigestanden hatte. Doch wenn er an Iris' Schreie dachte, war er froh, ein Mann zu sein und diese Strapazen nicht aushalten zu müssen.

»Und bei wem sind Sie in Behandlung?«

Der Frau wich plötzlich sämtliche Farbe aus dem Gesicht. Man konnte förmlich zusehen, wie sich das Blut aus ihrem Kopf verzog. Und auch Ole Lenhardt war unvermittelt ganz bleich.

»Ich bin …«, sie räusperte sich, »… ich war bei Dr. Merizadi in Behandlung.«

Tom hatte sich eigentlich in dieser Woche noch freinehmen wollen. Schließlich war Marlene mit Niklas erst seit ein paar Tagen zu Hause und so ungestört hatten sie ihr neues Familienglück durch die Umstände der letzten Tage noch nicht wirklich genießen können. Doch wie es halt den Selbstständigen ging, irgendwie hatte man nie richtig frei und war letztlich für alles selbst verantwortlich. Und als am Morgen sein Auftraggeber angerufen hatte, war natürlich klar gewesen, er würde zu dem angesetzten Meeting nach Westerland fahren.

Daher hatte er sich nach einem kurzen Frühstück von den beiden verabschiedet und war mit dem Auto zum Bahnhof in Niebüll gefahren.

Irgendwie kostete Marlene diesen Moment aus. Sie und Niklas ganz allein. Der Kleine schlief, nachdem sie ihn gestillt hatte, und sie genoss diese herrliche Ruhe, die sie in den letzten Tagen mehr als vermisst hatte.

Zunächst räumte sie die Küche auf, dann setzte sie sich in ihr Büro und rief ihre Mails ab. Es waren eine Menge, vor allem Glückwünsche von Freunden, Kollegen und Bekannten. Es dauerte eine Weile, bis sie ihr Postfach sortiert hatte.

Anschließend machte sie sich daran, den Antrag auf Kindergeld, den man ihr in der letzten Woche bereits zugeschickt hatte, auszufüllen. Morgen wollten Tom und sie nach Niebüll fahren und Niklas offiziell anmelden. Dabei konnte sie gleich den Antrag einreichen. Doch irgendwie gelang es ihr nicht, sich auf die Felder auf dem Formular richtig zu konzentrieren. Immer wieder schweiften ihre Gedanken ab, und zwar zu den Vorfällen des gestrigen Nachmittags.

Miriam Kuipers hatte so verzweifelt gewirkt. Wobei verzweifelt nicht das richtige Wort war. Die Sorge um ihr Baby schien ihr langsam den Verstand zu rauben, oder waren es die Medikamente, die sie sicherlich immer noch bekam? Was aber, wenn das Baby nicht gefunden wurde? Oder noch schlimmer, vielleicht sogar schon tot war?

Sie selbst hielt den Gedanken daran nicht aus und stand auf, um nach Niklas zu sehen. Der schlief friedlich in seiner Wiege. Doch sie nahm ihn trotzdem auf den Arm. Er knötterte ein wenig, schlief aber weiter.

Vorsichtig zog sie ihm eine Jacke und eine Mütze an und

legte ihn in den Wagen. Sie musste raus an die frische Luft. Auf andere Gedanken kommen.

Mit forschem Schritt schob sie Richtung Schule. »Wollen doch mal sehen, ob dein Patenonkel auch schön fleißig ist!«

Haie war gerade dabei, mit einem Spezialmittel die Schmiererei von der Eingangstür zu scheuern. Wegen der beißenden Dämpfe trug er einen Mundschutz, den er sich jedoch sofort herunterriss, als er Marlene über den Hof kommen sah.

»Komm nicht so dicht heran. Das ist nicht gut für euch!«, warnte er und ging stattdessen zu ihr herüber. Er streifte sich die Handschuhe ab und warf einen Blick auf den schlafenden Niklas.

»Sag mal, ist der schon gewachsen?« Haie hatte den Kleinen zwar erst kürzlich gesehen, aber irgendwie kam er ihm heute verändert im Gesicht vor. War die Nase nicht letztes Mal kleiner gewesen und die Wangen nicht ganz so pausbäckig? Die Risumer Luft schien seinem Patenkind auf jeden Fall gut zu bekommen, denn es gedieh, wie man sah, prächtig.

Marlene zuckte jedoch mit den Schultern. Ihr war keine Veränderung an dem Kind aufgefallen, aber sie sah ihn ja auch ständig. Wie es Miriam Kuipers wohl ergehen würde, wenn sie ihr Kind wiedersah? Immerhin waren mittlerweile mehrere Tage vergangen, seitdem der Kleine verschwunden war. Hoffentlich hielt sie durch.

»Ja, ich habe gehört, dass sie zu Hause ist«, entgegnete Haie auf Marlenes Bericht über den gestrigen Vorfall.

»Sie hat irgendetwas davon gemurmelt, es seien diese Nazis gewesen, die ihr Kind gestohlen hätten.«

»Hm.« Haie kratzte sich am Kinn. »Irgendwie scheint

da doch ein Zusammenhang zu bestehen. Immerhin waren die alle beim gleichen Arzt, oder?«

»Ich habe auf jeden Fall Dirk Bescheid gegeben. Der wollte sich nun doch mal um diese Typen kümmern, bisher habe ich aber noch kein Wort von ihm gehört. Hoffentlich ist ihm nichts passiert.«

»Na ja, so wie ich die kennengelernt habe, ist mit denen nicht zu scherzen. Aber mal angenommen, die hätten den Sohn von der Miriam entführt. Aus welchem Grund sollten sie das getan haben?«

»Was weiß ich, was in deren kranken Hirnen vorgeht.«

Haie kratzte sich erneut am Kinn. Was für ein Motiv konnte überhaupt jemand haben, ein Kind zu entführen? Er war der gleichen Meinung wie Marlene. Wahrscheinlich steckte doch ein unerfüllter Kinderwunsch hinter der Tat.

»Na ja, denk' an den Mord an Heike«, versuchte Marlene, weitere Motive in Betracht zu ziehen, »da ging es um Organhandel.«

»Ja, aber mit einem Säugling?« Haie schüttelte den Kopf. Er konnte sich nicht vorstellen, wie jemand so grausam sein konnte. »Aber wenn die Neonazis ihn haben, was sollten sie für eine Veranlassung haben?«, führte er daher das Gespräch zurück auf Miriam Kuipers' Verdacht. Nicht zuletzt, weil er nicht wollte, dass Marlene an den Tod ihrer besten Freundin erinnert wurde. Es war zwar mittlerweile über sechs Jahre her, dass die Leiche von Heike Andresen in der Lecker Au gefunden worden war, aber Marlene hatte der Mord damals in ein schrecklich tiefes Loch fallen lassen, sodass sie froh waren, als sich ihr Zustand einigermaßen stabilisiert hatte. Trotzdem weckten natürlich derartige Spekulationen die Erinnerungen an jene Zeit.

»Vielleicht Versuchszwecke?« Marlene schluckte. Was

hatten denn Hitlers Leute alles mit Menschen angestellt, die sie nicht sofort ermorden ließen? Sie wollte lieber nicht darüber nachdenken, was die Entführer mit dem Kleinen anstellen könnten. Und auch Haie wollte das Thema, mochte es vielleicht auch realistisch sein, nicht weiter vertiefen.

»Wollen wir heute Abend essen gehen?«, fragte er daher. Schließlich gingen sie oft zusammen abends in die Taverne in der Uhlebüller Dorfstraße. Aber Haie hatte irgendwie nicht nur den Umstand, dass das Lokal vor Kurzem überfallen und daher momentan geschlossen war, verdrängt, sondern auch, dass sich Toms und Marlenes Leben seit Niklas' Geburt verändert hatte.

»Aber du kannst gern zu uns kommen und wir kochen zusammen?«

Haie nickte. »Vielleicht will Dirk ja auch dazukommen.«

18.

Obwohl sein Bauchgefühl und mehrere Indizien zweifelsfrei dafür sprachen, dass dieser Ole etwas auf dem Kerbholz hatte, konnte er ihm nichts nachweisen. Und einen Haft- oder Durchsuchungsbefehl bekam er mit diesen dürftigen Beweisen vom Staatsanwalt auf keinen Fall. Konnte er ja auch verstehen. Was hatte er schon? Ein Flugblatt, einen erpressten Mitarbeiter, der die Taten der Neonazis gedeckt, aber nie tief genug involviert war, um genügend gegen diese Kerle in der Hand zu haben. Dann mehrere Opfer, die aber nicht Anzeige erstatten wollten.

Er fuhr zurück in die Dienststelle. Auf seinem Schreibtisch stapelten sich die Akten und vielleicht tat es ihm gut, wenn er sich mal ablenkte und mit anderen Sachen beschäftigte. Manchmal half es ja, ein wenig Distanz zu einem Fall zu bekommen.

Er unterschrieb mehrere Berichte, beantwortete dann einige Mails und führte ein Mitarbeitergespräch mit einem Beamten, der wiederholt zu spät zum Dienst erschienen war.

Als er gegen Mittag endlich einmal dazu kam, sich in Ruhe eine Tasse Kaffee zu gönnen, fühlte er sich ein wenig entspannter. Der Besuch bei Ole Lenhardt hatte ihn doch ziemlich aufgeregt.

Auch wenn er deutlich gespürt hatte, dass sowohl der Glatzkopf als auch seine Freundin etwas zu verbergen hatten, war natürlich nichts aus den beiden herauszubringen gewesen. Dazu war dieser Ole auch zu gewitzt und nachdem die schwangere Frau zugegeben hatte, bei Dr. Merizadi in Behandlung gewesen zu sein, und dafür einen stechenden Blick von Ole kassierte, hatte sie nur noch geschwiegen. Seine Fragen, warum sie ausgerechnet diesen Arzt ausgewählt hatte, ob sie weitere Patientinnen, vielleicht sogar Miriam Kuipers, kannte, deren Kind ja entführt worden war, hatte sie unbeantwortet gelassen.

Aber Marlene konnte durchaus recht haben, hatte er auf dem Rückweg gedacht. Irgendwie könnte es eine Verbindung zwischen der Entführung und dem Mord geben. Und wahrscheinlich lag der Schlüssel in der Praxis des Arztes. Schließlich liefen hier alle Fäden zusammen.

Er brachte die Akten zu seinen Mitarbeitern, rief anschließend bei den Husumer Kollegen an und erkundigte sich nach dem Stand der Ermittlungen im Entführungsfall. Leider gab es weiterhin keine Spur. Sie waren ein paar Hinweisen aufgrund des Phantombildes nachgegangen, aber die hatten sich alle als nutzlos erwiesen. Der Kleine schien wie vom Erdboden verschluckt.

Während er nach Leck in die Praxis von Dr. Merizadi fuhr, überlegte er, warum jemand auf die Idee kam, einen Säugling zu entführen. Um solch ein Verbrechen zu begehen, musste man doch einen Grund haben. An Muunbälkchen, die die Kinder holen, oder andere Geister aus alten Erzählungen glaubte er nämlich nicht. Was veranlasste einen Menschen dazu, fremde Babys zu klauen?

Wider Erwarten war die Praxis geöffnet. Im Wartezimmer saßen etliche Patientinnen, es herrschte Hochbetrieb.

Als Thamsen erstaunt nachfragte, erhielt er die Auskunft, dass ein befreundeter Arzt eingesprungen sei. Angeblich ging es nur um eine Grundversorgung und um Überweisungen an andere Praxen.

»Für eine Woche mache ich hier quasi die Abwicklung.«

»Aber will Frau Merizadi die Praxis nicht verkaufen?« Thamsen war erstaunt, denn für eine gut laufende Praxis würde sich sicherlich ein Nachfolger finden, der einen entsprechenden Preis zahlte.

»Nein, Nesrim will nicht, dass die Praxis weitergeführt wird.« Thamsen runzelte die Stirn.

»Ich kann das verstehen. Sie will damit abschließen. Dabei helfe ich ihr.«

»Aber wenn sie die Praxis verkauft, wäre sie sie doch auch los.« Dirk verstand wirklich nicht, was die Witwe dazu trieb, das Erbe quasi zu verschenken.

Der Arzt zuckte mit den Schultern. »Ich versuche nur zu helfen.« Dr. Arne Prust schien die Beweggründe der Witwe nicht weiter zu hinterfragen. Er war etwa Mitte 40 und seit einem Kongress in Leipzig vor vier Jahren mit Farhaad Merizadi befreundet gewesen, wie er Thamsen erzählte. »Und ist Ihnen bisher etwas Ungewöhnliches aufgefallen?«

Der Arzt blickte Thamsen fragend an. »Woran haben Sie gedacht?«

»Na ja, bisher gehen wir davon aus, dass Ihr Freund von Neonazis umgebracht wurde. Seltsamerweise wurde uns aber berichtet, hier seien ungewöhnlich viele Patientinnen aus dieser Gruppe in Behandlung.«

»Ist mir noch nicht aufgefallen.«

»Haben Sie sich denn schon einmal die Krankenakten genauer angeschaut?«

»Wo denken Sie hin. Ich kann mich hier wirklich nur um das Allernotwendigste kümmern, aber selbst wenn, ich dürfte mit Ihnen nicht darüber sprechen.«

»Aber wollen Sie denn nicht, dass der Mörder gefasst wird?« Thamsen wusste ja von der ärztlichen Schweigepflicht, aber als Freund musste man doch ein Interesse an der Aufklärung des Verbrechens haben.

»Ich habe vor allem ein Interesse daran, meine Approbation zu behalten.«

Thamsen stöhnte innerlich. Warum wurden ihnen durch die deutsche Bürokratie nur so viele Steine in den Weg gelegt? Immerhin lief hier ein Mörder frei herum. Da musste doch alles dafür getan werden, ihn dingfest zu machen. Außerdem konnte der gleiche Täter etwas mit dem verschwundenen Baby zu tun haben, und wenn sie dem Entführer nicht bald auf die Schliche kamen, hatten sie vielleicht bald einen zweiten Todesfall aufzuklären.

»Du musst sofort kommen!«, schrie sie förmlich in den Hörer. Nach dem Mittagsschlaf bekam sie den Kleinen nicht mehr richtig wach, er wirkte apathisch und sehr schwach.

Er glühte auch wieder. Sie geriet in Panik, riss ihn aus dem Bett, zog ihn an und rannte zum Wagen. In Windeseile fuhr sie zum Haus ihres Freundes, in dem sich auch die Praxis befand, doch als sie dort ankam, war diese verschlossen und auch der Freund war nicht daheim.

»Ich kann hier nicht weg. Wenn du Hilfe brauchst, musst du herkommen.«

»Das geht nicht!«, schrie sie wieder.

»Dann fahr ins Krankenhaus. Wo ist überhaupt die Mutter von dem Kleinen?«

»Weg!«, kreischte sie und legte auf.

Da sie sich nicht anders zu helfen wusste, fuhr sie einfach wieder nach Hause. Zu einem anderen Arzt oder gar in die Klinik konnte sie auf keinen Fall. Auf dem Heimweg hielt sie an einer Apotheke.

Die junge Frau hinter dem Tresen blickte besorgt auf das Kind in dem Maxi-Cosi und riet ihr ebenfalls, lieber einen Kinderarzt aufzusuchen.

Sie verlangte fiebersenkende Zäpfchen und einen Kräutertee, mit der Tüte eilte sie zurück zum Wagen und fuhr heim. Sie packte den Säugling aus und machte ihm erneut Wadenwickel. Dann verabreichte sie ihm ein Zäpfchen und kochte den Tee. Irgendwie musste das Fieber doch zu senken sein. »Bitte, Gott, bitte!«, schickte sie ein Stoßgebet in den Himmel, als sie dem Kleinen das Fläschchen gab. Aber er trank nicht. Er reagierte eigentlich überhaupt nicht mehr. Sie rüttelte ihn, schüttelte ihn, doch seine Augen blieben geschlossen.

Auf dem Heimweg hatte Marlene rasch im SPAR-Markt noch ein paar Dinge für das Abendessen eingekauft. Als Helene, die Besitzerin vom Supermarkt, sie mit dem Kinderwagen sah, kam sie sofort angerannt. Neugierig steckte sie den Kopf in den Wagen und begutachtete das Kind.

»Da können Sie sich wirklich glücklich schätzen.« Marlene nickte, doch ihr war sofort klar, dass die Ladenbesitzerin nicht nur die Geburt des Kindes meinte.

»Hab gehört, Sie haben mit der Miriam Kuipers auf einem Zimmer gelegen. Hätte also auch Ihres sein können, was entführt wurde.«

Marlene schluckte. Ihr war sofort bewusst gewesen, was für ein Glück sie eigentlich gehabt hatten. Tatsächlich hätte sich der Täter auch Niklas aussuchen können.

»Und das, wo die Miriam doch wirklich alles daran

gesetzt hat, schwanger zu werden. War ja bestimmt auch nicht billig, so eine künstliche Befruchtung.«

Marlene ärgerte es, wie die Frau über das Kind sprach. Als sei es eine Ware. Sie fand die medizinischen Möglichkeiten diesbezüglich heutzutage gut, auch wenn Leute wie ihre Hebamme und scheinbar auch Helene das anders sahen.

»Hoffentlich findet die Polizei den Kleinen bald«, entgegnete sie daher und schob mit Niklas weiter.

»Na, ich weiß nicht.« Helene wiegte den Kopf. Ihr Vertrauen in die Polizei schien nicht besonders groß, und Marlene musste zugeben, dies war durchaus verständlich. Immerhin war das Baby schon etliche Tage verschwunden und weder in diesem Fall noch in dem Mordfall gab es nennenswerte Erfolge. Außer ein paar Skinheads, die sich im Dorf immer breiter machten und gegen die die Polizei auch nicht wirklich etwas unternahm, gab es nichts Neues.

»Ich denke, wir sollten die Geburt einleiten. Das Baby ist überfällig und außerdem ist es schon sehr groß.« Dr. Prust hatte die Herztöne des Kindes überprüft und setzte sich zurück an den Schreibtisch.

»Ich schreibe Ihnen eine Überweisung in die Klinik.«

»Wir wollen nicht in die Klinik.« Ole Lenhardts Stimme ließ den Arzt aufhorchen. »Dr. Merizadi hat uns versprochen, dass sie zu Hause entbinden kann.«

Dr. Prust räusperte sich. »Dr. Merizadi ist tot. Ich löse hier quasi nur die Praxis auf.«

»Das ist uns egal. Sie geht auf keinen Fall in die Klinik.«

»Aber wenn die Geburt eingeleitet werden soll, dann …«

»Machen Sie das halt hier.«

Dr. Prust fing Oles Blick auf und wich automatisch ein Stück zurück. Ihm war dieser Kerl nicht geheuer. Das war heute schon das vierte Pärchen, bei dem er einen neonazistischen Hintergrund vermutete. Aber dieser Typ war trotzdem anders, er wirkte bedrohlich und langsam bekam es der Arzt mit der Angst zu tun. Aber er konnte unmöglich hier in der Praxis eine Geburt einleiten.

»Hören Sie«, versuchte er daher, an die Vernunft der Mutter zu appellieren. »Sie haben so viel daran gesetzt, schwanger zu werden.« Wie er der Akte entnommen hatte, war die Schwangerschaft erst beim dritten Versuch einer künstlichen Befruchtung zustande gekommen. »Das wollen Sie doch nun nicht leichtfertig aufs Spiel setzen.«

Doch anstelle der Frau, die ohnehin bisher nur wenig gesagt hatte, entgegnete Ole: »Das lassen Sie man unsere Sorge sein.«

»Ja, aber …«, versuchte der Arzt zu protestieren.

»Nichts aber«, fuhr der Mann ihn an. »Morgen Abend kommen wir zur Entbindung und Sie bereiten gefälligst alles vor!«

»Nein, das verstehe ich vollkommen,« beruhigte ihn Marlene. »Dann mach dir einen schönen Abend mit deinen Kindern!«

Sie hatte, nachdem sie vom SPAR-Markt nach Hause gekommen war, bei Dirk angerufen und ihn ebenfalls zum Essen eingeladen.

Doch dieser wollte heute lieber zu Hause bei seiner Familie sein. Immerhin war er bereits gestern aus gewesen und hatte sie allein gelassen. Er verbrachte sowieso viel zu wenig Zeit mit ihnen. Irgendwie waren sie plötzlich schon so groß geworden und er hatte das Gefühl, das total verpasst zu haben.

Gut, er hatte eine Menge um die Ohren, aber trotzdem grämte es ihn, dass er durch sein enormes Arbeitspensum so selten die nötige Ruhe und Gelassenheit hatte, ihnen genügend Zuwendung zu geben. Er machte daher zeitig Feierabend und fuhr in den Supermarkt einkaufen.

Seinen Mitarbeitern hatte er gesagt, er würde einen neuen Wagen anschauen, aber das konnte er auch morgen noch. Die vielen Gebrauchtwagen bei dem Händler im Gewerbegebiet würden sicherlich nicht über Nacht ausverkauft sein.

Er wählte Nudeln, Tomaten und Hackfleisch für Spaghetti Bolognese. Das war einfach zuzubereiten und den Kindern schmeckte es. Zum Nachtisch holte er eine Box mit Vanilleeis und Schokoladensoße.

Seine beiden freuten sich, dass er heute zeitig nach Hause kam. Besonders Anne wich ihm nicht von der Seite und schnatterte, während sie ihm beim Kochen half, in einer Tour.

»Nächste Woche ist die Generalprobe von unserem Theaterstück, kommst du?«

»Meinst du nicht, es reicht, wenn Papa dich bei der Aufführung sieht, Quak?« Timo hatte sich zu ihnen gesellt und machte sich über seine kleine Schwester lustig, die in dem Stück eine Kröte spielte, die sich in eine Prinzessin verwandelte. Eine Art emanzipiertes Froschkönig-Stück, was allerdings in erster Linie daran lag, dass der einzige Junge, der sich überhaupt bereit erklärt hatte mitzuspielen, partout kein Frosch sein wollte. Die Lehrerin hatte daraufhin einfach die Rollen getauscht und der Frosch war nun eine Kröte, die sich durch den Kuss des Prinzen in eine Prinzessin verwandelte.

Die Soße blubberte duftend vor sich hin und Thamsen amüsierte sich über das geschwisterliche Gerangel. Er war froh, dass die Kinder trotz allem, was sie durchgemacht hatten, so unbeschwert waren. Schließlich war es für sie nicht leicht gewesen, als er sich von Iris getrennt hatte und ihr die Kinder aufgrund ihrer Alkoholkrankheit hatte wegnehmen lassen müssen. Besonders Anne, die damals noch recht klein gewesen war, hatte sehr gelitten. Doch mittlerweile waren sie ein eingespieltes Team und die Kinder schienen mit der Situation mehr als gut zurechtzukommen.

Sie saßen gerade am Tisch und Thamsen verteilte die Hacksoße, als sein Handy klingelte.

»Oh, nee«, stöhnte Anne, denn für gewöhnlich bedeutete das nichts Gutes. Und sie sollte recht behalten.

»Wo bist du jetzt?«, fragte Thamsen, kurz nachdem er das Gespräch entgegengenommen hatte.

»Gut, ich komme gleich.«

»Stell dir mal vor, was Helene über das Kind von Miriam gesagt hat.« Marlene war immer noch ganz entrüstet über die derbe Ausdrucksweise der Ladenbesitzerin.

»Die ist halt noch eine vom alten Schlag«, kommentierte Haie das Gerede der Frau. Wobei er vermutete, dass auch Neid eine Rolle spielte. Natürlich gab es etliche Leute im Dorf, die Neuem gegenüber nicht allzu aufgeschlossen waren. Aber wo gab es die nicht?

Es war vorstellbar, dass Helene sich zu ihrer Zeit solch eine Möglichkeit gewünscht hätte, um sich ihren Kinderwunsch zu erfüllen. Die Frau war immerhin kinderlos, und auch wenn sie stets den Laden vorgeschoben hatte, vielleicht hatte sie auch einfach keine Kinder bekommen können?

Doch eigentlich war es müßig, sich darüber den Kopf zu zerbrechen. Viel interessanter fand Haie die Frage, ob Miriam etwas mit den Neonazis zu tun gehabt hatte.

»Wer ist denn eigentlich der Vater von dem verschwundenen Baby?«, fragte er.

»Keine Ahnung«, antwortete Marlene und bürstete weiter die Champions. Sie hatte Zutaten für eine Pilzpfanne gekauft und beschäftigte sich mit dem Gemüse, während Haie das Fleisch vorbereitete.

»Aber einen Freund oder so hat sie, glaube ich, nicht, oder?«

Haie überlegte kurz, schüttelte dann aber den Kopf. »Nee, hab die eigentlich noch nie mit 'nem Kerl gesehen.«

»Dann ist der Spender bestimmt anonym.«

»Anonym?« Haie verstand nicht. Rein biologisch musste es doch einen Vater geben.

»Na, wenn du von der Samenbank eine Spende nimmst, bleibt der Spender anonym. Ansonsten würde ja keiner mehr spenden, wenn du plötzlich zig Kinder hättest. Nachher musst du noch für die alle Unterhalt zahlen.«

»Aber kann man sich denn da eine bestimmte Spende aussuchen?« Haie hatte sich noch nie mit dem Thema beschäftigt.

»Nee, das geht, glaube ich, nicht. Hätte ja sonst auch etwas mit Selektion zu tun. *Bitte nur Spenden von Männern mit einem IQ über 120?* Das ist wahrscheinlich verboten!«

»Aber warum adoptieren die Leute dann nicht einfach ein Kind? Da gibt es doch wirklich viele, die ohne Eltern aufwachsen.«

»Stimmt schon.« Trotzdem wusste Marlene nach ihrer eigenen Schwangerschaft, welch ein unglaubliches Gefühl es war, ein Kind auszutragen und zur Welt zu bringen. Und ein Teil des Kindes war trotz Samenspende dennoch von der Mutter. Außerdem dürfte es für eine alleinstehende Frau so gut wie unmöglich sein, ein Kind zu adoptieren. Obwohl es für künstliche Befruchtungen sicherlich auch Regelungen gab, die den Familienstand betrafen, überlegte sie. Tom kam gerade rechtzeitig zum Essen. Haie deckte den Tisch und er ließ sich einfach auf die Eckbank fallen.

»Puh, also jeden Tag nach Sylt pendeln möchte ich nicht!«, stöhnte er. Dabei waren die Züge jetzt im Herbst nicht mehr ganz so voll wie zur Hochsaison, wenn neben den Pendlern auch noch Hunderte von Touristen auf die Insel strömten.

»Warst du denn erfolgreich?«, fragte Marlene und gab ihm einen Kuss.

»Eigentlich schon, aber natürlich wurde auch auf der Insel erst einmal endlos über den Mord und die Probleme mit den Neonazis spekuliert.«

»Na ja, die Medien berichten ja auch ausführlich!«, mischte Haie sich ein. »Hat Dirk vorhin eigentlich etwas erzählt? Er wollte doch den Typen mal auf den Zahn fühlen.«

»Nee, aber ich habe auch nicht gefragt. Der hat momentan echt genug um die Ohren!«

19.

Thamsen traute seinen Augen kaum. Fassungslos blickte er auf den winzigen Körper hinab, der im Scheinwerferlicht irgendwie unwirklich wirkte. Beinahe wie aus Wachs. Wie eine dieser Puppen, mit denen Anne noch bis vor Kurzem gespielt hatte.

»Also lang ist er noch nicht tot.« Der Arzt, der in der sich in der Hocke über den Leichnam gebeugt hatte, erhob sich langsam. Auch ihm stand die Fassungslosigkeit ins Gesicht geschrieben. »Die Leichenstarre ist noch nicht vollständig ausgeprägt.«

Wer tat nur so etwas? Nach der Todesursache brauchte er gar nicht zu fragen. Für ihn stand fest, dies war das kranke Baby von Miriam Kuipers, für welches nun jede Hilfe zu spät kam. Schließlich war durch die Zeitungen bekannt, dass das Kind ohne medizinische Versorgung nur eine minimale Überlebenschance hatte, wenn es nicht rechtzeitig gefunden wurde.

Der kleine, leblose Körper war direkt vor dem Dokumentenhaus abgelegt worden. Dörte Paulsen hatte das Kind gefunden. Als sie Feierabend gemacht hatte und das Haus verließ, war ihr das Bündel an der Skulptur aufgefallen und sie hatte sofort das Schlimmste vermutet. Diese Befürchtung hatte sich bewahrheitet. Völlig panisch war sie ins Haus zurückgelaufen und hatte Thamsen angerufen. Der hatte sich sofort auf den Weg gemacht und von unterwegs den Mediziner und die Kollegen von der Spurensicherung angefordert.

Thamsen wandte seinen Blick von der Babyleiche ab und schaute sich um. Es war bereits seit einiger Zeit dunkel und das Haus lag ohnehin etwas abgelegen hinter dem Friedhof in einer Stichstraße. Wahrscheinlich hatte niemand etwas gesehen. Ganz unbemerkt hatte irgendjemand hier die Leiche abgelegt und war wieder verschwunden. Der Täter war unsichtbar geblieben. Ob es wirklich, wie Miriam Kuipers vermutete, jemand aus den Nazikreisen war? Langsam kamen Thamsen diese Hinweise zu offensichtlich vor. Da wollte doch einer bewusst von sich ablenken. Gut, die Neonazis waren ein Problem, das hatten die Schmierereien, die Übergriffe und die Flugblätter bewiesen, aber hatte die Gruppe tatsächlich etwas mit dem Mord an dem Arzt und dem toten Baby zu tun? Oder sollte es nur so aussehen? Immerhin konnte man sich schwer vorstellen, dass das Kind von Miriam Kuipers aus rassistischen Gründen umgebracht worden war. Die Mutter war doch Deutsche, oder?

Er stöhnte leicht bei dem Gedanken an die Mutter. Vermutlich würde er ihr die traurige Botschaft überbringen dürfen. Von den Husumern hatte sich nämlich noch keiner blicken lassen und er befürchtete, dies würde auch nicht passieren, jedenfalls nicht mehr heute Abend. Aber die Angehörigen mussten direkt benachrichtigt werden. Nicht auszudenken, was geschah, wenn sie es durch Zufall durch jemanden im Dorf erfuhren.

Er ging zu Dörte hinüber, die immer noch bleich im Gesicht war, und legte den Arm um sie.

»Hast du denn irgendetwas Ungewöhnliches bemerkt? Geräusche? Vielleicht einen Wagen gesehen?«

Sie stand unter Schock und brachte vorerst keinen Ton heraus. Doch je länger man mit einer Befragung wartete, umso verwischter waren die Erinnerungen. Er fasste sie an den Schultern und zwang sie, ihn anzublicken. Der starre Blick löste sich ein wenig und eine Träne rann aus ihrem Augenwinkel. Sie schüttelte den Kopf. Wahrscheinlich hat sie wirklich nichts gesehen, dachte er.

»Ich bringe dich jetzt heim«, bestimmte er. »Und wir sprechen später noch einmal.«

Er gab den Kollegen noch ein paar Anweisungen, straffte dann die Schultern und stieg in sein Auto. Er fuhr zunächst Dörte nach Hause, die in diesem Zustand nicht selbst in der Lage war, einen Wagen zu lenken. Dann machte er sich auf den Weg nach Risum.

Es war zwar schon spät, doch Miriam Kuipers war unter Umständen noch wach, sinnierte er. Wer konnte schon schlafen, wenn das eigene Kind vermisst wurde? Vielleicht spürte sie sogar, was geschehen war. Schließlich gab es eine ganz besondere Verbindung zwischen Kindern und Eltern und Frauen hatten manchmal eine außergewöhnliche Intuition.

Langsam fuhr er die Dorfstraße entlang. In Gedanken legte er sich ein paar tröstende Sätze zurecht. Doch was war in solch einer Situation schon tröstlich? Er hatte ohnehin Schwierigkeiten, solche schlimmen Nachrichten zu überbringen. Aber es gehörte nun einmal zu seinem Job. Das waren die weniger schönen Seiten seines Berufes.

Er parkte den Wagen am Straßenrand und lief den kleinen Weg zum Eingang hinauf. Das Haus der Kuipers lag etwas abseits auf einer alten Warft. Noch ehe er den Klingelknopf gedrückt hatte, wurde die Tür geöffnet. Das verstärkte seine Vermutung, Miriam Kuipers spürte im Unterbewusstsein, dass ihr Sohn tot war. Nur die Bestätigung brauchte es noch, und die brachte er.

»Ich habe Ihnen eine traurige Mitteilung zu machen.«
Sie nickte und im Hintergrund sah er plötzlich eine ältere Frau in den Flur treten. »Wir haben Ihren Sohn tot an der Gedenkstätte in Ladelund …«

Ehe er den Satz beenden konnte, brach die junge Mama zusammen. Zusammen mit der Frau, die sich rasch als Miriams Mutter vorstellte, fing er sie auf und schaffte sie ins Wohnzimmer, wo sie sie auf das Sofa legten. Die Mutter lief anschließend direkt zum Telefon, um einen Arzt zu rufen, während er etwas hilflos neben Miriam stand.

»Frau Kuipers«, versuchte er, die Ohnmächtige anzusprechen, und klopfte ihr mit der Hand leicht auf die Wange. »Frau Kuipers?« Die junge Frau kam langsam zu sich, doch ihr Blick war ausdruckslos und erinnerte ihn an den von Dörte. Für sie war der Leichenfund schon schlimm gewesen, wie musste es erst für die Mutter des Babys sein? Zumal sie bereits seit der Entführung in Angst und Sorge um das Kind lebte. Kein Wunder, wenn sie nun einfach zusammenklappte und scheinbar aus Selbstschutz in eine andere Welt abtauchte. Wie sonst konnte man diesen Schmerz ertragen?

Nur wenige Minuten später traf der Arzt ein. Er maß den Blutdruck und testete einige Reaktionen, ehe er der jungen Frau ein Mittel spritzte und der Mutter Anweisungen gab.

»Mit Ihnen kann sie im Moment ohnehin nicht sprechen«, sagte er, an Thamsen gewandt. »Es ist besser, Sie gehen jetzt. Ihre Anwesenheit erinnert sie nur an die schreckliche Tatsache.«

Dirk nickte. Der Mediziner hatte recht. Aus der apathischen Frau würde er ohnehin nichts herausbekommen.

Er drückte der Mutter seine Karte in die Hand, murmelte ein »Mein Beileid« und verließ zusammen mit dem Arzt das Haus.

»Das wird sie umbringen«, murmelte dieser, als sie den Weg zur Dorfstraße hinunter nebeneinanderher gingen.

Thamsen nickte. Er verstand, was der andere meinte. Der Verlust eines Kindes ließ immer auch einen Teil von einem selbst sterben. Soweit er wusste, hatte Miriam Kuipers lang für dieses Kind gekämpft, umso schlimmer musste sie nun der Verlust treffen.

An der Straße trennten sich die beiden. Eigentlich hätte Dirk dem Mediziner einige Fragen stellen wollen, doch er war einfach nur unfähig zu sprechen und brachte kein Wort heraus. Dem Arzt ging es vermutlich ähnlich, denn sie nickten sich zum Abschied lediglich kurz zu, bevor sie jeder in ihren Wagen stiegen und beide Richtung Maasbüll fuhren.

Thamsen konnte jetzt nicht einfach so nach Hause fahren und sich ins Bett legen. Und zu Dörte wollte er auch nicht. Er musste selbst erst einmal einen klaren Kopf bekommen. Daher beschloss er, noch ein Bier in der Gaststätte zu trinken, und war nicht erstaunt, als der Arzt ebenfalls in die Auffahrt der Wirtschaft abbog.

Als hätten sie es vorher verabredet, gingen sie zusammen ins Lokal und setzten sich an einen Tisch. Der Raum war nicht allzu voll, denn unter der Woche war selten viel Betrieb und schon gar nicht zu solch später Stunde.

Sie bestellten jeder ein Bier und saßen schweigend da, bis der Gastwirt ihnen die Gläser auf den Tisch stellte. »Na, alles klar?«, versuchte der, ein Gespräch in Gang zu bringen, doch die beiden hoben nur stumm ihre Gläser und tranken sie in einem Zug aus.

»Noch eins«, war das Erste, was Thamsen wieder über die Lippen brachte, und das eher, um den Wirt, der neugierig an ihrem Tisch stand, einfach loszuwerden.

»Ich habe versucht, sie darauf vorzubereiten, aber ich bin auch kein Psychologe. Es war schließlich klar, dass nur eine kleine Chance bestand, den Kleinen rechtzeitig zu finden.«

Der Arzt sagte das in einem völlig neutralen Tonfall. Nicht, als ob der Tod des Babys Thamsens Schuld sei. Viele würden das jedoch so sehen und auch die Medien würden die Polizei wahrscheinlich wieder als unfähig darstellen und mitverantwortlich machen für den Tod des Säuglings. Und irgendwie fühlte Dirk sich auch schuldig.

»Vielleicht hätte man diesen Typen doch stärker auf die Finger gucken müssen. Miriam selbst hat erst noch vor Kurzem gesagt, sie glaubt, diese Neonazis stecken dahinter.«

Der Arzt blickte ihn überrascht an. »Wirklich?«

»Na ja, der Fundort des Kleinen deutet darauf hin. Zusätzlich scheinen die beiden Taten miteinander verknüpft zu sein. Und da wir bei dem Mord an Dr. Merizadi von einem fremdenfeindlichen Motiv ausgehen, liegt es nahe, dass der Täter zumindest aus dem gleichen Umfeld stammen könnte.«

»Ich weiß nicht.« Der Arzt trank einen großen Schluck Bier. »Vielleicht wollte auch nur jemand, dass es so aussieht. Warum sollten diese Kerle, bitte schön, ein Baby aus dem Krankenhaus entführen?«

Das war eine gute Frage. Zumal die Freundin von Ole Lenhardt selbst hochschwanger war. Und ein Motiv wie bei dem toten Gynäkologen konnte man auch ausschließen. Miriam war eine waschechte Nordfriesin, arischer nach der Vorstellung dieser Ideologie ging es ja nun wirklich nicht. Und das galt wohl auch für den Kleinen.

»Aber wer sollte sonst …?«, überlegte Thamsen laut.

»Haben Sie schon mal darüber nachgedacht, wie häufig es überhaupt in Deutschland vorkommt, dass Kinder geklaut werden? Zum Beispiel diese Kinderwagendiebstähle vor Supermärkten und Läden. Jede vernünftige Frau lässt doch heutzutage ihr Kind nirgendwo mehr unbeaufsichtigt stehen.«

Davon hatte Dirk natürlich gehört. Aber warum taten diese Menschen das überhaupt? Unerfüllter Kinderwunsch? Ja, aber da gab es mittlerweile nun wirklich andere Methoden. Dr. Merizadi selbst war ja Spezialist auf diesem Gebiet gewesen.

»Aber Wunder kann die Medizin auch nicht vollbringen«, warf der Arzt nun ein. »Es gibt halt immer noch Frauen …«

Plötzlich klingelte Thamsens Handy. Er zuckte zusammen. Das letzte Mal, als er einen Anruf bekam, war die Leiche des Säuglings gefunden worden. Und auch jetzt schwante ihm nichts Gutes.

»Thamsen?«, meldete er sich zögernd.

»Dr. Prust …? Bitte …? Was …?« Er lauschte den Worten am anderen Ende der Leitung. Dann sprang er zum zweiten Mal an diesem Tag auf.

»Entschuldigen Sie bitte«, er legte einen Fünf-Euro-Schein auf den Tisch. »Ein Notfall.«

20.

Die Neuigkeit über den toten Säugling verbreitete sich wie ein Lauffeuer im gesamten Dorf. Schon in den Frühnachrichten im Radio wurde darüber berichtet.

»Das ist so furchtbar«, flüsterte Marlene unter Tränen und drückte Niklas etwas fester an sich.

»Ja«, nickte Haie, der noch vor Arbeitsbeginn bei den beiden vorbeigekommen war, um ihnen von dem traurigen Ereignis zu erzählen. »Und dann auch bei der KZ-Gedenkstätte. Also langsam muss da etwas passieren. Diese braunen Typen sind echt die Pest.«

Tom nickte, gab aber zu bedenken, dass wahrscheinlich wieder keiner gesehen hatte, wer den Leichnam am Dokumentenhaus abgelegt hatte.

»Und selbst wenn, wer will schon gegen diese Nazis aussagen?«

Er blickte Haie direkt ins Gesicht. Natürlich konnte er den Freund verstehen und letztlich hätte er wohl ähnlich gehandelt. Doch wenn jeder so dachte, dann würde man diese Kerle nie dingfest machen. Und besonders Jugendliche ließen sich von diesen Parolen stark beeinflussen, sodass sich dieses hässliche Gedankengut immer weiter ausbreitete.

»Ich war noch nie an der Gedenkstätte«, gab Haie zu. »Vielleicht sollten wir uns da mal umschauen?«

Tom hatte für heute ohnehin einen freien Nachmittag geplant. Am Morgen hatte er zwar ein paar Dinge bei der

Bank zu regeln und anschließend wollten sie Niklas offiziell im Amt Bökingharde anmelden, aber am Nachmittag konnten sie sicherlich einen Ausflug machen. »Wann kannst du denn Feierabend machen?«, fragte er Haie. Der grinste. »So gegen Mittag?«

Thamsen hatte kaum seinen Ohren getraut, als er am Abend den Anruf von Dr. Prust entgegengenommen hatte. Aber was ihn in der Praxis erwartete, hatte all seine Vorstellungen übertroffen.

Der Arzt, der eigentlich nur die Geschäfte des ermordeten Freundes abwickeln sollte, war von Ole Lenhardt bedroht worden. Wenn er die Geburt der Freundin nicht in der Praxis einleite, blühe ihm dasselbe Schicksal wie seinem Freund.

»Aber wieso wollen die nicht in eine Klinik?« Thamsen verstand diese Drohung nicht. Immerhin erwartete die Frau ein Kind. Da war man im Krankenhaus am besten aufgehoben. Oder hatten die doch nichts mit der Entführung zu tun und nur Angst, ihr Kind könnte auch geklaut werden?

»Die waren scheinbar noch nicht mal bei einer Hebamme. Dr. Merizadi hatte alles in Bezug auf die Schwangerschaft selbst betreut. Angefangen von der Befruchtung bis …«

»Befruchtung?«, Thamsen hatte nicht verstanden.

»Ja, anscheinend konnte die junge Frau auf natürlichem Weg keine Kinder bekommen, obwohl«, und das hatte den Arzt stutzig gemacht, »die Werte ganz normal waren.«

Gut, manchmal gab es unerklärliche Umstände, warum eine Frau nicht schwanger wurde, aber er hatte sich daraufhin sämtliche künstlichen Befruchtungen des letzten Jahres mal genauer angeschaut.

»Da waren noch mehr Fälle, bei denen die Werte eigentlich nicht gegen eine natürliche Schwangerschaft sprachen und …«

Thamsen hatte ungeduldig genickt. »Es gibt noch weitere Parallelen. Alles unverheiratete Frauen, alle in ungefähr gleichem Alter und seltsamerweise ist hier nichts über die Väter vermerkt.«

»Vielleicht Samenspender? Die wären doch ohnehin anonym, oder?«

»Im Prinzip schon. Aber die Samenbank hat natürlich eine Kennung. Denn jeder Erwachsene hat ja ein Recht darauf zu erfahren, wer seine leiblichen Eltern sind. Und um das nachweisen zu können, wird der Spender unter einer verschlüsselten Kennziffer in der Samenbank geführt. Natürlich nur zu Zwecken der Herkunftsforschung. Verspätete Unterhaltszahlungen oder Ähnliches sind ausgeschlossen.«

Aber bei den Fällen, die Dr. Prust gefunden hatte, waren weder die Namen der Väter noch derartige Nummern verzeichnet. Eines von beiden hätte jedoch auf jeden Fall schriftlich festgehalten werden müssen.

Thamsen kratzte sich am Kinn. »Kann ich vielleicht die Namen der Frauen haben?«

Wider Erwarten nickte der andere.

»Und was werden Sie nun wegen Ole Lenhardt unternehmen?« Der Arzt blickte ihn sorgenvoll an, während er einige Eingaben am Computer tätigte.

»Das lassen Sie man meine Sorge sein.«

Gleich am Morgen rief Thamsen zunächst bei Gunter an. Er brauchte eine Aussage gegen Ole Lenhardt.

»Wenn dein Sohn dir den Arsch retten will, dann bringst du ihn am besten gleich mit.«

Erst wenn er eine offizielle Aussage zu den Flugblättern hatte, konnte er beim Staatsanwalt einen Haftbefehl erwirken. So wollte er Ole Lenhardt zumindest vorläufig aus dem Verkehr ziehen, auch um Dr. Prust zu helfen.

Das war zwar nicht ohne und den Sohn von Gunter brachte es sicherlich auch in Gefahr, aber sie mussten endlich aufräumen. Schon viel zu lang hatte er diese Machenschaften geduldet.

Die Vernehmung sollten die Husumer Kollegen machen. Die konnten schließlich auch mal was arbeiten. Dirk wollte in der Zeit die anderen Frauen besuchen. Vielleicht waren sie der Schlüssel zum Rätsel? Er wusste es nicht, aber es war zumindest ein Punkt, an dem man ansetzen konnte. Denn die Frage, wieso Dr. Merizadi ausgerechnet den Neonazis beim Kinderkriegen geholfen hatte, blieb.

Warum Ole Lenhardt mit seiner Freundin zur Entbindung nicht in die Klinik wollte, musste einen Grund haben. Der hatte etwas zu verbergen. Ganz sicher.

Die erste Frau wohnte in Klockries. Das war nicht weit, da konnte Thamsen schnell vorbeischauen.

Das Haus lag im Wegacker, einem Seitenweg, der von der Dorfstraße abzweigte.

Er ging den kleinen Pfad durch einen gepflegten Vorgarten zum Eingang hinauf und fühlte sich dabei irgendwie beobachtet. Doch auf sein Klingeln hin öffnete niemand. Und auch als er zu den Fenstern schaute, war da nichts zu sehen. Überhaupt war es hier totenstill.

Die zweite Adresse lag etwas weiter draußen im Gotteskoog. Ein bäuerliches Anwesen, das aber mittlerweile zum größten Teil brachlag, die Ländereien waren wohl verpachtet. Vieh gab es jedenfalls außer ein paar scharrenden Hühnern auf dem Hof anscheinend keines mehr. Und auch die Landmaschinen, die vor einem Schuppen standen, gammelten vor sich hin. Thamsen klopfte an die Tür und bereits kurz darauf öffnete ihm eine rundliche Person.

»Entschuldigung, mein Name ist Dirk Thamsen.« Er hielt seinen Ausweis hoch und die ältere Frau kniff ihre Augen zusammen. Wahrscheinlich konnte sie ohne Brille nichts erkennen. »Ich komme von der Polizei. Ist Julia Völler da?«

»Polizei«, fragte die Frau ganz aufgebracht, »ja, was gibt es denn?«

»Das würde ich gern mit Julia selbst besprechen.«

»Mmh«, die Frau schien zu überlegen, was für eine Antwort sie ihm geben sollte. Schließlich sagte sie: »Kommen Sie.«

Sie führte ihn durch einen schummrigen Flur in eine kleine Küche, in der die Decke so schief und niedrig zu hängen schien, dass er automatisch den Kopf einzog, als er den Raum betrat.

Auf einem Stuhl am Fenster saß eine junge Frau und starrte hinaus. Sie reagierte nicht auf sein »Guten Tag«.

»Frau Völler?« Er trat neben sie und berührte sie an der Schulter. Als einzige Reaktion darauf begann sie zu summen. Es dauerte einen Moment, dann erkannte er die Melodie des Kinderliedes: ›Weißt du, wie viel Sternlein stehen …‹

Dirk drehte sich fragend zu der älteren Frau in Kittelschürze um. Die wischte sich stumm eine Träne aus dem Augenwinkel.

»So ist sie, seit ihr Baby tot geboren wurde«, flüsterte sie.

»Das tut mir leid.« Damit hatte Thamsen nicht gerechnet. Er war völlig sprachlos. Worte waren an dieser Stelle überflüssig, er legte noch einmal seine Hand auf Frau Völlers Schulter und hoffte, dass sie sein Mitgefühl spüren konnte. Sie tat ihm aufrichtig leid. Julia Völler war nun schon die zweite Mutter, die er innerhalb kurzer Zeit kennenlernte, die ihr Kind verloren hatte, wenngleich auch unter anderen Umständen

»Wann war das denn?«

»Vor etwa zwei Monaten.« Die Mutter machte ihm ein Zeichen, ihr ins Wohnzimmer zu folgen. Dort bot sie ihm an, auf einem schwarzen Kunstledersofa Platz zu nehmen.

»Ich weiß nicht genau, wie viel sie tatsächlich mitkriegt«, erklärte sie, warum sie lieber den Raum gewechselt hatte. Er nickte. Psychische Erkrankungen ließen sich selbst von Spezialisten schwer einschätzen und wer konnte daher sagen, wie sehr es Julia Völler vielleicht belastete, wenn man in ihrer Gegenwart über das tot geborene Baby sprach und damit den Auslöser ihrer Erkrankung wieder und wieder aktivierte.

»Ein Gutes hat es ja«, stöhnte die rundliche Frau, als sie sich in den Sessel gegenüber fallen ließ. »Diese Typen lassen sich hier nicht mehr blicken.«

»Was für Typen?«

»Na, die Kerle, von denen einer meine Tochter geschwängert hat.« Thamsen runzelte fragend die Stirn.

»Wie meinen Sie das?«

»Wie ich es sage. Eine Zeit lang hat Julia mit so einer Gruppe junger Männer herumgehangen. Und plötzlich war sie schwanger.« Die Frau seufzte leise, ehe sie fortfuhr.

»Ich war ja dagegen, dass sie das Kind behalten wollte. War selbst jung, als ich das erste Mal schwanger war, und weiß, damit verbaut man sich echt alles. Der Mann hat mich damals sitzen lassen und es war schwer genug, einen zu finden, der mich mit dem Kind genommen hat.« Sie holte bei den Erinnerungen an diese schwere Zeit tief Luft.

»Aber Julia wollte unbedingt das Kind kriegen. Gut, zumindest der angebliche Vater hat sich gekümmert. Obwohl ich den ja nicht leiden konnte.«

»Warum nicht?«

»War so ein Glatzkopf. Sie wissen schon.«

Sie blickte ihn an und er nickte. Das bestätigte seine Vermutung, auch diese von Dr. Merizadi behandelte Frau hatte mit den Rechten zu tun gehabt.

»Eigentlich lief alles gut. Julia war jung und gesund. Und in den letzten Tagen vor der Geburt war dann dieser Typ auch immer hier.«

»Hat der auch einen Namen?«

»Ole.«

»Ole Lenhardt?«

»Mmh.« Die Frau nickte. »Und wenn er nicht kam, war da ein anderer Typ. Michael, glaube ich, hieß der.«

»Waren die denn auch bei der Geburt dabei?«

Wieder nickte die Frau.

»Julia hat ja bei diesem Dr. Merizadi entbunden. Und da muss dann was schiefgelaufen sein.«

»Schiefgelaufen?«

»Jedenfalls ist sie ohne das Baby nach Hause gekommen. Dieser Ole hat erzählt, es hätte Komplikationen gegeben und das Kind sei tot. Seitdem habe ich ihn hier nicht mehr gesehen.«

Thamsen musste unwillkürlich den Kopf schütteln. Das war ja kaum zu fassen. Erst wich Ole Lenhardt Julia anscheinend keinen Millimeter von der Seite und dann ließ er sie nach der Totgeburt einfach hier hocken? Und was war eigentlich mit dieser anderen Frau? Die schien doch die Freundin von Ole Lenhardt zu sein und war auch hochschwanger.

Frau Völler war dann mit der Tochter zu einem anderen Arzt gefahren. Der hatte die Entbindung bestätigt und Julia medizinisch versorgt. Kurzzeitig war sie in einer Klinik gewesen, aber gegen diese Depressionen war man machtlos. Und Julia sprach seitdem kein Wort.

Tom stoppte den Wagen vor dem Schulgebäude. Seit dem Wiederaufbau nach dem Brand vor drei Jahren hatte sich der Komplex baulich stark verändert und nicht alles war zum Vorteil. Vor allem hatte die alte Grundschule etwas von ihrem Charme eingebüßt und wenn Haie in gut drei Jahren in Rente ging, würde hier sowieso nichts mehr so sein, wie es war.

Haie war die gute Seele der Schule, kümmerte sich um alles und jeden. Als Tom ihn nun nach Schulschluss abholte, sah er, wie Haie gerade einem kleinen Mädchen mit einem riesigen Tornister auf dem Rücken auf das viel zu große Fahrrad half und es anschob.

Marlene, die mit Niklas auf der Rückbank saß, beobachtete ebenfalls den Freund. »Bestimmt Erbstücke von der großen Schwester«, vermutete sie laut beim Anblick der viel zu großen Sachen, die die Kleine trug.

»Hat alles sein Gutes, wenn man mehrere Kinder hat«, grinste Tom sie im Rückspiegel an. »Da braucht man einige Anschaffungen nur einmal zu tätigen.«

Sie waren beide Einzelkinder und hatten sich immer Geschwister gewünscht. Für sie war klar, dass Niklas nicht lang allein bleiben sollte.

Schon kam Haie über den Schulhof auf sie zugeeilt und winkte ihnen dabei zu. Sein Lächeln war ansteckend. Automatisch winkten Tom und Marlene zurück, obwohl sie nur noch wenige Meter trennten.

»Und, alles klar?«, erkundigte sich Haie, nachdem er auf dem Beifahrersitz Platz genommen hatte.

»Na, wie das halt so bei Behördengängen ist«, bemerkte Tom und gab Gas. »Aber jetzt ist alles offiziell und Niklas eingetragener Bürger Risum-Lindholms.«

»Ein waschechter Nordfriese.« Haie drehte sich, so gut es ging, um. Niklas schlief in seinem Maxi-Cosi. »Habt ihr schon etwas gegessen oder wollen wir kurz bei Calli Schaschlik anhalten?«

»Da war ich schon ewig nicht mehr!«, stimmte Tom zu und auch Marlene nickte, obwohl sie keinen großen Hunger verspürte. Der Imbiss lag quasi direkt am Weg und bot eine Möglichkeit, schnell eine Kleinigkeit zu essen. Ursprünglich war der Schlachtermeister für seine Fleischstücke am Spieß bekannt, aber es gab natürlich auch andere Speisen.

Doch die Männer entschieden sich wie immer für das berühmte Schaschlik, während Marlene einen großen gemischten Salat wählte.

»Habt ihr was von Dirk gehört?«

Marlene kaute und schluckte. »Nee, habe heute Morgen noch versucht, bei ihm anzurufen, der war aber unterwegs.«

»Na, die werden nun auch ordentlich Druck haben. Bin gespannt, was die Zeitungen schreiben.«

Die beiden Freunde nickten. Bereits die letzten Berichte waren nicht gerade nett gewesen, aber nun, mit dem toten Baby, hatte sich die Lage noch einmal verschärft.

»Aber dass der Leichnam auch in Ladelund gefunden wurde, ist ja wirklich merkwürdig«, bemerkte Marlene.

Vor allem, weil die Polizei noch keinen Zusammenhang zwischen den Fällen der Entführung des Kindes und der Ermordung des Arztes, bei dem ja auch Miriam Kuipers in Behandlung gewesen war, gefunden hatte. Dabei hatte Marlene selbst schon relativ früh vermutet, die beiden Verbrechen könnten etwas miteinander zu tun haben.

»Na ja, und dann die ganzen Neonazis in der Praxis«, fügte Haie an. »Das ist doch eigentlich klar, dass da ein Zusammenhang besteht.«

»Bleibt nur eine Klitzekleinigkeit«, bemerkte Tom. »Es gibt keine Beweise.«

Sie rätselten noch eine Weile über die Hintergründe der Taten. Merkwürdig war es ja schon, wieso die Nazis ausgerechnet den Arzt umgebracht haben sollten, von dem sich ihre Frauen oder Freundinnen behandeln ließen. Warum hatten sie überhaupt einen Ausländer gewählt?

»Vielleicht hat es was mit seinem Fachgebiet zu tun«, mutmaßte Marlene.

Haie runzelte die Stirn. »Künstliche Befruchtung?«

»Na ja, Dr. Merizadi war da immerhin Spezialist.«

»Ja, aber die Jungs sind doch kräftig und gesund und sicher haben die auch junge, gesunde, ›arische‹ Frauen. Da achten die doch unter Garantie drauf.« Das Wort ›arisch‹ betonte Haie besonders. Er konnte sich nicht vorstellen, dass die Kerle viel von diesen im Reagenzglas gezeugten Kindern hielten. Sprach das denn nicht gegen ihre Prinzipien? Er kratzte sich am Kopf.

»Aber Miriam Kuipers ist auch jung und wirkt gesund. Trotzdem war es schwer für sie, schwanger zu werden«, gab die Freundin zu bedenken.

»Na, die hatte ja auch keinen Kerl. Oder hast du die mal mit einem Mann gesehen?« Haie war sich nicht so sicher, ob es nur gesundheitliche Gründe gab, die Miriam Kuipers dazu getrieben hatten, sich künstlich befruchten zu lassen.

»Was weiß ich. Wenn das einer weiß, dann ja wohl du.«

In Dorfangelegenheiten war schließlich Haie der Experte. Tom und Marlene waren lediglich Zugezogene und in die Dorfgemeinschaft bei Weitem nicht so integriert wie Haie, der sein gesamtes Leben in Risum verbracht hatte. Obwohl die meisten Dorfbewohner sehr freundlich waren, spürten Tom und Marlene deutlich, wie sehr ihnen dieser Makel anhaftete. Die Leute verhielten sich ihnen gegenüber oftmals distanziert. Schließlich waren sie keine von hier. Nicht so wie Haie.

»Also, ich kann mich nicht erinnern, die jemals mit einem Mann gesehen zu haben«, hielt der daher an seiner Meinung fest.

21.

»Und, habt ihr etwas aus dem Ole Lenhardt herausbekommen?« Thamsen war nach dem Besuch bei Julia Völler nach Husum zu den Kollegen gefahren. Da die Befragung dort stattgefunden hatte, baten die Beamten diesmal um eine Besprechung bei ihnen.

»Ach, wo denkst du hin«, winkte Lorenz Meister ab. Ole Lenhardt war mit allen Wassern gewaschen und hatte natürlich für jede der Tatzeiten ein hieb- und stichfestes Alibi. »Wir müssen ihn auch bald wieder laufen lassen, denn bisher haben wir nichts gegen ihn in der Hand. Und er hat schon nach seinem Anwalt verlangt, der wird hier auch jede Sekunde auftauchen.«

»Dann rede ich jetzt noch mal mit ihm.« Thamsen wollte den Neonazi mit der Schwangerschaft und dem tot geborenen Kind von Julia Völler konfrontieren. Mal sehen, was der Kerl dazu zu sagen hatte. Auch wenn er vielleicht nicht der Vater war, was selbst die Mutter von Julia Völler nicht sicher wusste, immerhin hatte er sich um sie gekümmert. So wie um seine jetzige Freundin, die hoffentlich mittlerweile entbunden hatte.

Thamsen hatte Dr. Prust informiert, dass sie Ole Lenhardt festnehmen und eine Zeit lang aufhalten würden. Er hatte Lars Sönksen, Gunters Sohn, gebeten, die Freundin von Ole ins Krankenhaus zu fahren, wo der Arzt auf sie warten und die Geburt einleiten würde. Anschließend sollte das einstige Mitglied der Neonazis ein paar Tage zu

Verwandten nach Süddeutschland fahren. Thamsen hoffte, den Sohn seines Mitarbeiters so vor eventuellen Racheakten der Rechten schützen zu können. Natürlich war es, sofern Ole Lenhardt wirklich der Vater des Kindes war, gemein, ihm zu verwehren, bei der Geburt dabei zu sein, aber es ging nun einmal nicht anders. Eine Einleitung und Entbindung in der Praxis traute sich Dr. Prust nicht zu und letztendlich war es auch zu risikoreich.

Dirk ließ Ole noch einmal in den Verhörraum bringen. Er ging nicht sofort hinein, sondern beobachtete den Kerl erst einmal eine Weile durch die Spiegelscheibe. Er wollte ihn etwas schmoren lassen, vielleicht wurde der Typ nervös, denn dass er etwas zu verbergen hatte, daran glaubte Thamsen ganz fest. Nur, wie konnten sie es ihm nachweisen?

Ole Lenhardt saß lässig gefläzt auf dem Stuhl und hatte seine Füße, die in klobigen Springerstiefeln steckten, dreist auf die Tischplatte gelegt. Angestrengt begutachtete er seine Fingernägel und wartete gespielt geduldig auf das, was ihn jetzt erwartete.

Thamsen straffte die Schultern und legte sich in Gedanken die ersten Sätze zurecht. Viel Zeit blieb ihm nicht, denn der Anwalt ließ sicherlich nicht mehr lange auf sich warten und würde bei seinem Eintreffen gleich das Verhör unterbrechen. Er versuchte, ein betont ernstes und undurchdringliches Gesicht zu machen, und betrat den Raum. Wenn Ole Lenhardt überrascht war, ihn zu sehen, dann zeigte er es nicht.

»Ach, ich dachte, hier sind Ihre Kollegen zuständig«, stellte er Thamsens Anwesenheit sogar infrage und nahm die Füße langsam vom Tisch, allerdings erst, als Dirk ihm schon gegenübersaß.

Thamsen schaute ihm fest ins Gesicht. Dieser Kerl widerte ihn an. Seine Ansichten, Meinungen und vor allem, wie er mit anderen Menschen umging. Als wenn er der Auserwählte wäre und alle anderen niederes Fußvolk. Allein die Tatsache, dass er Julia Völler nicht mehr besucht hatte, seit sie in seinen Augen wahrscheinlich versagt und ein totes Kind zur Welt gebracht hatte, sagte alles über den Charakter dieses Mannes, der ihm grinsend gegenübersaß.

Thamsen grinste zurück. »Nein, da Ihr eigentliches Brutgebiet in meinem Zuständigkeitsbereich liegt, bin ich hier genauso zuständig.«

»Brutgebiet?« Ole Lenhardt zog eine Augenbraue hoch. »Wie meinen Sie das denn, bitte schön?«

»Na ja, wie würden Sie denn die Stätte benennen, an der Sie Ihre kranken Theorien ausbrüten?«

Thamsen wollte ihn absichtlich provozieren. Er hatte oft erlebt, wie Verdächtige, die sich in die Enge getrieben fühlten oder gar wütend wurden, einen Fehler begingen. Das war durchaus eine gängige Verhörtaktik, wie sie auch an der Polizeischule gelehrt wurde. Und bei Ole Lenhardt glaubte er damit Erfolg zu haben. Doch da hatte er sich geschnitten. »Das sind keine Theorien, sondern traditionsreiches Kulturgut.«

Dirk rümpfte die Nase. Der Typ glaubte wahrscheinlich selbst, was er da so von sich gab. Den konnte man vermutlich nur mit seinen eigenen Waffen schlagen.

»So, und in dieser Kultur ist es Tradition, mehrere Frauen zu schwängern und, falls was schiefgeht, einfach heldenhaft im Stich zu lassen?«

Ole Lenhardt zog erneut seine rechte Augenbraue hoch. »Worauf wollen Sie hinaus?«

»Das wissen Sie ganz genau.«

Thamsen war sich sicher, der Verdächtige wusste auf jeden Fall, wovon er sprach. Doch der tat plötzlich, als hätte er von nichts eine Ahnung, und schüttelte heftig den Kopf.

»Julia Völler?«, half Thamsen ihm daher ein wenig auf die Sprünge.

»Was habe ich denn mit der zu schaffen? Die ist doch nicht ganz richtig im Kopf. Was hat sie Ihnen erzählt?«

»Mann, ist hier viel los«, staunte Haie, als sie auf den Parkplatz vor dem Dokumentenhaus der Gedenkstätte einbogen. Bereits anhand der langen Schlange parkender Autos an der Straße hatte man vermuten können, dass halb Nordfriesland sich aufgemacht hatte, um die Fundstelle des toten Säuglings zu besichtigen. Um die Ausstellung zu besuchen, waren die Scharen von Menschen nämlich nicht gekommen, denn so viele Besucher hatte es hier noch nie gegeben.

Sogar Reisegruppen schienen sich hierher begeben zu haben. Etliche Busse standen auf dem Parkplatz und Tom konnte keinen freien Platz mehr entdecken.

Er wendete und fuhr zur Dorfstraße zurück, von wo ihnen wahre Menschentrauben entgegenströmten.

Erst etliche Hundert Meter die Straße entlang fand er eine Möglichkeit zum Parken und sie stiegen aus. Haie wäre am liebsten gleich losgestürmt, aber die Freunde benötigten reichlich Zeit, um den Kinderwagen auszuladen und den Kleinen hineinzuverfrachten. Noch fehlte Tom und Marlene die nötige Routine und so trampelte Haie ungeduldig von einem Fuß auf den anderen.

Als sie über den überfüllten Parkplatz auf das Dokumentenhaus zukamen, sahen sie plötzlich ein riesiges

Blumenmeer. Erst jetzt fiel ihnen auf, dass die meisten Besucher Blumen in der Hand hielten und an der Fundstelle niederlegten. Man hatte Kerzen aufgestellt und ein paar Schilder gab es auch. Marlene ließ den Kinderwagen bei den Männern stehen und ging etwas dichter an das Blumenmeer heran, um die Inschriften zu lesen. Es waren Worte der Trauer und Unfassbarkeit des Geschehens, die die Menschen dort niedergeschrieben hatten: ›Warum?‹ oder ›Ein kaum begonnenes Leben, so schnell warst du vernichtet. Wir werden an dich denken und dich in unserem Herzen bewahren‹.

Marlene schossen plötzlich die Tränen in die Augen. Wer hatte das nur getan? Wer konnte so grausam sein? Ein kleines Wesen seiner Mutter entreißen und dann sterben lassen. Auch, wenn der Kleine von Miriam Kuipers nicht durch Gewalteinwirkung oder vorsätzlich umgebracht worden war, aufgrund seiner Krankheit hatte er kaum eine Überlebenschance gehabt. Warum aber hatte der oder die Entführerin nicht reagiert? Es musste dem Kind immer schlechter gegangen sein. Und auch in den Medien war darüber berichtet worden, dass der Säugling dringend medizinischer Versorgung bedürfte. Sie schüttelte den Kopf und ging zurück zum Kinderwagen, den Tom nicht einen Moment aus den Augen gelassen hatte. Der Vorfall hatte alle sensibilisiert. Auch ihn, der ansonsten in dieser friedlichen Gegend keine Angst hatte.

»Wo ist Haie?« Marlene blickte sich suchend nach dem Freund um, als Tom auf ihre Frage hin nur mit den Schultern zuckte. »Kennst ihn doch. Hat bestimmt irgendjemanden getroffen.« Sein Blick hing nach wie vor an Niklas, der tief und fest schlief.

»Da drüben steht er.« Marlene streckte sich ein wenig, um einen besseren Blick zu haben. Haie stand etwas abseits an der Begrenzung zum Friedhof und unterhielt sich mit einem Mann in Gärtnerkluft.

Nach einer Weile nickte er dem Mann zu und kam zu ihnen zurück.

»Wer war das denn?«, wollte Marlene wissen.

»Heinz. Der wohnt da drüben.« Er wies zu einem der Gebäude, die an der Straße zu der Gedenkstätte lagen.

»Ah ja«, entgegnete Marlene. Sie war immer wieder überrascht, wen Haie in dieser Gegend alles kannte. Immerhin lag Ladelund gut 20 Kilometer entfernt von Risum. »Und?«

»Er hat gestern Abend ein Auto gesehen.«

»Und?« Tom fand das jetzt nicht allzu merkwürdig. Ihn störte, dass Haie Züge an den Tag legte, die er sonst selbst an den Leuten aus der Gegend hier kritisierte.

»Nun lass dir man nicht wie Helene alles aus der Nase ziehen.«

Haie sah ihn überrascht an. Anscheinend war ihm sein Verhalten gar nicht bewusst gewesen.

»Na, hier fährt abends so gut wie nie ein Auto. Das Dokumentenhaus macht um 16:00 Uhr zu und wo sollte man sonst hinwollen? Hier geht es doch nur zu dem Schützengraben und sonst ins Feld.«

»Du meinst, das war der Entführer?« Marlene schaltete etwas schneller als Tom. Und Haie nickte ihr zu.

»Hat dein Heinz das schon Dirk erzählt?«

»Nee.«

»Warum nicht?«

»Na, der hat ihn noch nicht befragt.«

Langsam wurde es Tom für heute zu viel mit den dörflichen Eigenarten. Er zückte sein Handy und gab es Haie. »Dann rufst du ihn jetzt mal an.«

Der schaute etwas verdutzt, nahm dann aber das Telefon und wählte Thamsens Nummer.

»Geht keiner ran.«

»Dann versuch's auf dem Handy!«, bestimmte Tom. Er hielt die Beobachtung des Anwohners für sehr wichtig. Vielleicht war es eine heiße Spur in dem Fall, vielleicht die einzige, die sie bisher hatten.

»Nur die Mailbox.«

»Dann sprich drauf, er soll sofort hierherkommen.«

Wie erwartet, unterbrach der Anwalt von Ole Lenhardt das Verhör. Thamsen hatte dem Verdächtigen zwar deutlich angemerkt, dass er in den Fall verwickelt war, aber Ole Lenhardt war zu gewieft in seinen Antworten gewesen und nach dem Eintreffen seines Anwaltes hatte er auf dessen Anraten keine Aussagen mehr gemacht. Sie brauchten dringend Beweise, sonst mussten sie den Typen einfach wieder laufen lassen.

Thamsen wandte sich zum Gehen. »Ich werde noch die anderen Frauen mit einer ähnlichen Krankenakte wie Julia Völler aufsuchen, die mir Dr. Prust genannt hat.«

Der Husumer Kommissar nickte. Im Prinzip waren die künstlichen Befruchtungen völlig normal bis auf die fehlenden Angaben zu den Vätern oder Samenspendern, aber da zumindest bei Julia Völler ein Bezug zur rechtsradikalen Szene bestanden hatte, konnte es nicht schaden, auch die anderen Patientinnen zu befragen.

»Melde dich, wenn es etwas Neues gibt.«

Dirk verließ das Polizeigebäude und schlenderte zu seinem Wagen. Das Wetter war heute außergewöhnlich schön und er hatte keine Lust, sofort ins Büro nach Niebüll zu fahren. Daher fuhr er den Deich hinaus zum Meer. Dort hatte er schon immer gut nachdenken können.

Er parkte den Wagen und ging ein paar Schritte am Wasser entlang. Heute konnte man nicht so recht nachvollziehen, wie der Dichter der Stadt Husum ihren Beinamen hatte geben können.

Die graue Stadt am Meer war heute eher als strahlend blau zu bezeichnen, wenngleich ein eisiger Ostwind den Eindruck eines warmen Sommertages zunichtemachte. Thamsen zog den Reißverschluss seiner Jacke bis zum Kinn hoch und steckte seine Hände tief in die Taschen.

Am Meer hatte er den Eindruck, endlich einmal wieder durchatmen zu können. Daher konnte er zumindest eine Zeile aus dem Gedicht Theodor Storms nachvollziehen: ›Doch hängt mein ganzes Herz an dir.‹ Dirk liebte diese Landschaft ebenso wie der Dichter. Sie war sein Zuhause, hier fühlte er sich wohl und geborgen. Die klare Meeresluft machte den Kopf frei und ließ ihn für einen kurzen Augenblick den Mord, das tote Baby und die hässliche Grimasse Ole Lenhardts vergessen. Er hatte seit Langem einmal wieder das Gefühl, sich selbst zu spüren und nicht nur von den Verbrechen um sich herum gesteuert zu sein. Er blieb stehen und blickte auf das Meer hinaus. Diese endlose Weite beruhigte ihn und erinnerte ihn daran, dass er sein Leben selbst in der Hand hatte. Doch ausgerechnet in diesem Moment summte sein Handy in der Jackentasche.

»Na endlich.« Es war Haie Ketelsen, der ihn ohne Begrüßung gleich mit den Neuigkeiten aus Ladelund überfiel. Thamsen brauchte einen Augenblick, bis er verstand, was die Beobachtung des Anwohners für den Fall bedeuten könnte.

»Ich komme gleich, kann aber noch einen Moment dauern. Ich bin in Husum.«

»Wollen wir in der Zwischenzeit mal die anderen Stätten angucken?« Haie rechnete nicht vor einer Stunde mit dem Freund, und wenn sie schon mal in Ladelund waren, dann konnten sie sich auch gleich den anderen Fundort einmal anschauen. Tom nickte, doch Marlene war etwas genervt, da Niklas bereits eine ganze Weile rumquakte, weil er Hunger hatte.

»Und wickeln müsste ich ihn auch.«

»Dann frag' doch mal im Dokumentenhaus. Die haben da bestimmt einen Platz.«

Während Marlene mit dem Kinderwagen in Richtung Museum abschob, machten sich die beiden Männer über den Feldweg auf zum Schützengraben und dann zum Gedenkstein. Sie nahmen den gleichen Weg wie der Jogger, der die Leiche vor ein paar Tagen gefunden hatte, und wie zig andere, die ebenfalls zur Unglücksstelle strebten.

Das Dokumentenhaus hingegen war relativ leer. Die Leute kamen augenscheinlich nicht wegen der Gedenkstätte, sondern schlicht und ergreifend wegen der Leichen aus den vergangenen Tagen. Schrecklich, aber wahr.

Dörte Paulsen war daher auch reichlich verwundert, als sie Marlene im Eingangsbereich der Stätte sah.

Marlene war es etwas unangenehm, aber Niklas war es egal, wo sie sich befanden. Er hatte Hunger und wollte etwas zu essen. Und zwar sofort.

»Entschuldigung, ich warte eigentlich auf meinen Freund Dirk Thamsen, aber es dauert noch, und der Kleine hat Hunger.«

Als sie Dirks Namen erwähnte, verzog sich plötzlich Dörtes Miene eigenartig. Argwöhnisch blickte sie auf den Kinderwagen. »Den Kommissar Dirk Thamsen?«

»Kennen Sie ihn?« Marlene war erstaunt, dann aber wurde ihr bewusst, der Freund hatte mit Sicherheit schon hier im Dokumentenhaus ermittelt, und sie nickte lediglich.

Dörte Paulsen schaute immer wieder auf Niklas, der nach wie vor lauthals schrie. Marlene wurde es etwas mulmig zumute. Irgendwie war ihr der Blick nicht geheuer, sie konnte ihn allerdings auch nicht wirklich deuten.

Als Dörte Paulsen merkte, wie Marlene sie beobachtete, wurde sie rot im Gesicht.

»Kommen Sie, Sie können ihn hier stillen.« Sie führte sie in ein Büro und ließ sie allein.

Marlene blickte sich um, alles wirkte ordentlich, irgendwie steril. Sie hob Niklas aus dem Wagen und schloss die Tür bis auf einen Spalt. Dann knöpfte sie ihre Bluse auf, setzte sich auf den Stuhl und legte das Kind an die Brust. Gierig begann der Kleine zu trinken, als habe er seit Tagen nichts zu essen bekommen.

»Nicht so eilig, junger Mann«, flüsterte Marlene und versuchte, ihn durch leichtes Streicheln zu beruhigen. Während Niklas genüsslich an ihrer Brust saugte, blickte sie sich weiter um. Außer einem Bild, das Marlene an Edvard Munchs ›Schrei‹ erinnerte, gab es wenig zu betrachten in dem Raum. Sie lehnte sich zurück und schloss die Augen.

Sie war erschöpft. Das viele Rumlaufen war nicht gut für den Heilungsprozess ihrer Narbe. Sie spürte ein deutliches Pochen im Unterleib und war froh, sich ausruhen zu können.

»Deine Freundin wartet im Büro«, hörte sie plötzlich Dörte Paulsen. Dann Thamsens Stimme. »Danke.«

Die Tür wurde geöffnet und Dirk stand im Raum. »Marlene!«, begrüßte er sie. Dörte Paulsen stand in der Tür und hatte wieder diesen argwöhnischen Blick.

»Wo sind Tom und Haie?«

»Wollten sich ein wenig bei dem anderen Fundort umschauen«, sie grinste ihn an. Er trat noch einen Schritt weiter auf sie zu und blickte auf Niklas, der mittlerweile an Marlenes Brust eingeschlafen war. Plötzlich wurde ihm bewusst, dass es aussah, als starre er auf ihre nackte Brust, und irgendwie war das ja auch so. Das Blut schoss ihm in die Wangen und er drehte sich um. Dörtes argwöhnischer Blick traf ihn.

Sein Gesicht explodierte beinahe, als ihm bewusst wurde, wie die ganze Situation auf sie wirken musste.

»Ja, ähm«, stotterte er, »ich such die beiden dann mal.« Eilig verließ er den Raum, ohne Dörte auch nur noch einmal anzublicken. Er wusste, es war ein Fehler, aber irgendwie war ihm die ganze Situation derart unangenehm, dass er lieber das Weite suchte.

Das Gedränge vor dem Dokumentenhaus war enorm. Thamsen benötigte einige Zeit, bis er sich durch die Menschenmasse gezwängt hatte.

Kurz überlegte er, in den Wagen zu steigen und den Freunden hinterherzufahren, verwarf dann jedoch den Gedanken. Ein wenig frische Luft würde ihm guttun und außerdem war es ja nicht weit. Er schlug den Feldweg hinter dem Parkplatz ein und lief los.

Obwohl das Gelände des ehemaligen KZs heute als landwirtschaftliche Fläche genutzt wurde und von dem einstigen Lager nichts mehr zu sehen war, machte sich doch ein beklemmendes Gefühl in ihm breit. Und das nicht nur, weil hier einst Tausende von Menschen misshandelt worden und auch umgekommen waren, sondern vor allem wegen der letzten Ereignisse.

Er wusste nicht, ob der Mord und die Entführung tatsächlich von den Mitgliedern der rechten Szene verübt worden waren, Fakt war aber, diese braune Pest hatte sich hier ganz schön ausgebreitet. Und irgendwie wurde er das Gefühl nicht los, diese künstlichen Befruchtungen und auch die Entführung könnten etwas miteinander zu tun haben. Hatte es vielleicht sogar etwas mit Julia Völlers Totgeburt zu tun, schoss es ihm plötzlich durch den Kopf. Hatten diese Typen ihr einfach ein neues Baby klauen wollen?

Aber das hätte sicherlich die Mutter der jungen Frau nicht mitgemacht, außerdem hatte sich ja auch ihr Zustand nicht gebessert. Dennoch blieb die Vermutung, die Patientinnen des toten Arztes mit den auffälligen Krankenakten könnten auf die eine oder andere Art in den Fall hineingehören. Er wusste nur noch nicht, wie.

Tom und Haie waren bereits an dem Gedenkstein. Im Wind flatterten immer noch Reste des Absperrbandes der Polizei und auch hier hatten Menschen Blumen niedergelegt. Zwar nicht so viele wie vor dem Dokumentenhaus, aber die Anteilnahme war offensichtlich groß bei der Bevölkerung.

Die beiden Gesuchten standen etwas abseits und unterhielten sich.

»Na, ihr beiden«, begrüßte er sie und stellte sich neben sie. »Dirk, endlich«, sagte Haie aufgeregt. Es kam ihm wie eine halbe Ewigkeit vor, seit er mit dem Freund am Telefon gesprochen hatte.

»Komm, der Heinz hat gestern was gesehen. Vielleicht kriegen wir die Typen nun endlich.«

Obwohl die Beobachtungen des Anwohners seit Langem die erste heiße Spur versprachen, versuchte Dirk, den Freund zu zügeln. »Nun mal langsam.« Er blickte sich um und betrachtete die anderen Leute am Gedenkstein. Haie verstand ihn nicht, was konnte es Wichtigeres geben als die Befragung eines Zeugen? Doch als er Thamsen von der Seite anschaute, fiel ihm auf, dass der anscheinend die Anwesenden unter die Lupe nahm. Dachte er, der Täter könne an den Tatort zurückgekommen sein?

Haie tat es ihm gleich, doch unter den Besuchern kam ihm keiner verdächtig vor.

»Hier lässt sich ohnehin keiner von diesen Kerlen blicken. Jedenfalls nicht am helllichten Tag«, stellte er schließlich fest.

»Ich bin mir gar nicht so sicher, ob Ole Lenhardt oder ein anderer aus der Gruppe etwas mit dem Mord an Dr. Merizadi zu tun hat.« Es war das erste Mal, dass ihm dieser Gedanke kam, und Dirk war selbst erschrocken, als er ihn aussprach.

»Nicht?« Haie konnte seine Überraschung nicht verstecken.

Thamsen schüttelte seinen Kopf und wandte sich zum Gehen.

»Irgendwie erscheint mir das alles mittlerweile zu …«, er stockte und suchte nach dem passenden Wort.

»Inszeniert?«, kam ihm Tom, der bis dahin seltsam ruhig gewesen war, zu Hilfe.

Dirk nickte. »Ja, es scheint, als wolle jemand absichtlich den Verdacht auf die Neonazis lenken.«

Haie wiegte seinen Kopf hin und her. »Na ja, immerhin waren sie bei ihm in Behandlung. Und wenn nicht gerade etwas schiefgelaufen ist, dann hatten sie ja eigentlich gar keinen Grund, ihn umzulegen.«

»Genau, aber da liegt auch schon der Haken.« Die beiden Freunde blickten Thamsen fragend an und er erzählte ihnen von den seltsamen Krankenakten und von Julia Völler, bei der ganz offensichtlich etwas missglückt war. »Und die anderen Frauen habe ich noch nicht einmal besucht.«

»Meinst du, die haben auch etwas mit der Gruppe von Ole zu tun?« Haie wunderte sich, wie in der Regel anständige Mädchen sich mit diesen Typen einlassen konnten.

»Vielleicht haben die den Frauen gedroht?« Thamsen wusste es nicht, aber vorstellen konnte er es sich.

»Und um was zu erreichen?« Tom sah da keinen Zusammenhang. Und auch Thamsen zuckte mit den Schultern. Irgendwie passte das alles nicht so recht zusammen. Sie hatten das Haus des Anwohners erreicht und Haie klingelte Sturm. »So, Heinz, das ist der Kommissar. Kannst ihm nun mal erzählen, was du gestern genau gesehen hast«, übernahm er die Gesprächsführung, nachdem der Mann die Tür geöffnet hatte. Thamsen ließ ihn gewähren.

»Na, viel kann ich nich vertelln«, druckste der Alte herum, dem es anscheinend doch etwas unangenehm war, sich nicht von sich aus gemeldet zu haben.

»Also, gestern hab ich zu Abend gegessen und bin anschließend wie immer rüber in die Stube gegangen.«

Auf dem Weg von der Küche ins Wohnzimmer habe er dann Motorengeräusche gehört.

»Von da«, er deutete auf eines der Fenster im oberen Geschoss, »habe ich den Wagen gesehen.«

Das sei um diese Zeit sehr ungewöhnlich, denn hier gehe es ja eigentlich nirgendwo hin, außer zu den Gedenkstätten.

»Und haben Sie erkannt, was für ein Wagen das war? Vielleicht sogar das Kennzeichen?«

»Nee«, der Alte schüttelte seinen Kopf. »War ja schon dunkel. Und Scheinwerfer waren auch aus.«

Thamsen seufzte innerlich. Schon wieder ein Zeuge, der eigentlich keiner war. Trotzdem fragte er, was dann geschehen war.

»Na, gar nicht lang und das Auto ist zurückgekommen.«

»Haben Sie denn wenigstens gesehen, wie viele Personen dringesessen haben?«

»Wie viele? Ich habe da nur einen drin gesehen.«

»Da seid ihr ja endlich!«, rief Marlene, als die drei Männer das Dokumentenhaus betraten. Nach wie vor war es in dem Museum relativ leer. Auch der Zustrom der Schaulustigen hatte langsam nachgelassen.

Niklas schlief in seinem Wagen und Marlene hatte sich in der Zwischenzeit die Ausstellung angeschaut. Es war immer wieder unfassbar, was sich in jener Zeit in Deutschland abgespielt hatte. Wie hatte ein einziger Mann nur ein ganzes Volk derart beeinflussen können? Und er tat es noch. Die Neonazis grölten weiterhin dieselben Parolen und grüßten sich mit erhobenem Arm.

Und was taten sie dagegen? Hatte man denn gar nichts dazugelernt? Noch fester war in Marlene der Entschluss gereift, einen Jugendtreff in Risum zu organisieren, um den Kindern eine Alternative, eine Perspektive zu bieten. Wenn sie schon nicht direkt etwas gegen die Typen unternehmen konnte, wollte sie wenigstens verhindern helfen, dass sich ihnen noch mehr Jugendliche anschlossen.

»Und was genau hat nun dieser Heinz gesehen?« Sie

war neugierig, was bei der Befragung des Alten herausgekommen war.

»Nicht viel«, seufzte Thamsen. Er konnte sich nicht helfen, aber wirklich weiter brachten ihn die Beobachtungen des Anwohners nicht. Es war ja klar, irgendjemand hatte in der vergangenen Nacht den Säugling hier abgelegt. Und ob es nun einer oder mehrere gewesen waren, machte kaum einen Unterschied. Es war lediglich ein weiterer Hinweis, dass es auch ein anderer Täter gewesen sein konnte, denn diese Neonazis kreuzten ja wohl selten irgendwo allein auf. Wer aber hatte den Säugling entführt und hierhergebracht?

»Ich muss dann auch mal wieder«, verkündete er und blickte auf die Uhr. Eigentlich hatte er nach dieser enttäuschenden Zeugenaussage keine Lust, noch weiterzuarbeiten, aber da er in der Gegend war, konnte er noch eine der Frauen von seiner Liste besuchen. Sie wohnte ganz in der Nähe in Ladelundfeld und hatte laut Krankenakte erst vorletzte Woche entbunden.

Er verabschiedete sich von den Freunden und blickte sich suchend nach Dörte um.

»Die ist im Büro«, gab Marlene Auskunft. Die Frau war zwar nicht unfreundlich zu ihr gewesen, aber trotzdem hatte sie sich in ihrer Gegenwart nicht wohlgefühlt.

Dirk klopfte leicht an die nur angelehnte Tür. Dörte Paulsen stand an dem Fenster gegenüber und blickte hinaus. Als er eintrat, drehte sie sich um. Sie hatte Tränen in den Augen und er dachte, der Leichenfund sei der Grund dafür.

Er trat auf sie zu und streckte den Arm tröstend nach ihr aus. Doch sie wich zurück.

»Du hättest es mir ruhig sagen können.«

»Was?«

»Na, dass du eine Freundin hast«, zischte sie, »und ein Kind.«

»Aber ich habe dir doch von Anne und Timo erzählt.« Er verstand nicht, was sie plötzlich meinte. Er war ihr gegenüber zwar nicht immer ganz ehrlich gewesen, aber die Kinder hatte er ihr nicht verschwiegen. Und was für eine Freundin meinte sie überhaupt?

»Und Niklas?«

Langsam dämmerte es ihm.

»Du glaubst, Marlene und ich …?« Er musste unweigerlich lächeln.

»Etwa nicht?« Dörte blickte ihn verwirrt aus ihren tränenfeuchten Augen an.

»Marlene ist zwar durchaus attraktiv, aber sie ist schon an meinen Freund Tom vergeben. Ich war sogar ihr Trauzeuge.« Er trat einen weiteren Schritt auf sie zu und als er diesmal seinen Arm ausstreckte, wich sie nicht zurück. Im Gegenteil, sie warf sich geradezu an seine Brust und Thamsen konnte nicht umhin, sie zu umarmen. Er spürte, wie sie ihren warmen, weichen Körper gegen seinen presste, und als sie den Kopf hob und ihn anschaute, beugte er sich hinab und küsste sie.

»Oh, ich wollt' nicht stören!« Haie stand in der Tür und starrte die beiden verdutzt an.

»Tust du aber«, murmelte Dirk und löste sich von Dörte. Er blickte fragend auf den Freund, der plötzlich seine Stimme verloren zu haben schien.

»Was ist denn?«, hakte er daher nach.

Haie räusperte sich. »Ja, also, ähm. Du hast doch von Julia erzählt und dass du jetzt noch eine Frau besuchen willst.«

»Ja, Lena Schmidt.«

»Lena Schmidt?« Dörte Paulsen blickte fragend zu Thamsen. »Die hat doch vor Kurzem ein Kind bekommen.«

»Du kennst sie?«

»Ja«, nickte Dörte und ihre dunklen Haare wippten dabei im Takt. »Ich war gerade vorgestern bei ihr.«

»Und?« Thamsen war neugierig, was sie zu erzählen hatte. Und auch Haie lauschte interessiert.

»Na ja, sie war irgendwie komisch.«

»Komisch?«

»Ja, ich meine, sie hat nun endlich ihr Baby bekommen. Anscheinend doch ein Wunschkind, denn soweit ich weiß, hat sie sich künstlich befruchten lassen.«

Aber Genaueres wusste Dörte nicht. Sie kannten sich lediglich noch von der Schule und hatten sich vor Lenas Schwangerschaft in einem Yogakurs wiedergetroffen.

Dörte hatte eine Kleinigkeit für das Baby vorbeibringen wollen, aber die Freundin hatte sich überhaupt nicht gefreut. Im Gegenteil, sie hatte ihr die Kleine gar nicht gezeigt, angeblich, weil sie schlief.

»Beinahe abgewimmelt hat die mich. Nicht mal auf einen Kaffee hereingebeten.«

»Wirklich merkwürdig«, bestätigte Thamsen.

»Und hat die einen Mann zu dem Kind gehabt?« Haie kam die Sache nun langsam wirklich spanisch vor. Schon wieder eine künstliche Befruchtung. Bisher waren dabei eine Entführung und eine Totgeburt herausgekommen. Und was auffällig war, weder Miriam Kuipers hatte einen Partner gehabt noch Julia Völler; jedenfalls jetzt nicht mehr.

»Ich weiß gar nicht«, überlegte Dörte. »Ich habe sie nie mit einem gesehen.«

»Und hast du alles erledigt?« Nesrim Merizadi bot Dr. Prust einen Platz im Wohnzimmer an. Eigentlich hatten sie vereinbart, dass der Freund eine Woche lang die Praxis abwickeln würde, doch nach den Ereignissen mit dem Neonazi-Paar wollte er die Praxis sofort schließen. Er hatte keine Lust, sich mit derlei Anfeindungen herumzuschlagen. Die Arzthelferinnen sollten auf Anfrage die Krankenakten an den neuen behandelnden Arzt übersenden.

Zwei der Praxismitarbeiterinnen waren zum Glück bei Ärzten ganz in der Nähe untergekommen, die dritte hätte sowieso in einem Jahr in Ruhestand gehen wollen und würde diesen nun vorziehen. Irgendwie hatte er den Eindruck gehabt, die Frauen waren nicht gerade traurig darüber, dass die Praxis geschlossen wurde, aber vielleicht überlagerte auch der Schreck über den Mord an ihrem Arbeitgeber diese Gefühle.

Dr. Prust nahm Platz und wartete, bis die Witwe sich ebenfalls gesetzt hatte.

»Also, wenn ich ehrlich bin, habe ich nicht alles erledigt, und Frau Junge tut mir ein wenig leid. Sie muss nun ganz allein dort hocken, um den restlichen Papierkram abzuarbeiten und die dringendsten Telefonate zu führen.«

Er blickte Nesrim Merizadi an, doch die untersuchte intensiv ihre Fingernägel.

»Was war da los in der Praxis?« Er war derart aufgewühlt von den letzten Ereignissen, ja geradezu schockiert, und konnte nicht länger an sich halten. »Nesrim, du musst doch gewusst haben, was da im Gange war.«

Langsam hob sie den Kopf und blickte ihn traurig aus ihren dunklen Augen an. Doch dann schüttelte sie den Kopf.

»Und Farhaad hat nie etwas erzählt?«

Wieder schüttelte sie den Kopf. Er war ratlos. Konnte es wirklich sein, dass die Frau seines Freundes nichts von den Vorgängen in der Praxis mitbekommen hatte? Er konnte sich das kaum vorstellen. Die Arzthelferinnen hatten auf ihn den Eindruck gemacht, als wüssten sie, dass etwas nicht mit rechten Dingen zugegangen war. Allein als dieser Neonazi darauf bestanden hatte, die Entbindung in der Praxis vorzunehmen. Das war doch bestimmt nicht das erste Mal gewesen, dass diese Kerle so etwas verlangt hatten. Aber warum? Was hatten sie zu verbergen? Krankenversichert waren sie, davon hatte er sich zusammen mit dem Kommissar überzeugt. Es musste etwas mit den Befruchtungen zu tun haben. Es war rätselhaft, warum derart viele Angaben fehlten. Und noch etwas war seltsam. Er hatte eine Art Katalog auf der Festplatte von Farhaads Computer gefunden. Dort waren DNA-Angaben gespeichert und derart aufbereitet, als könne man sich wie in einer Wunschliste sein perfektes Kind zusammenstellen. Hatte der Freund etwa unerlaubte Experimente durchgeführt?

»Nesrim, du musst der Polizei erzählen, was du weißt! Oder willst du nicht, dass der Mörder von Farhaad gefasst wird?« Sie musste etwas gewusst haben. Das Paar war derart lang zusammen, wenn etwas nicht mit rechten Dingen zugegangen war, dann hätte sie es ihrem Mann zuerst angemerkt, da war er sich sicher. Und so, wie er die Beziehung der beiden einschätzte, hatten sie keine Geheimnisse voreinander gehabt.

»Nesrim!«, appellierte er daher noch einmal an sie.

Sie sprang auf und schrie: »Ich kann aber nichts sagen!«

22.

Thamsen und Haie standen vor der Tür des Einfamilienhauses, in dem Lena Schmidt wohnen sollte. Dörte hatte Dirk die Adresse bestätigt, die er im Melderegister herausgesucht hatte. Sie selbst konnte ihn nicht begleiten, da sie allein im Dokumentenhaus war.

Daher hatte Haie sich angeboten, mit dem Freund zu fahren, und ehrlich gesagt war Thamsen froh, diesmal nicht allein zu sein. Außerdem sahen zwei Paar Augen mehr als eines, rechtfertigte er die Anwesenheit einer Zivilperson bei polizeilichen Ermittlungen vor sich selbst.

Thamsen drückte den Klingelknopf und sie warteten. Nichts geschah. Er klingelte erneut. Haie blickte sich in der Zwischenzeit um. Er trat einen Schritt zurück und schaute zu den Fenstern, dann verschwand er um die Hausecke.

Da sich auch auf ein erneutes Klingeln nichts tat, folgte Dirk dem Freund in den Garten.

»Sieht ganz so aus, als sei sie ausgezogen.«

Vom Garten aus konnte man durch eine breite Fensterfront in das Haus blicken. Und Haie hatte recht. Es standen keine Möbel in dem großen, hellen Raum und das Haus schien aus dieser Perspektive völlig verlassen.

»Aber Dörte war doch vor zwei Tagen hier«, wunderte sich Thamsen.

»Na, vielleicht war die Frau auch mitten im Umzug und hat Dörte deshalb nicht reingelassen.«

»Aber das sagt man doch dann und lässt den Besuch

nicht einfach so vor der Tür stehen.« Thamsen stemmte seine Hände in die Hüften. Ein ungutes Gefühl machte sich in seiner Magengegend breit.

»Sieht eher aus, als wenn die Ratten das sinkende Schiff verlassen hätten«, bemerkte er nach einer Weile, als er sein Bauchgefühl in Worte kleiden konnte.

»Wie meinst du das?«

»Na ja, Lena Schmidt ist doch auch eine der Kandidatinnen von dieser merkwürdigen Liste aus der Praxis.« Er zog sein kleines Notizbuch, in dem er die Namen der Patientinnen, die Dr. Prust ihm genannt hatte, notiert hatte, aus seiner Jackentasche.

»Vielleicht habe ich die anderen durch meinen Besuch bei Julia Völler aufgescheucht«, mutmaßte er.

»Möglich.« Haie kratzte sich am Kinn. Er verstand allerdings nicht, wie die einzelnen Puzzlestücke zusammenpassen sollten. Der Mord an dem iranischen Arzt, der augenscheinlich von Rechtsradikalen verübt worden war. Zu denen hatte der Arzt allerdings ein angeblich gutes Verhältnis gehabt, immerhin waren viele Frauen aus der Gruppe bei ihm in Behandlung gewesen.

Aber wie passte das zusammen? Und was hatte das verschwundene Baby von Miriam Kuipers damit zu tun? Auch dessen Leiche war an der KZ-Gedenkstätte abgelegt worden. Was scheinbar alle irgendwie verband, sie waren Patientinnen bei dem toten Arzt gewesen und künstlich befruchtet worden. Da musste es doch einen Zusammenhang geben. Nur welchen?

Sie hatte sich die Bettdecke ganz weit über den Kopf gezogen. Wollte die Welt um sich herum nicht mehr sehen, wollte am liebsten tot sein.

Sie konnte keine Mutter sein. Sie war nicht gut genug. Nicht fähig. Biologisch nicht und auch sonst nicht. Jedes Kind, das sie ihr Eigen nannte, starb ihr quasi unter den Händen weg. Eines noch im Bauch und das zweite nach wenigen Tagen. Dabei hatte sie doch immer alles getan. Alles! Nicht geraucht, nicht getrunken, sich gut ernährt, keine körperliche Anstrengung. Sich an alle Vorgaben gehalten. Bücher gewälzt, im Internet recherchiert. Sie wusste alles über das Muttersein und wahrscheinlich doch nichts. Weil sie keine war. Diese wenigen Tage, in denen sie ein Leben in sich getragen hatte, die kurzen Stunden mit ihrem Kleinen im Arm zählten nichts.

Sie drehte sich herum, als könne sie dadurch dem schrecklichen Bild vor ihren Augen entkommen. Wobei es eigentlich kein wirkliches Bild war, es hatte keine Konturen, man konnte nicht wirklich etwas erkennen. Nur sie wusste, womit es in Zusammenhang stand. Nur sie verstand, was ihr Unterbewusstsein ihr damit sagen wollte, woran es sie erinnerte. Würde sie das je vergessen können?

Sie drehte sich erneut um, doch was sie auch tat, dieses Bild blieb. Wenn sie die Augen schloss, sah sie nur eines: Rot.

»Wen hast du denn da noch auf deiner Liste?«, fragte Haie, als sie wieder im Auto saßen.

»Birgit Giesler, Sonja Andersen und Angela Lützen«, las Thamsen von der Liste ab. Sicherlich gab es noch mehr solche seltsamen Fälle in der Praxis, aber dies waren die Namen, die Dr. Prust ihm vorläufig genannt hatte.

»Und die sind alle künstlich …?« Haie war es seltsamerweise irgendwie unangenehm, darüber zu sprechen.

»Laut Patientenakten, ja.«

»Also, wenn es da einen Zusammenhang gegeben hat, dann müssten die ja alle irgendwie Kontakt zu den Neonazis gehabt haben, oder?«

Thamsen wiegte den Kopf. War das möglich?

»Du könntest ja mal Lars fragen, vielleicht weiß der etwas?«, schlug Haie vor.

»Oder wir schauen erst noch einmal bei den anderen Frauen vorbei?« Thamsen war es lieber, sich zunächst selbst ein Bild zu machen. Er startete den Motor. »Weit auseinander wohnen die nicht, dann lass uns mal hinfahren.«

Doch bereits an der nächsten Adresse bot sich ihnen ein ganz ähnliches Bild. Nur diesmal trafen sie zumindest die Mutter der Betroffenen an. »Birgit – die wohnt seit der Geburt ihres Kindes nicht mehr hier«, gab ihnen die schmale Frau Auskunft.

»Und wo können wir sie finden?«

Die Frau zuckte mit den Schultern. »Keine Ahnung. Wir haben keinen Kontakt mehr.« Thamsen runzelte die Stirn. Seltsam. War die Frau denn nicht stolz darauf, Oma geworden zu sein? Wollte sie nicht für das Enkelkind da sein? Das erinnerte ihn an seinen Vater, der Zeit seines Lebens auch kein besonderes Interesse an seinen Enkeln gezeigt hatte.

»Wieso nicht?«, fragte er daher nach, doch die Frau entgegnete lediglich, sie wüsste nicht, was ihn das anginge.

»Jetzt hör mal, Margrit«, mischte Haie sich ein. Obwohl die Frau in Leck wohnte, kannte Haie sie. Die Frau war mit seiner Exfrau Elke zusammen zur Schule gegangen und sie hatten sporadischen Kontakt gepflegt. »Der Kommissar führt hier polizeiliche Ermittlungen durch. Und braucht jeden Hinweis. Also, wo steckt deine Tochter und wieso ist sie überhaupt ausgezogen? Wohnt sie vielleicht mit dem Vater des Kindes zusammen?«

»Pah, Vater«, platzte die Frau heraus. »Wer weiß schon, wer der Vater ist.«

»Wieso?« Wusste die Mutter etwa über die künstliche Befruchtung Bescheid?

»Na, so viele Typen, wie Birgit in der letzten Zeit hier angeschleppt hat. Ständig sind die um sie herumscharwenzelt. Und was das für Kerle waren. Da konnte einem angst und bange werden.« Die Frau schüttelte empört den Kopf.

»Und Birgit? Die hatte keine Angst vor denen?«

Plötzlich veränderte sich die Miene der Frau, als denke sie zum ersten Mal darüber nach. »Ich weiß nicht ...«, gab sie dann zur Antwort, »... vielleicht.«

»Aber wieso hat sie sich dann mit diesen Burschen eingelassen?«, fragte Haie Dirk, als sie zurück zum Wagen gingen.

»Keine Ahnung.« Thamsen war wirklich ratlos. Irgendwie stießen sie auf immer neue Fragen, statt Antworten zu finden. Er fürchtete, dass es auch bei dem nächsten Besuch nicht anders sein würde. Doch diesmal irrte er sich gewaltig.

Arne Prust verabschiedete sich von Nesrim Merizadi. Er hatte nichts weiter aus ihr rausbekommen, er spürte nur, sie hatte Angst. Als er sie im Flur noch einmal umarmte, klingelte es plötzlich an der Tür. Nesrim zuckte zusammen.

»Erwartest du Besuch?«

Sie schüttelte den Kopf.

Er öffnete die Tür. Dann überschlugen sich die Ereignisse. Ein korpulenter Mann schubste ihn zurück und drang ins Haus ein, ein zweiter folgte. Dr. Prust sah plötzlich Metall aufblitzen, dann spürte er etwas Kaltes an seinem Hals, und als er aufblickte, sah er auch an Nesrims Kehle ein Messer blinken.

»Ihr wollt uns also verpfeifen, hä?«, hörte er den Mann plötzlich hinter sich.

»Wisst ihr, was wir mit Verrätern machen?« Er nickte seinem Kumpanen leicht zu, der die Klinge noch fester an Nesrims Hals drückte. »Das, was unsereiner schon immer mit Verrätern gemacht hat.«

Er lachte höhnisch auf. Der Arzt spürte, wie sein Herz wild pochte, er konnte kaum atmen und je verzweifelter er nach Luft schnappte, umso tiefer grub sich das Messer in seine Haut.

Er sah die weit aufgerissenen Augen Nesrims und fühlte sich mehr als hilflos. Was wollten diese Typen? Warum bedrohten sie sie?

Dann plötzlich wurde der Druck weniger und der Eindringling presste ihn gegen die Wand. Dabei blickte er ihn scharf an. »Du hörst mir jetzt mal gut zu.« Dr. Prust musste sich beherrschen, nicht angewidert die Nase zu rümpfen, denn der faulige Atem, der ihm entgegenschlug, war kaum zu ertragen.

»Also, in der Praxis wird weitergemacht wie bisher. Alles wie immer. Kapiert?«

Arne Prust nickte, obwohl er nicht wusste, was gemeint war. Aber er war sicher, es musste etwas mit den künstlichen Befruchtungen und den Schwangerschaften zu tun haben. Unter Garantie auch mit der Einleitung der Geburt bei Ole Lenhardts Freundin. Hatte der diese Kerle geschickt? »Und wenn mir noch einmal zu Ohren kommt, dass du mit der Polizei redest oder sie uns gar auf den Hals hetzt, dann schlitz ich dich auf.« Er drehte sich um. »Und sie gleich mit, verstanden?«

Er nickte wieder, doch das reichte seinem Peiniger nicht. »Verstanden, habe ich gefragt!«

»Ja«, presste Arne Prust hervor.

»Na also, geht doch.« Er gab seinem Kumpanen ein Zeichen, der daraufhin Nesrim losließ. Ohne ein weiteres Wort verschwanden die beiden. Dr. Prust hörte zunächst die Tür ins Schloss fallen, dann einen dumpfen Schlag hinter sich. Nesrim war bewusstlos zu Boden gesunken.

Schon als sie aus dem Auto stiegen, hörten sie Geschrei und Babyweinen.

»Nein, nein, du kannst ihn nicht mitnehmen!«

Dann lautes Gepolter. Und splitterndes Holz.

Dirks Hand wanderte unbewusst zu seinem Holster und tastete nach seiner Pistole. Er blickte zu dem Freund, der beinahe regungslos auf die Haustür starrte. Natürlich hielt Haie sich nicht an seine Anweisungen und folgte ihm zum Haus, anstatt beim Wagen zu warten. Dirk war sich unsicher, sollte er klingeln und damit in das Geschehen im Haus eingreifen oder war es besser, vor der Tür auf Verstärkung zu warten?

Die Entscheidung wurde ihm jäh abgenommen, als die Haustür aufgerissen wurde und Ole Lenhardt plötzlich vor ihnen stand. In der Hand hielt er einen Maxi-Cosi, in dem ein Baby erbärmlich brüllte. Von der Frau hingegen war nichts mehr zu hören. Thamsen wunderte sich, den Mann hier zu sehen. Wieso war er überhaupt schon wieder auf freiem Fuß? Die Husumer Kollegen hatten ihm doch Bescheid geben wollen, daher hatte er nicht damit gerechnet, hier auf den Anführer der rechtsradikalen Gruppe zu treffen.

Und auch Ole Lenhardt war überrascht. Einen kurzen Moment hielt er inne und blickte zwischen Haie und Thamsen hin und her. Man konnte förmlich an seinem Gesicht ablesen, wie es in seinem Kopf ratterte.

Ehe er jedoch reagieren konnte, griff Thamsen ein. »Wo ist Frau Andersen?«

Doch mit seiner harschen Frage löste er Ole Lenhardt geradezu aus seinem Überraschungszustand. »Es geht ihr nicht gut. Sie hat sich hingelegt. Ich nehme ihr den Kleinen ab.« Er schaukelte den Maxi-Cosi vor ihrer Nase herum, doch das beruhigte das schreiende Kind keineswegs.

Thamsen jedoch ließ sich nicht irreführen. Beherzt griff er nach dem Sitz. Da Ole Lenhardt nicht damit gerechnet hatte, war es ganz leicht, ihm das Baby wegzunehmen.

»Davon überzeuge ich mich mal lieber selbst.«

Mit dem Maxi-Cosi in der Hand lief er ins Haus. Im Wohnzimmer war eine Tür eingetreten, Sonja Andersen lag auf dem Boden, sie hatte eine Platzwunde am Kopf.

Blitzartig reichte er Haie, der ihm auf den Fersen gefolgt war, das Baby und stellte sich schützend vor die beiden, während er sein Handy zückte und den Notarzt rief.

»Das wird Konsequenzen haben«, sagte er, nachdem er aufgelegt und anschließend die Nummer seiner Dienststelle gewählt hatte, zu Ole, der inzwischen auch wieder im Haus war.

Doch dieser ließ sich nicht beeindrucken. »Wieso? Ich habe sie hier so gefunden. Muss ihr Kerl sie wohl wieder zusammengeschlagen haben. Ich wollte nur den Kleinen hier rausholen.«

Dass er das Kind hier rausholen wollte, bezweifelte Thamsen nicht. Irgendwie hatte es Ole Lenhardt ja mit Babys. Erst Julia Völler, dann seine angebliche Freundin und nun auch Sonja Andersen. Hier ging es doch ganz offensichtlich nicht mit rechten Dingen zu.

»Kennen Sie zufällig auch Birgit Giesler?«, fragte er, obwohl er sich die Antwort beinahe denken konnte.

»Ja«, erklang es auch sofort aus Oles Mund, den er dabei zu einem Grinsen verzog. »Wieso?«

Thamsen schüttelte den Kopf. Er ahnte bereits jetzt, sie würden dem Neonazi nichts nachweisen können. Wahrscheinlich bedrohten sie die Frauen, damit diese nichts sagten. Die Frau auf dem Boden stöhnte. Haie hatte sich neben sie gekniet und seine Jacke unter ihren Kopf geschoben. Langsam kam sie zu sich und öffnete die Augen. Ihr erster Gedanke galt dem Kind.

»Wo ist er? Wo ist Kevin?« Sie versuchte, sich aufzurappeln, sank aber sofort wieder zu Boden.

Haie beruhigte sie: »Alles in Ordnung«, während Thamsen weiterhin Ole Lenhardt in Schach hielt. So harrten sie aus, bis der Notarzt eintraf. Thamsen zerrte den Neonazi nach draußen, während die Helfer sich um die Verletzte kümmerten.

Und endlich trafen auch die Kollegen ein. »Sollen wir ihn direkt nach Husum bringen?«

Thamsen nickte.

Während er zur nächsten Adresse fuhr, klingelte erneut sein Handy. Es war Dr. Prust.

»Können Sie kommen?«

»In die Praxis?«

»Nein, können wir uns woanders treffen?« Thamsen wunderte sich über den ängstlichen Unterton in der Stimme des Mannes, fragte aber nicht weiter nach. Er ahnte, es musste etwas vorgefallen sein, und unter Garantie hatte es mit den Neonazis zu tun. Diese Kerle schafften es, beinahe jeden hier einzuschüchtern. Und das einzig und allein durch eine altbewährte primitive Methode: Gewalt. Das musste ein Ende haben.

»Gut, dann sagen Sie mir, wo wir uns treffen sollen.«

»Stollberg. In einer Stunde?«

Thamsen fragte nicht nach dem Grund für diesen seltsamen Treffpunkt, sondern blickte kurz auf seine Uhr. Eventuell schaffte er es vorher noch, die dritte Frau zu besuchen. Die Adresse lag quasi auf dem Weg, da Haie vorerst bei Sonja Andersen geblieben war, musste er auch keinen Umweg über Risum machen.

»In Ordnung«, bestätigte er daher das Treffen.

Sonja Andersen hatte darauf bestanden, zu Hause zu bleiben.

»Es besteht aber die Gefahr einer Gehirnerschütterung«, hatte der Notarzt gesagt und sie vor einem Verbleib zu Hause gewarnt. Doch die Frau war nicht zu überzeugen gewesen, ins Krankenhaus zu gehen. Beinahe verzweifelt hatte sie sich an den Säugling geklammert.

»Meine Mutter kann kommen«, hatte sie schließlich als Kompromiss vorgeschlagen. Gemeinsam hatten sie die Frau angerufen und Haie hatte angeboten, bis zu deren Eintreffen bei Sonja Andersen zu bleiben.

»Ich mach uns mal einen Tee«, schlug er vor, nachdem die Rettungssanitäter verschwunden waren.

In der kleinen Küche herrschte ein wahres Chaos. Überall standen Geschirr, dreckige Babyflaschen und Packungen mit Essensresten herum.

»Wohnst du allein«, fragte Haie und fügte hinzu, »ich meine, mit dem Kleinen?«

»Ich brauche keinen Kerl.«

Haie nickte. Diese Haltung erklärte auch die künstliche Befruchtung.

»Und was wollte Ole dann hier?«

Plötzlich wurde die junge Frau ganz still. Es war nun beinahe ein Flüstern. »Mir Kevin wegnehmen.«

»Warum? Was hat er denn damit zu schaffen?«

»Nichts. Gar nichts!« Der ruhige Moment war schlagartig wieder vorbei.

»Das ist mein Kind. Meins, und das bleibt es auch.«

Die Adresse der anderen Frau auf seiner Liste lag in Langenhorn, ganz in der Nähe vom vereinbarten Treffpunkt mit Dr. Prust.

Thamsen fuhr ab Sande über die B5 und bog dann am Kreisel an der Ortseinfahrt links ab. Nur wenige Meter weiter hatte er die angegebene Adresse gefunden.

»Suchen Sie wen?«

Thamsen drehte sich erschrocken um. Er stand vor der Eingangstür und hatte kurz gezögert zu klingeln. Auf dem Namensschild stand nicht der Name der gesuchten Patientin. Um die Hausecke schauten ihn ein paar neugierige Augen an, die zu einem Mann um die Fünfzig gehörten. Der Blick war nicht unfreundlich, aber enthielt die gewöhnliche Portion Misstrauen, wie sie für die Bewohner dieser Gegend typisch war.

Thamsen räusperte sich. »Ich wollte eigentlich zu Angela Lützen. Wohnt die nicht mehr hier?«

Der Mann schüttelte lediglich seinen Kopf. Auch dieses Verhalten war üblich für hier oben. Besonders mitteilsam waren die Leute gegenüber Fremden meist nicht. Obwohl Thamsen ja kein Unbekannter war. Aber der Mann schien ihn nicht zu kennen und dementsprechend zurückhaltend war er mit eventuell vorhandenen Informationen.

Thamsen zückte langsam seinen Dienstausweis und hielt diesen dem Mann entgegen. »Und können Sie mir vielleicht verraten, wo ich sie jetzt finde?«

Der andere zeigte sich seltsamerweise wenig beeindruckt. Dirk führte das nicht zuletzt auf die Berichterstattung der Zeitung in den letzten Tagen zurück. Die Polizei wurde als ziemlich inkompetent dargestellt und von den Journalisten geradezu durch den Kakao gezogen. Kein Wunder also, wenn die Menschen ihnen kaum noch Respekt für ihre in der Tat nicht ganz einfache Aufgabe zollten.

Daher beschränkte sich die Antwort des Mannes auch jetzt lediglich auf ein Schulterzucken.

Thamsen drehte sich um und drückte den Klingelknopf. Vielleicht gab es ja irgendjemanden in dem Haus, der sich ihm gegenüber gesprächiger zeigte, wenngleich seine Hoffnung nicht besonders groß war. Doch wider Erwarten wurde die Tür geöffnet und eine junge Frau blickte ihn zwar fragend, aber immerhin lächelnd an.

»Guten Tag«, grüßte er. »Ich suche Angela Lützen. Können Sie mir sagen, wo sie sich jetzt aufhält?« Um erneute Missverständnisse zu vermeiden, zeigte er diesmal gleich seinen Ausweis, den er nach wie vor in der Hand hielt.

Das Lächeln auf dem Gesicht der Angesprochenen blieb, dennoch verneinte sie seine Frage.

»Das ist sehr merkwürdig. Sie ist nach der Entbindung gar nicht wieder hergekommen.«

23.

Völlig in Gedanken lenkte Thamsen den Wagen über die B5 Richtung Husum. Der Stollberg lag direkt an der Bundesstraße und war mit 43,3 Metern über NN die vierthöchste Erhebung des Kreises Nordfriesland. In diesem Fall von ›Berg‹ zu sprechen, war jedoch vermessen, aber man hatte eine gute Sicht auf die Umgebung, insbesondere, wenn man die 20 Meter zur Aussichtsplattform des 108 Meter hohen Fernmeldeturmes Bredtstedts, der auf dem Stollberg stand, hinaufstieg.

Warum Dr. Prust ausgerechnet diesen Treffpunkt gewählt hatte, war ihm zwar nach wie vor ein Rätsel, aber momentan zerbrach er sich eher den Kopf über die ominösen Vorgänge rund um die Patientinnen von Dr. Merizadi. Zwei von ihnen schienen spurlos verschwunden, einer dritten wollte man das Kind entwenden und die Totgeburt von Julia Völler war natürlich auch seltsam, insbesondere in diesem Zusammenhang.

Vielleicht war das Kind gar nicht tot?, schoss es ihm plötzlich durch den Kopf. Was aber war dann mit ihm passiert? Hatten es Ole und seine Helfer auch geholt, ebenso, wie sie es bei Sonja Andersen vorgehabt hatten?

Was aber geschah dann mit den Kindern? Er bog von der Bundesstraße ab, während er immer noch über die Fälle grübelte. Vielleicht würde dieses Treffen mehr Licht in die Sache bringen, ansonsten musste er da noch mal nachhaken. Dass da etwas nicht stimmte, war ja nur zu offensichtlich.

Er parkte den Wagen neben einem grünen Mercedes und hielt nach Dr. Prust Ausschau. Ganz bestimmt war er doch schon da, wem sollte sonst dieses Fahrzeug gehören? Um diese Zeit verschlug es kaum jemanden hierher. Vielleicht war das der Grund, warum der Mediziner diesen Treffpunkt gewählt hatte.

Thamsen stieg aus und lief ein Stück Richtung Fernmeldeturm , an dessen Fuß er in der Dämmerung eine dunkle Gestalt sah, die sich umdrehte, als er näherkam. Es war Dr. Prust.

»Gut, dass Sie gekommen sind«, flüsterte er heiser, und der Ausdruck in seinen Augen verriet Thamsen sofort die Angst, die den Mann beherrschte. Er kannte dieses nervöse Zucken nur zu gut, daher kam er ohne Umschweife zur Sache.

»Was ist passiert?«

Der Mann blickte sich in sämtliche Richtungen um, ehe er sprach. »Wir sind überfallen und bedroht worden.«

»Wir?« Thamsen wusste nicht, worauf sich diese Formulierung bezog. Hatte es einen derartigen Vorfall in der Praxis gegeben?

»Nesrim und ich.«

»Von wem?« Eigentlich eine überflüssige Frage, denn zu 99 Prozent glaubte Thamsen, die Antwort zu kennen.

»Von diesen Glatzköpfen natürlich.«

Der Kommissar nickte. Sie wurden also nervös, wie es aussah.

»Und was haben sie gewollt?«

Dr. Prust schilderte den Überfall. »Ich bin mir sicher, es war nicht das erste Mal, dass die Typen da waren. Farhaad ist mit Sicherheit von denen erpresst worden. Nur, Nesrim weigert sich, etwas zu sagen.«

Thamsen konnte die Angst der Frau gut nachvollziehen. Wahrscheinlich hatte ihr Mann sich irgendwann den Drohungen der Neonazis widersetzt. Nun war er tot. Sie würde sicherlich nicht den gleichen Fehler begehen.

»Aber womit haben sie ihn erpresst? Was haben sie von ihm gewollt?«

Wieder blickte sich der andere in alle Richtungen um, ehe er sprach. »Erinnern Sie sich an die Patientinnen, die ich Ihnen genannt habe?«

Thamsen spürte, wie sich jeder Muskel seines Körpers spannte. Er nickte.

»Es gibt noch mehr Fälle.«

»Und?«

Der andere rückte ganz nah an Thamsen heran und senkte nochmals seine Stimme. »Also wenn Sie mich fragen, haben die sich quasi Kinder züchten lassen.«

Haie machte am nächsten Tag früh Feierabend. Aus dem Sommer, als auf dem Grundstück der Schule viel zu tun gewesen war, hatte er noch etliche Überstunden, die er meist im Herbst abfeierte. Jedenfalls jetzt, da das meiste Laub bereits von den Bäumen war und auch diesbezüglich die Arbeit nachgelassen hatte. Außerdem war er meist so gut organisiert, dass selten etwas liegen blieb. Haie arbeitete nach dem Motto: ›Was du heute kannst besorgen, das verschiebe nicht auf morgen.‹ Und deshalb schob er nie etwas auf die lange Bank.

Er setzte die Mütze auf, die Marlene für ihn während der Schwangerschaft gestrickt hatte, und schwang sich auf sein Fahrrad. Die ganzen Vorfälle der letzten Zeit ließen ihn einfach nicht zur Ruhe kommen und er wollte doch noch einmal mit Lore Jensen sprechen. Schließlich hatte sie in der Praxis gearbeitet, vielleicht war ihr ja noch etwas anderes außer den Besuchen der Rechten aufgefallen.

Er klingelte an der Tür und Lore Jensen war mehr als erfreut, ihn zu sehen. Wahrscheinlich denkt sie, ich komme wegen ihr, schoss es ihm urplötzlich durch den Kopf. Obwohl – so abwegig war das für sie wahrscheinlich gar nicht. Immerhin war Haie mittlerweile gut fünf Jahre geschieden und hatte seitdem bis auf ein, zwei kleinere Techtelmechtel nicht wirklich wieder eine Beziehung gehabt. Es wurde in den Augen der anderen Dorfbewohner wahrscheinlich langsam Zeit für eine dauerhaftere Partnerschaft und auch Lore Jensen war ja auf der Suche. Das spürte er ganz genau. Aber irgendwie war sie so gar nicht sein Typ, obwohl er nicht genau sagen konnte, wie eigentlich die Frau, der er wieder vertrauen, mit der er sich wieder eine ernsthafte Beziehung vorstellen konnte, aussehen sollte.

Er grüßte kurz und fragte, ob sie noch einmal ein paar Minuten Zeit für ihn habe. Sie nickte eifrig und führte ihn wie bei seinem letzten Besuch in die Küche. »Sag mal«, begann er daher auch beinahe sofort, nachdem sie sich wieder an den Tisch gesetzt und Lore einen Schnaps eingegossen hatte, »kennst du eigentlich Birgit Giesler oder Sonja Andersen?« Er hatte sich die Namen auf einem Zettel notiert, den er aus seiner Hosentasche gezogen hatte.

Lore Jensen wiegte den Kopf hin und her. »Was sind das für Frauen?«

»Patientinnen von Dr. Merizadi.«

»Da darf ich sowieso nichts zu sagen. Jedenfalls keine Namen. Ist verboten.«

Haie nickte verständnisvoll. »Aber ob dieser Ole Lenhardt öfter da war, weißt du doch vielleicht. Und der war ja kein Patient.«

Der Name des Anführers war spätestens seit dem letzten Bericht des Nordfriesland Tageblatts allen Bewohnern geläufig. »Er war zumindest öfters in der Praxis«, konnte Lore nun doch bestätigen. »Aber meistens abends und dann ganz lang.«

»Wie lang?«

»Keine Ahnung. Aber wenn ich gegangen bin, waren die für gewöhnlich immer noch da.«

»Seltsam«, murmelte Haie und kratzte sich am Kopf. »Und sonst ist dir in der letzten Zeit nichts aufgefallen?« Haie legte unbewusst immer mehr polizeiliches Verhalten an den Tag, das er sich bei Dirk abgeschaut hatte.

»Na ja, ich habe seit deinem letzten Besuch nachgedacht.« Sie lächelte zweideutig, als sie noch einmal die Gläser einschenkte. »Und mir ist da tatsächlich etwas eingefallen.«

Marlene wiegte Niklas in ihren Armen, der heute irgendwie gar nicht zufrieden wirkte. Er wollte nicht recht trinken und schlafen wollte er auch nicht.

»Vielleicht hat er Blähungen? Was hast du denn gegessen?« Tom hielt einen Ratgeber in den Händen und suchte nach einer Erklärung für das Verhalten seines Sohnes.

Marlene überlegte. »Ein bisschen Gemüse und Fisch.«

»Was für ein Gemüse?«

»Gemischt.«

»Waren Erbsen, Bohnen oder Kohl dabei?«

»Was weiß ich.« Marlene war genervt. Das Schreien ging an die Substanz und dazu führte Tom dieses alberne Verhör. Sie stand auf und wollte ins Kinderzimmer, als Haie plötzlich in der Küchentür stand.

»Habt ihr eine Ahnung, wo Dirk steckt?«

»Na, der wird auf dem Revier oder vielleicht zu Befragungen unterwegs sein, geht er denn nicht ans Handy?«

Der Freund schüttelte den Kopf.

»Hast du eine Nachricht hinterlassen?«

»Ja.«

»Dann wird er sich schon melden«, beruhigte ihn Marlene und zwängte sich an Haie vorbei.

»Was hat sie denn?«, fragte der Tom, als sie weg war.

Der winkte ab. »Ist nicht gut drauf. Komm, setz dich. Willst du was trinken?«

»Ein Wasser wäre nicht schlecht.« Ihm war von den Schnäpsen bei Lore Jensen leicht schwindelig und er war froh, hier etwas ohne Alkohol zu bekommen.

»Wieso willst du ihn denn so dringend sprechen?«, forschte Tom, nachdem er sich wieder zu Haie an den Tisch gesetzt hatte.

»Ich war noch einmal bei Lore Jensen«, begann Haie, von seinem Besuch bei der Putzfrau zu berichten. Die hatte ihm erzählt, es hätte vor gut drei Wochen einen merkwürdigen Vorfall in der Praxis gegeben. Als sie zur Arbeit gekommen war, hatte quasi noch Hochbetrieb dort geherrscht. Das kam zwar ab und zu vor, aber an diesem Tag waren drei hochschwangere Frauen in Begleitung von etwa zehn Männern in der Praxis gewesen. Dem Aussehen nach alle aus der rechten Szene. Sie hatte dann angefangen, den Aufenthaltsraum der Helferinnen zu reinigen, denn die waren seltsamerweise bereits in Feierabend gegangen. Als sie plötzlich am Empfang einen Schrei gehört hatte.

»Ist hier denn keiner? Ich brauche Hilfe!«

Lore Jensen hatte den Kopf zur Tür hinausgestreckt und eine Frau gesehen, die anscheinend Wehen hatte. Sie hielt sich den Bauch und rief um Hilfe.

Sie hatte der Frau auf einen Stuhl geholfen und dann an die Tür des Behandlungsraumes geklopft. »Sie müssen kommen, hier ist ein Notfall!«, hatte sie durch die geschlossene Tür gerufen.

Dr. Merizadi hatte nur kurz die Tür geöffnet und einen Blick auf die Frau geworfen, die sich vor Schmerzen auf dem Stuhl krümmte, dann aber den Kopf geschüttelt und gemeint, die Patientin müsse warten, die momentane Behandlung sei dringender.

Lore Jensen hatte sekundenlang auf die wieder geschlossene Tür gestarrt. Was konnte wichtiger sein als ein Notfall? Die Frau hatte ganz offensichtlich Probleme und große Schmerzen.

»Und dann?« Tom fand den Vorfall äußerst interessant.

»Na ja, sie hat dann einen Notarzt gerufen.«

Die Frau hätte zu den Schmerzen auch noch Blutungen bekommen und Lore Jensen hatte nicht mehr gewusst, was sie machen sollte. Daher hatte sie schließlich zum Hörer gegriffen und Hilfe geholt. »Und die haben sich nicht gewundert, dass der Frauenarzt die Patientin nicht behandelt hat?«

»Als der Notarzt dann da war, hat Dr. Merizadi wohl so getan, als habe er den Notruf veranlasst. Die Frau hatte mittlerweile nicht nur viel Blut, sondern auch ihr Kind verloren. Der Doktor hat sie deshalb ins Krankenhaus eingewiesen.«

Tom schüttelte den Kopf. »Und was war mit diesen Neonazis?«

»Also, Lore meint nun doch, dass der Arzt von denen erpresst worden ist.«

»Und das ist Lore erst jetzt eingefallen?« Tom war empört, dass die Reinigungskraft mit solch wichtigen

Informationen erst auf erneutes Nachfragen von Haie rausrückte.

»Angeblich, aber wir können froh sein, dass sie überhaupt etwas erzählt hat. Ist ja auch nicht ganz ohne.« Haie musste unweigerlich an seine Begegnung mit den Schlägern denken.

»Aber mit was haben die ihn denn erpresst?« Tom fragte sich, ob es eventuell um die Behandlungskosten gegangen war. »Vielleicht war ein Teil dieser Typen gar nicht versichert und hätte sich eine Behandlung gar nicht leisten können.«

Haie zuckte die Schultern. Worum es bei der Erpressung genau gegangen war, hatte auch Lore Jensen nur vermuten können. Sie war allerdings ebenso wie Tom der Ansicht, es sei um Geld und die Behandlungskosten gegangen.

»Aber wieso haben sie ihn dann umgebracht?« Tom kratzte sich am Kopf.

»Na, vielleicht, weil sie nach diesem Vorfall mit dem Notarzt aufgeflogen sind?«

Thamsen saß an seinem Schreibtisch und ging die Akten durch, die ihm Dr. Prust aufgrund einer richterlichen Anweisung übergeben hatte. Als Nichtmediziner fiel es ihm schwer, sich durch die Patientenblätter zu arbeiten. Der Arzt hatte ihm in der Kürze nur das Gröbste erklären können. Er selbst wollte mit dem Fall nichts mehr zu tun haben und daher hatte er seine Hilfe auch nicht weiter angeboten.

Er hatte vor, mit Nesrim Merizadi ein paar Tage zu Freunden nach London zu fliegen. Ihm war die Gefahr, die von den Nazis ausging, zu groß. Er wollte kein Risiko eingehen.

»Die sind zu allem fähig«, hatte er gesagt, und Thamsen hatte der Reise schließlich zugestimmt, wenn er und Frau Merizadi erreichbar blieben.

Ein paar der Akten hatte er nach Husum und zu Dr. Becker in die Gerichtsmedizin nach Kiel gefaxt. Die Kollegen hatten natürlich sofort darauf bestanden, dass er die Patientinnen aufsuchte und befragte.

»Irgendwann wird schon eine reden.«

Doch Thamsen hatte die Besuche erst einmal hintenangestellt. Er fürchtete ohnehin, er würde die meisten der Frauen nicht antreffen. Ihm erschien es wichtiger, noch einmal die Arzthelferinnen zu befragen. Und zwar einzeln. Sie mussten doch mitbekommen haben, was da in der Praxis vor sich gegangen war, wenn der Verdacht von Dr. Prust stimmte.

Er griff nach seiner Jacke und den Schlüsseln für das Poolfahrzeug. So langsam musste er sich wirklich um ein neues Auto kümmern. Vielleicht fand er morgen die Zeit dazu.

Er hatte das Büro beinahe schon verlassen, als sein Telefon klingelte. Bestimmt Haie, dachte er und kehrte noch einmal um. Sein schlechtes Gewissen meldete sich, denn der Freund hatte mehrmals versucht, ihn zu erreichen, aber er hatte noch nicht die Zeit gefunden, ihn zurückzurufen.

»Thamsen?«

»Ja, ich bin's, Dörte.«

Hektisch begann er zu grübeln, hatte er gesagt, dass er sich heute melden würde?

»Ich wollte fragen, was du heute Abend machst.«

»Ich weiß noch nicht.«

»Wollen wir uns treffen?«

Wollte er sie sehen? In den letzten Tagen und Stunden hatte er kaum Zeit gehabt, über sich selbst und seine Gefühle für die Mitarbeiterin der KZ-Gedenkstätte nachzudenken. Was empfand er für sie? Wollte und konnte er mehr Zeit in diese Beziehung investieren? Noch war er unsicher. »Ich weiß noch nicht genau, wann ich Feierabend machen kann«, antwortete er daher ausweichend.

»Dann komm doch einfach später zu mir. Ich bin immer lang auf.«

Die Einladung klang verlockend und er sagte zu. Er konnte es sich ja immer noch anders überlegen und notfalls einfach mit einem dringenden Einsatz als Ausrede absagen.

Auf der Fahrt nach Leck ging ihm dieser Anruf allerdings nicht aus dem Kopf. Nach der Pleite mit Iris war er vorsichtig geworden. Er vertraute im Prinzip nur sich selbst und daher war es schwer, sich auf eine Partnerschaft oder überhaupt auf eine Frau einzulassen. Klar, für einen One-Night-Stand war er schon einige Male bereit gewesen, schließlich war er auch nur ein Mann. Aber tief in seinem Inneren sehnte er sich schon seit Langem nach einer Partnerin. Jemanden, bei dem auch er sich einmal fallen lassen konnte, der zu ihm stand und den er lieben konnte. Bisher allerdings war ihm solch eine Frau noch nicht über den Weg gelaufen und er fragte sich, ob Dörte diese Frau sein konnte.

Noch völlig in Gedanken, klingelte er bei Inge Moritzen, der Arzthelferin von Dr. Merizadi, die am längsten bei dem Arzt beschäftigt gewesen war und die nur ein paar Straßen von der Praxis entfernt wohnte. Als sie die Tür aufmachte, war sie mehr als erstaunt, fing sich aber schnell und bat ihn herein.

Er stellte seine Fragen ohne Umschweife.

»Was wissen Sie von den künstlichen Befruchtungen bei den Freundinnen der Neonazis?«

Die Augen der Frau weiteten sich merklich, für einen Moment hielt sie den Atem an.

»Nichts«, presste sie dann hervor.

»Das glaube ich Ihnen nicht.« Er holte aus seiner Tasche eine der Krankenakten, schlug sie auf und deutete auf die fehlenden Angaben.

»Das muss Ihnen doch aufgefallen sein.« Er tippte mit seinem Finger immer wieder auf die Stelle. »Es fällt ja selbst mir als Laien auf, dass dieses Krankenblatt manipuliert ist.«

Das entsprach zwar nicht ganz der Wahrheit, denn schließlich hatte Dr. Prust ihm zunächst die Einträge erklärt und erst im Vergleich mit einer korrekten Akte fielen ihm die Abweichungen und fehlenden Daten auf. Die Arzthelferin musste allerdings darüber gestolpert sein.

»Ja, die Akten sind nicht ganz korrekt«, räumte sie nun ein. »Aber ich weiß nicht, wieso.«

Thamsen runzelte die Stirn.

»Dr. Merizadi hat uns ja meist nach Hause geschickt, wenn diese Typen mit ihren Frauen kamen. Fast immer kamen die ohnehin erst nach Feierabend in die Praxis.«

»Und das kam Ihnen nicht merkwürdig vor?« Thamsen bezweifelte, dass die Helferin sich nicht dafür interessiert hatte, was die Neonazis mit ihrem Chef zu schaffen hatten.

»Ich habe in meinem Leben gelernt, keine Fragen zu stellen«, versuchte die Frau, sich nun herauszureden.

Thamsen nickte. »Aber nach dem Mord an Ihrem Chef hätten Sie ja durchaus auf die Idee kommen können, es könne wichtig sein, oder?« Er war wütend über dieses

Verhalten. »Ich nenne das Unterschlagung von wichtigen Informationen. Das könnte Konsequenzen für Sie haben.«

Sämtliche Farbe wich schlagartig aus dem Gesicht der Frau. »Aber … aber«, stotterte sie, »ich hatte Angst vor diesen Kerlen.«

Thamsen seufzte. Wie oft hatte er diesen Satz in den letzten Tagen schon gehört? Langsam kam es ihm so vor, als sei das nur eine Ausrede. Sicherlich waren die Typen Furcht einflößend und vielleicht war die Frau sogar bedroht worden. »Also, was hat es mit den fehlenden Daten auf sich? Woher stammten die Samenspenden?«

»Keine Ahnung. Ich weiß nur, Dr. Merizadi hat immer irgendwelche Tests für die Typen gemacht.«

»Was für Tests?«

»DNA und so.«

»Aber dafür braucht man ein Labor.« Thamsen konnte sich nicht erinnern, eine solche Einrichtung in der Praxis gesehen zu haben.

»Die Proben hat er immer nach Kiel geschickt. Manchmal bis zu 20, 30 die Woche.«

»So viele?«

»Er hat wohl Vaterschaftstests angegeben, aber neulich hat da mal einer aus dem Labor angerufen und gefragt, was denn bei uns los sei. So viele ungeklärte Vaterschaften könne es ja wohl kaum geben.«

»Und?« Thamsen war neugierig, was die Helferin dazu gesagt hatte.

»Ich habe den Doktor darauf angesprochen. Der hat allerdings nur gemeint, die sollen sich mal nicht seinen Kopf zerbrechen. Kurz darauf sind die Proben aber dann in verschiedene Labors geschickt worden. Auch ins Ausland.«

Thamsen kratzte sich am Kopf. Warum ließ man so viele DNA-Tests durchführen, was steckte dahinter? Hatte Dr. Prust doch recht und der Ermordete hatte quasi Kinder im Reagenzglas gezüchtet?

Vielleicht hatten die Tests dazu gedient, die gewünschten Erbeigenschaften zu bestimmen. Vielleicht sollten … Er erschrak über den Gedanken.

24.

Am nächsten Morgen gab es eine Besprechung mit den Husumer Kollegen. Thamsen war wie gerädert und hielt sich an seiner Tasse Kaffee fest. Er war den ganzen Abend und die Nacht über diese ungeheuerliche Vermutung, dass Dr. Merizadi für die Neonazis reinrassige, arische Kinder gezüchtet hatte, derart aufgewühlt, dass er keinen Schlaf gefunden hatte. Kurz war er in Versuchung, doch noch zu Dörte zu fahren, verwarf aber den Gedanken wieder. Warum, konnte er nicht genau sagen, aber irgendwie erschien es ihm nicht richtig. »Jetzt müssen wir aber wirklich den Verfassungsschutz einschalten«, hatte er gleich zu Beginn der Besprechung gefordert, doch die Beamten aus Husum waren nach wie vor sehr zurückhaltend.

»Besser, wir sprechen noch mal mit diesem Ole.«

»Aus dem kriegt ihr doch eh nichts raus. Wir brauchen eine der betroffenen Frauen, die redet.«

Dumm war nur, dass die meisten von ihnen untergetaucht waren. Und Julia Völler war keine besonders brauchbare Zeugin.

»Was ist denn mit dieser Sonja Andersen? Hast du nicht gesagt, sie hätte sich gegen diese Kerle gewehrt?«

Thamsen nickte. Wahrscheinlich war sie ihre einzige Chance, etwas herauszufinden. Ole Lenhardt hatte ihr immerhin das Kind wegnehmen wollen. Wenn eine redete, dann am ehesten sie.

»Ich fahre gleich nachher noch einmal zu ihr. Mal sehen, was ich aus ihr rausbekommen kann«, stimmte er zu. »Und vielleicht gehörte auch Miriam Kuipers zu diesen Patientinnen. Sie hatte ebenfalls eine künstliche Befruchtung und eine Freundin von mir hat gesagt, die Mutter vermutete, die Neonazis hätten das Kind entführt.«

»Würde ins Bild passen. Nur, warum haben sie dann dieses Kind an der KZ-Stätte abgelegt?«, gab Lorenz Meister zu bedenken. Das war in der Tat unerklärlich. Der ausländische Arzt war ein Zeichen. Gut. Aber wenn Dr. Merizadi tatsächlich Nachkommen für die Nazis gezüchtet und auch Miriam Kuipers solch ein Kind zur Welt gebracht hatte, dann war dieses Baby doch arisch in ihrem Sinne und hatte an der KZ-Gedenkstätte nichts zu suchen.

Nur, wer wusste schon, was in diesen Köpfen vor sich ging?

Gleich nach der Besprechung machte er sich auf den Weg zu Sonja Andersen. Vielleicht hatte er Glück und konnte etwas aus der verängstigten Frau herausbekommen. Er parkte am Straßenrand vor dem Haus und stieg aus. In diesem Moment klingelte sein Handy. Auf dem Display blinkte Dörtes Name. Er ließ es klingeln.

Statt sich über ihr Interesse zu freuen, störte ihn plötzlich ihre Beharrlichkeit, und er spürte, er brauchte dringend etwas Zeit für sich, um sich über seine Gefühle klar zu werden. Vielleicht konnte er sich heute mal einen ruhigen Abend auf dem Sofa gönnen, wenn die Kinder im Bett waren, und bei einem guten Glas Rotwein in sich hineinhorchen.

Sein Handy piepste erneut und er vermutete, Dörte hatte eine Nachricht auf der Mailbox hinterlassen. Doch er irrte. Es war eine SMS von Haie. Er sollte sich so schnell wie möglich melden. Thamsen runzelte die Stirn. Er hatte noch nie eine SMS von Haie bekommen. Es musste also wirklich dringend sein. Er wollte gerade die Rückruftaste drücken, als er einen Wagen vor dem Haus von Sonja Andersen vorfahren sah. Zwei glatzköpfige Typen stiegen aus und er verfolgte voller Unruhe das Geschehen. Wahrscheinlich würde nun die gleiche Prozedur wie bei seinem letzten Besuch folgen. Besser, er rief gleich Verstärkung. Doch noch während er die Nummer der Dienststelle wählte, sah er Sonja Andersen mit einer Reisetasche aus dem Haus kommen. Hinter ihr trottete einer der Typen mit dem Maxi-Cosi. Der andere wartete vor der Tür.

Thamsen wusste nicht so recht, ob er eingreifen sollte, entschied sich dann jedoch dagegen. Er legte auf und stieg wieder in seinen Wagen. Als der weiße Mercedes an ihm vorbeifuhr, startete er den Motor und gab Gas.

In sicherem Abstand folgte er dem Fahrzeug. Zum Glück fuhr er einen Zivilwagen und keinen offiziellen Peterwagen. So jedenfalls schienen sie zumindest bisher keinen Verdacht zu schöpfen, zumal außer ihm auch noch andere Autos auf der Straße unterwegs waren. In Westrefeld bog der Mercedes von der Betonstraße in eine kleinere Nebenstraße ab.

Thamsen stoppte und wartete, bis er den weißen Wagen nicht mehr sehen konnte. Auf diesem schmalen Weg würde er den Kerlen sofort auffallen und er wollte auf keinen Fall riskieren, entdeckt zu werden.

Wo die wohl hinfahren, fragte er sich, während er im Schneckentempo dem Weg folgte. Es dauerte nicht lang, da verlangsamte der Mercedes das Tempo und bog in die

Zufahrt zu einem abgelegenen Hof ein. Thamsen blieb in sicherem Abstand und beobachtete das Geschehen auf dem Vorplatz.

Die Typen parkten neben ein paar anderen Fahrzeugen, stiegen zusammen mit der Frau und dem Baby aus und verschwanden in dem Wohnhaus.

Der Hof schien nicht mehr bewirtschaftet. Jedenfalls wirkten die Gebäude reichlich baufällig. Dirk ließ den Eingang nicht eine Sekunde aus den Augen, doch es tat sich nichts. Rein gar nichts. Er überlegte, ob er Verstärkung rufen sollte, aber bisher hatte er nichts in der Hand, was ein Eindringen in den Hof rechtfertigen würde. Vorsichtshalber rief er jedoch in der Dienststelle an, um Bescheid zu geben, wo er sich aufhielt. »Soll ich Verstärkung schicken?«, fragte Ansgar Rolfs. Doch Thamsen lehnte ab. »Ich schaue mich erst einmal um und melde mich anschließend.« Er legte den Rückwärtsgang ein, stoppte auf einem Feldweg und versteckte den Wagen hinter einer Biegung. Dann stieg er aus. Wenn er hinten über das Feld ging, dort, wo ein kleines Waldstück anschloss, konnte er vielleicht unbemerkt zum Haus kommen, überlegte er. Hoffentlich gab es keinen Hund, der sein Anschleichen verriet. Er lief hinüber auf die andere Straßenseite und sprang über einen schmalen Graben.

Platsch. Die Wiese war ziemlich morastig und er trug nicht das passende Schuhwerk für eine Feldexkursion. Als er zu seinen schwarzen Lederschuhen hinabsah, ärgerte er sich, denn sie waren bereits jetzt matschbedeckt und total durchnässt.

»Mist!«, fluchte er, aber es war ohnehin schon zu spät. Nun konnte er ebenso gut weitergehen. Im Schutz einiger Büsche lief er bis zu dem Waldstück und von dort hinüber zu einem der Ställe. Ein Blick ins Innere bestätigte seine Vermutung, dass dieser Hof schon länger nicht mehr als landwirtschaftlicher Betrieb genutzt wurde.

Er hielt einen Moment inne und lauschte. Doch es war nichts als das leichte Pfeifen des Windes zu hören, der durch die zerbrochenen Fenster fegte. Durch den ehemaligen Kuhstall stahl er sich bis zum Übergang zum Haupthaus. Auch hier prüfte er noch einmal, ob die Luft rein war, ehe er geduckt zu einem der Fenster schlich. Jetzt endlich konnte er Stimmen und lautes Babygeschrei vernehmen. Er wunderte sich, dass er nicht schon früher etwas gehört hatte, aber wahrscheinlich hatte der Wind, der in die andere Richtung wehte, die Geräusche mit sich genommen. Er kroch ganz unter den Fenstersims, um möglichst viel mitzubekommen.

»Also, bei Martina ist übermorgen Stichtag. Ich würde vorschlagen, du, Michael, fährst mit ihr nach Flensburg.«

»Nach Flensburg?«

»Na ja. Da wir nicht mehr in der Praxis entbinden können, fallen wir da vorläufig am wenigsten auf. Die letzten Geburten waren in Husum, wir sollten da abwechseln.«

»Ja, und wie geht es sonst weiter?«

Eine kurze Pause entstand.

»Was weiß ich? Müssen wir halt selbst ran!« Es folgte verhaltenes Gelächter.

»Aber deine Nase wirkt nicht besonders arisch. Das macht ja alles zunichte, wenn wir nun deine Gene weiterverbreiten.«

»Halt's Maul!« Anscheinend empfand der Angesprochene das nicht als witzig und fühlte sich tödlich beleidigt. Der Ton war scharf und Thamsen war nicht sicher, ob drinnen nicht gleich die Situation eskalieren würde.

»Ich habe diesen Wunderarzt jedenfalls nicht umgebracht. Wer war denn nur so doof?«

Thamsen hielt den Atem an. War hier und heute tatsächlich der Mörder von Dr. Merizadi zu finden? Er harrte einen Moment aus, doch plötzlich war kein Wort mehr zu hören. Hatte man ihn etwa entdeckt?

25.

Haie radelte durchs Dorf zum SPAR-Markt. In der Hand hielt er dabei sein Handy. Er wollte auf gar keinen Fall den Anruf des Freundes verpassen. Wann Dirk sich wohl endlich meldete?

Er stellte sein Fahrrad in dem bereitstehenden Ständer ab und betrat gedankenversunken den kleinen Supermarkt. An der Kasse plauderte Helene wie gewöhnlich mit einer Kundin.

»Das ist wirklich fürchterlich. Was passiert denn nun mit der Praxis?«

Bei dem Wort ›Praxis‹ wurde Haie hellhörig. Er blieb an einem Regal am Eingang stehen und betrachtete die Zeitschriften.

»Wird geschlossen. Wer will denn auch so eine Praxis übernehmen? Außerdem kann den Herrn Doktor sowieso niemand ersetzen.« Die Kundin schniefte laut.

Haie betrachtete die schwangere Frau. Seltsamerweise konnte er die Frau nicht zuordnen. Sie konnte folglich nicht aus dem Dorf sein, dessen Einwohner er ja alle kannte. Schließlich war Haie in Risum-Lindholm aufgewachsen und hatte ebenso wie Helene – nur auf eine viel diskretere Art – ein Auge auf die Menschen hier.

»Entschuldigung, aber was hatten Sie denn mit Dr. Merizadi zu tun?«, mischte er sich nun doch ein. Die Frau musterte ihn von oben bis unten.

»Das ist Frau Nissen, eine der Arzthelferinnen«, beeilte

Helene sich zu erklären, der wie immer aufgrund ihres Wissensvorsprungs die Brust schwoll.

»Na, so toll kann Ihr Herr Doktor aber nicht gewesen sein«, provozierte Haie die Frau absichtlich. Er fürchtete, ansonsten würde sie nicht mit ihm reden. Und seine Rechnung ging auf.

»Wie kommen Sie darauf?«, erwiderte sie empört.

»Na, gab es da nicht neulich mal einen Notfall und Dr. Merizadi hat die Frau keines Blickes gewürdigt?«

Helene war nun ebenfalls ganz Ohr. Wenn es etwas Neues, Sensationelles gab, war sie immer mit von der Partie.

»Echt?«, hakte sie daher gleich nach.

»Davon weiß ich nichts«, zischte die Frau nun Haie an.

»Ich habe gehört, dass eine Frau in der Praxis ihr Baby verloren hat, weil Dr. Merizadi ihr nicht geholfen hat.«

»So, haben Sie also gehört?«

Die Frau war mittlerweile puterrot im Gesicht. Hektisch kramte sie in ihrer Tasche nach der Geldbörse, doch Helene hatte es mit dem Kassieren gar nicht eilig. Sie interessierte der Fall nun erst recht.

»Und der Arzt hat nicht geholfen …?« Sie blickte Haie fragend an. Der schüttelte nur den Kopf. Helene hingegen sprach aus, was auch ihm bereits in den Sinn gekommen war.

»Aber das ist doch dann auch so etwas wie Mord oder zumindest unterlassene Hilfeleistung?«

Thamsens rechter Fuß war eingeschlafen. Er saß immer noch zusammengekauert unter dem Fenster und wartete, was als Nächstes geschehen würde. Die Stimmen waren ohne erkennbaren Gesprächsabschluss schon seit einigen

Minuten verstummt. Ihm kam es wie eine Ewigkeit vor und er überlegte fieberhaft, was er tun sollte.

Wenn er versuchte, sich wieder wegzuschleichen, bestand erneut die Gefahr, dass man ihn entdeckte. Vielleicht aber hatten die Kerle ihn auch schon längst bemerkt und lauerten ihm bereits auf. Warum sonst war es so still? So verdammt still?

Plötzlich hörte er ein Knirschen, dann das Schlagen von Autotüren. Er robbte bis zur Hausecke vor und konnte gerade noch den Mercedes, in dem vier Männer saßen, vom Hof fahren sehen. Nervös überlegte er, ob er mehr männliche Stimmen bei seinem ›Lauschangriff‹ hatte ausmachen können, oder waren nun alle Kerle ausgeflogen? Er besann sich nicht lang, stand auf und ging ums Haus herum zur Eingangstür. Da es keine Klingel gab, klopfte er.

Sein Herz schlug bis zum Hals. Hier draußen würde keiner mitbekommen, wenn die Typen ihn abmurksten und irgendwo verscharrten. Nur gut, dass wenigstens Ansgar Rolfs wusste, wo er steckte. Er griff eilig zu seinem Holster, als er Schritte hörte. Das kalte Metall unter seinen Fingern gab ihm zumindest etwas Sicherheit.

Plötzlich wurde die Tür geöffnet und Sonja Andersen stand vor ihm.

»Sie?«

Er nickte lediglich.

»Was wollen Sie hier?«

»Schauen, ob bei Ihnen alles in Ordnung ist.«

Sie schüttelte verwundert den Kopf und trat zur Seite. Er deutete dies als Einladung, das Haus zu betreten, und folgte ihr in die Küche, in der zwei weitere junge Frauen saßen. Ihm fiel sofort ihr sehr nordisches Äußeres auf. Blonde Haare, blaue Augen, kräftiger Körperbau, blasser

Teint. Beide Frauen stillten gerade jeweils ein Baby. Sie blickten erschrocken auf, als er den Raum betrat.

»Keine Angst«, versuchte er sie zu beruhigen und sich gleich mit. Er wusste immer noch nicht, ob sich nicht noch weitere Neonazis im Haus aufhielten. Aber hätte die junge Frau ihn dann hereingelassen?

Er blickte sich um. Der Raum wirkte sehr unordentlich. Überall standen Babyfläschchen und angebrochene Packungen mit Milchpulver herum. In der Spüle stapelte sich das Geschirr und auf der Arbeitsfläche leere Bierdosen.

»Was machen Sie hier?«, fragte er Sonja Andersen, als sein Rundblick wieder bei der jungen Frau angekommen war. Sie zuckte die Schultern. »Wohnen.«

»Aber Sie wohnen doch in Achtrup.«

»Nicht mehr.«

»Und Sie?« Er deutete beim Sprechen mit seinem Kopf auf die beiden anderen Frauen.

»Wir wohnen auch hier«, antworteten beide wie aus einem Mund. »Und wer wohnt hier sonst noch so?« Er gewann an Sicherheit und begann, im Raum herumzuspazieren. Die Frauen hielten ihn doch zum Narren. Hier stimmte ganz eindeutig etwas nicht.

»Ich denke, es ist besser, Sie gehen jetzt«, sagte Sonja Andersen betont laut und kritzelte gleichzeitig etwas auf ein Stück Papier. ›Wir werden hier gefangen gehalten. Ole ist im Haus.‹ Thamsen nickte, als er die Worte auf dem Zettel las. »Gut, wenn Sie meinen«, entgegnete er ebenso laut und fügte ohne Stimme hinzu: »Ich kümmere mich.« Sonja Andersen las den Satz von seinen Lippen ab und augenblicklich flammte Panik in ihren Augen auf. Thamsen versuchte, sie zu beruhigen, indem er ihre Hand drückte. Auf keinen Fall durfte Ole Lenhardt Verdacht schöpfen. Er würde Verstärkung holen, denn allein konnte er wenig ausrichten. Am besten beantragte er einen Durchsuchungsbeschluss beim Staatsanwalt. Bestärkt in seiner Entscheidung wurde er, als er langsam durch den Flur zur Haustür ging und einen kurzen Blick in einen der angrenzenden Räume werfen konnte. An der Wand standen mehrere Babybetten und soweit er sehen konnte, lagen auch in einigen Babys. Mit Sonja Andersens Zettel in der Hand verabschiedete er sich und verließ den Hof über die Auffahrt. Als er außer Sichtweite war, griff er zu seinem Handy und wählte die Nummer der Husumer Kollegen.

»Ja, Durchsuchungsbeschluss!«, bestätigte er seine Forderung, nachdem er den Sachverhalt geschildert hatte. Diesmal hatten sich die Kollegen nicht lang bitten lassen und versprochen, sofort eine Einheit zu schicken und sich selbst ebenfalls gleich auf den Weg zu machen.

»Gut.« Thamsen war zufrieden und ging zurück zu seinem Wagen. Er wollte auf dem Feldweg warten, bis die Verstärkung eintraf. In der Zwischenzeit konnte er seine Mitarbeiter informieren und endlich Haie Ketelsen anrufen.

»Dirk, na endlich«, meldete sich der Freund. »Ich bin hier auf eine ganz heiße Spur gestoßen.« Thamsen konnte förmlich Haies vor Eifer glühendes Gesicht vor sich sehen, während dieser ihm von dem Vorfall in der Praxis und seiner Vermutung, dass die Frau, die durch die unterlassene Hilfeleistung von Dr. Merizadi ihr Kind verloren hatte, etwas mit den Fällen zu tun haben könnte.

»Ich weiß nicht. Wir verfolgen gerade eine weitaus vielversprechendere Spur«, erwiderte er und wollte Haie damit andeuten, dass er sich wahrscheinlich auf einer falschen

Fährte befand. Immerhin gingen sie davon aus, dass die Rechten den Arzt umgebracht hatten. Alles sprach dafür. Wenn sich die Annahme Dr. Prusts bewahrheitete und die Nazis den Arzt erpresst hatten, dann passte wirklich alles zueinander. Die zahlreichen Frauen der Nazis, die alle schwanger waren, der Hof mit den Kinderbetten und den vielen Babys. Ein Puzzlestück fügte sich zum anderen. Wahrscheinlich hatte es vor Kurzem Streit zwischen Dr. Merizadi und den Typen gegeben, da hatten sie ihn kurzerhand ermordet. Obwohl es natürlich dumm gewesen war, da ihnen nun niemand mehr half, reinrassige Kinder zu züchten.

Wie allerdings die Entführung von Miriam Kuipers' Baby und dessen Leiche an der KZ-Stätte in das Bild passen sollten, wusste er noch nicht genau. Vielleicht war das Baby nicht reinrassig gewesen und musste deshalb sterben? Oder weil es bei der Geburt bereits kränklich war?

Doch ehe er mit Haie weiterdiskutieren konnte, sah er einen Mannschaftswagen der Polizei näherkommen.

»Ich muss. Es geht los. Ich melde mich wieder.« Ohne die Reaktion des Freundes abzuwarten, legte er auf und stieg aus dem Wagen. Er stellte sich an den Straßenrand und wartete, bis das Fahrzeug neben ihm hielt.

»Wir sollen nicht ohne Befehl von Kommissar Meister reingehen. Ist er schon da?«, fragte der Leiter der Einsatztruppe, als Thamsen auf den Hof wies.

»Nein, aber es ist Gefahr im Verzug.«

Er glaubte, die Kommissare aus Husum wollten den Hof nicht ohne Durchsuchungsbeschluss stürmen. Sie waren in Thamsens Augen echte Weicheier. Jeden ihrer Schritte ließen sie sich von oben absegnen. Er hätte darauf bestehen sollen, den Verfassungsschutz bereits früher einzuschalten.

»Wir gehen jetzt rein!«, bestimmte er und da er momentan der Ranghöchste am Einsatzort war, mussten die Leute seinem Befehl folgen. Er stieg zu ihnen in den Wagen und gemeinsam fuhren sie auf den Hof.

»Also«, instruierte er die Einsatzkräfte, »es sind mindestens drei Frauen, etliche Kinder und Ole Lenhardt im Haus. Ich kann aber nicht genau sagen, ob sich noch mehr Personen drinnen aufhalten. Daher Vorsicht! Vor allem wegen der Kinder und Frauen, die dürfen auf keinen Fall zu Schaden kommen.« Die Männer nickten und machten sich bereit, während Thamsen vorsorglich einen Rettungswagen anforderte.

Aus sicherer Entfernung beobachtete er, wie die vermummten Männer zur Haustür schlichen und sie dann auf Kommando einschlugen. Anschließend verschwanden sie im Inneren des Hauses und Thamsen blieb nichts anderes übrig, als zu warten. Zu gern wäre er mit den Jungs hineingestürmt, aber er musste warten, bis das Haus gesichert war. Es würde ohnehin schon genug Ärger mit den Kollegen wegen seines eigenmächtigen Vorgehens geben.

Gebannt starrte er auf die Eingangstür und die Zeit schien stehengeblieben zu sein. Endlich sah er einen Mann der Einsatztruppe, der ihm von der Tür aus ein Zeichen gab.

Er war gerade aus dem Mannschaftswagen gestiegen, als er das Auto der Husumer Kollegen auf den Hof fahren sah. Mit hochrotem Kopf stiegen beide Beamten aus und kamen wutschnaubend auf ihn zugestapft.

»Was ist denn daran nicht zu verstehen, wenn ich sage, es wird erst gestürmt, wenn wir da sind, hä?«

Thamsen zuckte mit den Schultern. »Gefahr im Verzug!«

Er drehte sich um und ging zum Haus. Hinter sich hörte er, dass die beiden Kollegen ihm, noch immer schimpfend, folgten.

Drinnen zeigte sich, wie richtig seine Entscheidung gewesen war. Die Männer in dem Mercedes hatten den Hof anscheinend verlassen, um weitere Fahrzeuge für eine Flucht zu organisieren, denn die Babys lagen bereits angezogen in ihren Maxi-Cosis. Es waren zwölf. Lautes Geschrei erfüllte den Raum, da sie von dem Lärm um sie herum erschrocken waren.

Auch die Frauen hatten sich fertiggemacht. Reisetaschen standen jedenfalls gepackt im Flur. Ganz offensichtlich wollten alle den Hof verlassen. Alle, bis auf einen. Ole Lenhardt saß am Küchentisch und rauchte genüsslich eine Zigarette. Dirk vermutete, der Kerl hatte ihn unter dem Küchenfenster entdeckt und daher die Räumung des Hauses in die Wege geleitet. Als Thamsen jedoch auch noch im Haus aufgetaucht war, hatte er es anscheinend äußerst eilig gehabt. »Herr Lenhardt, können Sie mir sagen, was das hier alles zu bedeuten hat?«

Der Angesprochene grinste und pustete betont lässig den Zigarettenrauch in seine Richtung.

»Wonach sieht es denn aus?«

»Sagen Sie es mir.« Obwohl Thamsen innerlich kochte, blieb er nach außen ungerührt.

»Wohngemeinschaft?« Oles Grinsen wurde noch breiter. Thamsen drehte sich zu einem der Polizisten um.

»Okay, dann nehmt die Frauen und die Kinder mal mit aufs Revier. Und diesen Herrn bitte nach Husum. Um den kümmern sich wieder die Kollegen.«

Ohne ein weiteres Wort verließ er den Raum und stieß bereits im Flur auf die Husumer, die leicht fassungslos auf die Reihe der Babytragetaschen starrten und ihn fragend anblickten, als er zu ihnen trat.

»Also, ich nehme die Frauen mit. Mal sehen, was ich aus denen herausbekomme. Kümmert ihr euch wieder um Ole Lenhardt? Ich denke, es macht Sinn, die Gruppe zu trennen. Nicht, dass da indirekt Druck ausgeübt wird oder Absprachen getroffen werden.«

Die beiden nickten stumm.

Er griff nach zwei Maxi-Cosis und half, die Frauen und ihre Babys im Einsatzwagen unterzubringen.

»Bis gleich!«, rief er dem Beamten zu, als er die Tür zuwarf und zurück zu seinem Wagen ging. Einmal drehte er sich noch um und blickte auf den Hof, der idyllisch in der herbstlichen Sonne lag. Wie friedlich doch alles wirkte. Niemand würde vermuten, was für hässliche Dinge hier im Gang gewesen waren. Doch als die Kollegen mit Ole Lenhardt in der Haustür erschienen, wurde ihm wieder einmal schlagartig bewusst, wie sehr der Schein oftmals trog und nichts so war, wie es auf den ersten Blick erschien. Er schüttelte den Kopf und drehte sich um.

26.

Haie hatte sich von Thamsens Einwänden nicht aufhalten lassen. Sein seltsames Bauchgefühl bei dieser Sache ließ ihn einfach nicht zur Ruhe kommen. Wie so oft, war Haie, wenn es um die Aufklärung eines Mordfalles ging, nicht zu bremsen. Daher hatte er sich kurzer Hand auf sein Rad geschwungen und radelte an der Bahn entlang nach Leck.

Zuvor hatte er in der Praxis von Dr. Merizadi angerufen, um sich zu vergewissern, dass die Sprechstundenhilfe auch die Stellung hielt. Er hatte vorgegeben, eine Kondolenzkarte für die Witwe abgeben zu wollen, und gefragt, wie lange sie in der Praxis sei. Inge Moritzen hatte geantwortet, dass sie noch gut zwei Stunden für die letzten Abrechnungen benötige und er die Beileidsbekundung gerne in der Zeit bei ihr abgeben könne.

Er erreichte Leck und bedauerte schon jetzt, seine Handschuhe zu Hause vergessen zu haben. Seine Hände waren eiskalt und der Rückweg würde sicherlich noch frostiger werden. Zum Glück hatte er zumindest Licht am Fahrrad. Eigentlich hätte er Tom und Marlene fragen können, ob sie ihn fahren könnten, aber er hatte in den letzten Tagen den Eindruck gehabt, als brauchten die beiden ein wenig Zeit für sich und das Baby. Tom hatte ohnehin wieder angefangen zu arbeiten und da wollte Haie sie nicht auch noch mit seinen Recherchen belästigen. Normalerweise hatten sie ja immer alles zu dritt gemacht und bei den letzten Fällen Thamsen gemeinsam geholfen, sie zu lösen. Aber durch Niklas hatte sich halt alles verändert und so sehr er sich mit den beiden über den Familienzuwachs freute, ein wenig zu kämpfen hatte er mit den Veränderungen, die der Kleine mit sich brachte, schon.

Er lehnte sein Fahrrad an die Hauswand und schloss es ab. Dann ging er hinüber zum Eingang. Über dem Praxisschild hing ein Hinweis, dass sich die Praxis wegen Auflösung in Abwicklung befand und leider keine Behandlungen mehr stattfanden. Haie drückte den Klingelknopf, woraufhin kurz darauf der Türöffner ansprang.

Im Haus war es mucksmäuschenstill. Dabei lagen über der Praxis noch zwei Wohnungen, aber die Mieter waren anscheinend nicht daheim.

Als er die Anmeldung betrat, erwartete ihn die Sprechstundenhilfe schon. Haie grüßte kurz und reichte ihr dann die Trauerkarte, die er auf die Schnelle noch besorgt hatte. »Ich habe heute übrigens Ihre Kollegin getroffen«, bemerkte er wie beiläufig, um ein Gespräch in Gang zu bringen.

»Ach ja?« Man merkte, sie wollte freundlich sein, ihn aber auch schnell wieder loswerden.

»Wir haben uns auch über meine frühere Nachbarin unterhalten, die ihr Kind vor Kurzem verloren hat. Dr. Merizadi konnte wohl nicht mehr helfen, sie hatte hier ja schon Blutungen.«

Die Frau hinter dem Empfangstresen schaute ihn misstrauisch an, nickte dann aber. »Ja, manchmal kommt halt jede Hilfe zu spät. Leider.«

»Ich wusste ja gar nicht, dass sie, na – wie heißt sie noch gleich?«

»Lisa Fischer?«

»Ja, Lisa, genau.« Haie rieb sich innerlich die Hände. Sein Plan war bisher aufgegangen. Sicherlich hatte der Notfall für ordentlich Aufruhr in der Praxis gesorgt, vermutete er. Ansonsten hätte die Arzthelferin nicht so schnell den Namen nennen können.

»Vielleicht sollte ich sie mal besuchen. Wohnt sie noch in Leck?«

Die Frau zuckte mit den Schultern. »Aber hier ist das aktuelle Telefonbuch. Sie können ja mal nachschauen.«

Haie hatte Glück. Nicht nur Lisa Fischers Telefonnummer, sondern auch ihre Anschrift war in dem Verzeichnis zu finden.

»Amrumer Weg 46«, las er laut vor.

»Na, dann kann ich ja gleich auf dem Heimweg mal vorbeifahren.«

Er dankte und verabschiedete sich. Dann verließ er die Praxis und atmete tief ein und aus. Na, das hatte ja ausnahmsweise mal gut geklappt. Er grinste, denn eigentlich hätte sie ihm keine Auskunft über eine Patientin geben dürfen. Aber anscheinend war sein schauspielerisches Talent bisher weit unterschätzt worden.

Er schwang sich auf sein Fahrrad und radelte los, Richtung Amrumer Weg.

Sie hatte keine Ahnung, welcher Tag heute sein mochte. Montag? Dienstag? Und welche Tageszeit? Die Jalousien waren seit Tagen geschlossen und im Raum war es stockdunkel.

Sie wollte nichts sehen und nichts hören von dieser Welt, in der es so viele Kinder gab, und sie keines haben durfte. Das Leben war ungerecht. Ihr Schicksal finster.

Nachdem sie den Kleinen leblos vorgefunden hatte, war alles wie ein Film abgelaufen. Sorgsam hatte sie ihn in eine Decke gewickelt und war mit ihm durch die Dunkelheit gefahren. Einfach so, ohne ein Ziel. Doch plötzlich hatte sie sich an der Gedenkstätte wiedergefunden und den Wagen angehalten. Schnell war in ihr der Entschluss gereift, den Kleinen dort abzulegen. Ihm eine würdevolle Ruhestätte zu geben.

Außerdem wollte sie dem Menschen, der für seinen Tod mitverantwortlich war, ein Mahnmal setzen. Ihr Kind hätte nicht sterben müssen, wenn der Arzt geholfen hätte. Gut, dafür hatte er seine Strafe erhalten, aber es konnte nicht schaden, auch an die Kinder zu erinnern, die er auf dem Gewissen hatte. Zwei waren es mindestens. So sah sie das und wenn sie die Möglichkeit hätte, sie würde ihn nochmals umbringen. Diesen Mistkerl.

Sie spürte, wie sie zu zittern begann, und zog sich ihre Bettdecke bis über den Kopf. Doch die Erinnerungen der letzten Tage ließen sich nicht vertreiben.

Immer wieder tauchten sie wie Blitzlichter auf. Diese grausamen Bilder, die ihr Schmerzen brachten, sodass sie sich krümmte und ihr Körper zuckte. Und dann Blut, überall Blut, oh Gott. Sie versuchte, das Rauschen in ihren Ohren zu übertönen, indem sie laut summte. Immer wieder dieses Kinderlied. Summ, summ, summ…

So blitzartig, wie die Bilder sie überfielen, verschwanden sie wieder, und sie sackte erschöpft zusammen. Keuchend lag sie da und starrte in die Dunkelheit. Sie spürte, wie die Spannung in ihrem Körper langsam nachließ.

Doch dann ließ ein Geräusch sie erneut zusammenzucken.

»Frau Andersen«, Thamsen räusperte sich und rückte auf seinem Stuhl etwas nach vorn, »nun erzählen Sie mir doch bitte, warum Sie, nachdem Sie sich gestern noch mit Händen und Füßen gegen Ole Lenhardt und seine Freunde gewehrt haben, heute bereits bei ihm eingezogen sind.«

Sonja Andersen hatte er sich zuerst zur Befragung ausgesucht. Die anderen Frauen warteten draußen im Gang und kümmerten sich um die Babys. Seine Kollegen waren vollends damit beschäftigt, Babyflaschen aufzuwärmen.

»Ich habe es mir halt anders überlegt.« Schon an den nervös hin und her huschenden Augen konnte Thamsen erkennen, dass das gelogen war. Die Frau hatte wahrscheinlich Angst, ebenso wie all die anderen Opfer dieser brutalen Typen. Aber wenn es ihm nicht endlich gelang, diesen Kreis der Angst zu durchbrechen, dann würde das ewig so weitergehen, und wer wusste, was sonst noch alles passieren würde.

»Hören Sie, Frau Andersen. Wollen Sie wirklich, dass Ihr Kind so aufwächst? Umgeben von Hass, Angst und Gewalt?«

Da hatte er den wunden Punkt bei der Frau getroffen. Er wusste, das Kind bedeutete ihr alles.

Sie presste die Lippen aufeinander, schüttelte aber langsam den Kopf.

»Aber wieso sind Sie dann zu ihnen gegangen?«

»Sie haben gesagt, sie nehmen mir sonst den Kleinen weg.« Sie blickte ihn an. Tränen rannen über ihr Gesicht. Die Angst war der Verzweiflung gewichen. Verzweiflung über ihre so aussichtslos erscheinende Lage.

»Was haben Sie denn überhaupt mit denen zu tun?« Thamsen wollte und musste sich ein Bild der Gesamtsituation verschaffen. Er hatte keine Ahnung, was diese doch so anständig wirkende Frau mit jenen miesen Kerlen überhaupt zu schaffen hatte.

Sie seufzte. »Das ist eine lange Geschichte.«

Thamsen lehnte sich zurück. »Ich habe Zeit.«

27.

Haie blickte zu den verrammelten Fenstern hinauf und suchte nach einem Lebenszeichen. Doch das Haus schien verlassen. Alles dunkel, kein Geräusch zu hören und auf sein Klingeln hin hatte niemand geöffnet. Ob das auch einer dieser seltsamen Fälle von Dirk war, wo die Frauen einfach nicht auffindbar waren? Er kratzte sich am Kinn. Er wollte einfach nicht akzeptieren, dass seine Spur hier anscheinend endete, und schaute sich um. Weit und breit war kein Mensch zu sehen. Haie stiefelte um das Haus herum. Doch auch auf dieser Seite bot sich ihm das gleiche Bild. Heruntergelassene Jalousien. Alles wirkte verlassen.

Die Frau schien wirklich nicht zu Hause zu sein. Er wollte gerade kehrtmachen, als sein Blick auf die Kellertreppe fiel. Vielleicht hatte er Glück und die Tür am Ende der Stufen war nicht verschlossen. Obwohl er sich kaum Chancen ausrechnete, schlich er trotzdem die Stufen hinab und drückte die Klinke hinunter.

»Hallo?« Wider Erwarten war die Tür offen und Haie überlegte nur einen kurzen Augenblick. Sollte er einfach so in ein fremdes Haus eindringen? Doch wie immer war seine Neugierde viel zu groß und schon war er in den Kellerraum geschlüpft und tastete nach dem Lichtschalter.

»Hallo?« Obwohl er sicher war, dass niemand im Haus war, machte er sich bemerkbar. Man konnte ja nie wissen. Da, hatte da nicht eine Bodendiele über ihm geknarrt? Mit flinken Schritten durchquerte er den Raum und stieg am anderen Ende eine weitere Treppe hinauf. Dann stand er plötzlich vor der Haustür, nur diesmal auf der anderen Seite als noch ein paar Minuten zuvor. Er hielt die Luft an und lauschte. War da wirklich niemand? Ein wenig mulmig war ihm schon zumute, aber aufgeben wollte er nun auch nicht mehr. Durch das Glas der Eingangstür fiel zumindest ein schwacher Lichtschein. Er wartete, bis seine Augen sich an die schummrige Umgebung gewöhnt hatten, kurz darauf schlich er den Flur entlang. Eine der hinteren Türen am Gang stand offen und er konnte einen Lichtstrahl erkennen. Da war doch jemand, oder? Jemand, der sein Haus derart verrammelte, weil er wegfuhr, würde sicherlich nicht das Licht brennen lassen. Er spürte, wie sein Herz plötzlich bis zum Hals pochte. Vorsichtig tastete er sich weiter.

Da war es wieder, dieses Knarren. Aber diesmal hinter ihm. Er drehte sich um und im gleichen Augenblick spürte er den Schmerz. Dann wurde es dunkel um ihn herum.

Thamsen lehnte sich in seinem Stuhl zurück und rieb sich die brennenden Augen. Es war spät geworden, die Geschichte, die Sonja Andersen zu erzählen gehabt hatte und die die anderen Frauen aus dem Haus bestätigt hatten, war wirklich lang gewesen. Lang und unfassbar.

Ole Lenhardt und seine Kumpanen hatten, wie es bereits ihre Vermutung war, Dr. Merizadi erpresst. Sie hatten dem Arzt gedroht, wenn er ihnen keine arischen Kinder züchte, ihm und seiner Familie etwas anzutun. Zur Demonstration ihrer Macht hatten die Kerle die Ehefrau besucht und ihr unmissverständlich klargemacht, dass es, wenn ihr Mann nicht kooperiere, Ärger geben würde.

Zunächst seien es wohl wirklich die Freundinnen von Ole und seinen Kumpeln gewesen, denen unter Berücksichtigung bestimmter Erbmerkmale Embryonen aus dem Reagenzglas eingepflanzt wurden. Die Eizellen stammten von ausgewählten Frauen aus den Neonazikreisen, der Samen immer von Ole, der sich mit besonders arischen Merkmalen wohl als gesegnet empfand. Später hatten sie hin und wieder auch auf Eizellen von Patientinnen aus der Praxis zurückgegriffen, sofern sie sich denn nach mehreren Gentests als tauglich erwiesen. Die Behandlungen fanden meist abends oder sogar nachts statt, damit die Arzthelferinnen möglichst nichts davon mitbekamen.

»Aber wieso hat Ole Lenhardt denn die Kinder nicht selbst gezeugt?« Thamsen verstand den Aufwand, den die Neonazis betrieben hatten, nicht. Es wäre doch viel einfacher gewesen, wenn er mit den Frauen geschlafen hätte. Oder hatte Ole Lenhardt etwa Skrupel gehabt, den Beischlaf mit den Freundinnen seiner Spezis zu vollziehen? Thamsen konnte sich das kaum vorstellen.

Über das Gesicht von Sonja Andersen war ein leichtes Grinsen gehuscht. »Es gibt da so ein Gerücht, das besagt, Ole Lenhardt hätte Probleme mit…«, sie war leicht errötet. »Na, Sie wissen schon…«

»Impotenz?« Sie hatte genickt und war fortgefahren mit den Schilderungen.

Die Frauen wurden ganzheitlich und nur von Dr. Merizadi betreut. Auch entbunden wurde in der Praxis, die Geburt oftmals eingeleitet, damit der Zeitpunkt passte. Mal sollte es Hitlers Geburtstag sein, dann der von Himmler, Goebbels oder anderen von ihnen verehrten Nazigrößen.

Die Kinder wurden alle zum Hof gebracht und dort gemeinsam nach den Vorstellungen der Neonazis aufgezogen. Das älteste Kind war mittlerweile zwei Jahre alt und beherrschte den Hitlergruß perfekt.

In letzter Zeit waren die Kerle allerdings größenwahnsinnig geworden, wahrscheinlich, weil alles so gut lief. Schließlich war Dr. Merizadi Spezialist auf dem Gebiet, selten gab es Abstoßungen oder Fehlgeburten, die Rechtsradikalen waren zufrieden. Wollten aber mehr.

»Und wie sind Sie nun an die Typen geraten?« Thamsen konnte immer noch nicht verstehen, warum die junge Frau sich mit diesen Kerlen eingelassen hatte.

»Die haben mich angesprochen.«

»Wo?«

»Auf dem Arbeitsamt. Ich bin seit längerer Zeit ohne Job. Sie wissen ja, wie das hier oben ist. Wenige Arbeitsstellen für noch weniger Geld. Ich bin gelernte Bauzeichnerin, aber finden Sie da mal einen Job. Und die anderen Arbeitgeber wollen mich nicht. Ich sei zu überqualifiziert.«

Zunächst habe sie verwundert den Kopf geschüttelt, als der Typ sie ansprach und fragte, ob sie 10.000 Euro verdienen wolle. Dann aber, als sie abends wieder vor ihrem leeren Kühlschrank gestanden hatte, war ihr der Zettel in ihrer Hosentasche eingefallen.

»Aber das mit dem Geld war nur ein Bluff!«

Zuerst hatten sie gesagt, sie würden einen Teil des Geldes bei Einnistung der Eizelle zahlen, den Rest nach der Geburt. Aber bis heute hatte sie keinen Cent gesehen.

Sie musste eine Menge Tests über sich ergehen lassen, bis endlich feststand, ob sie in deren Augen geeignet war, erst dann hatte man ihr die befruchtete Eizelle eingepflanzt.

»Aber Leihmutterschaft in Deutschland ist illegal. Wussten Sie das nicht?« Thamsen wunderte sich, dass die offensichtlich nicht ungebildete Frau sich auf solch einen Deal eingelassen hatte.

Doch sie hatte mit den Schultern gezuckt. »10.0000 Euro sind halt viel Geld, wenn man lang nichts verdient hat und die Rechnungen sich stapeln.«

Aber das Geld hatte sie ja dann nie gesehen.

»Warum haben Sie die Typen nicht angezeigt?« Sie hatte in Thamsens Augen sowieso nichts mehr zu verlieren gehabt, oder?

»Weil sie gedroht haben, mir oder dem Kind etwas anzutun. Ohnehin haben sie meinen Sohn von der ersten Minute an als ihr Eigentum gesehen. Ich habe mich ja erst geweigert, auf den Hof zu ziehen. Als Sie gestern auftauchten, haben die gerade versucht, den Kleinen zu holen. Und am nächsten Morgen schon haben sie wieder vor der Tür gestanden und gesagt, wenn ich nicht mitkäme, nähmen sie den Kleinen eben ohne mich mit.« Trotz der Leihmutterschaft hatte Sonja Andersen natürlich Muttergefühle für ihr Kind entwickelt. Die anderen Frauen hatten eine ähnliche Vorgangsweise geschildert. Nur, dass nicht alle vor dem Arbeitsamt, sondern auch auf der Arbeit, beim Friseur oder bei der AWO angesprochen worden waren. Gesunde junge Frauen, die ganz offensichtlich über wenig oder gar kein Geld verfügten, hatten sich die Neonazis für ihr Projekt ausgesucht und in den meisten Fällen anscheinend sogar Erfolg gehabt.

Er hob den Telefonhörer und wählte die Nummer der Husumer Kollegen.

»Aber wieso haben die dann den Arzt umgebracht?«, fragte der Kollege, nachdem Thamsen den Sachverhalt geschildert hatte. Die Frage hatte er den Frauen auch gestellt, ebenso wie die nach dem Baby von Miriam Kuipers, aber darauf hatten sie ihm keine Antwort geben können.

Als Haie zu sich kam, blieb es um ihn herum dunkel. Er klimperte ein paar Mal mit den Lidern, aber seine Augen waren geöffnet. Vorsichtig versuchte er sich aufzurappeln, erst da merkte er, dass seine Beine und Hände gefesselt waren und er sich so gut wie nicht bewegen konnte. Außerdem klemmte ein Knebel in seinem Mund.

Er begann zu schwitzen, bemühte sich fieberhaft, sich die Momente vor seiner Ohnmacht ins Gedächtnis zu rufen. Doch da war nichts, er hatte nichts bemerkt. Er war auf das Zimmer zugegangen, aus dem er den Strahl der Lampe gesehen hatte. Oder war da ein Geräusch hinter ihm gewesen? Er versuchte sich zu konzentrieren, doch sein Kopf dröhnte und plötzlich hörte er Schritte. Eine Tür wurde geöffnet und ein Lichtstrahl fiel in den Raum. Er befand sich in einem Kinderzimmer. An der gegenüberliegenden Wand konnte er ein Gitterbettchen ausmachen, darüber ein buntes Mobile.

Die Schritte kamen näher. Haie verdrehte sich den Hals, um zu sehen, was hinter ihm geschah, denn die Tür befand sich in seinem Rücken und an der Wand konnte er nur einen Schatten ausmachen. Doch auch als die Person vor ihn hintrat, konnte er im Gegenlicht nur eine schmale Gestalt erkennen. Er atmete erleichtert aus. Jedenfalls keiner dieser Schlägertypen wie dieser Ole. Sah eher aus wie eine Frau, vielleicht war es sogar Lisa Fischer. Die Gestalt, die er nur schemenhaft erkennen konnte, stand regungslos da und sagte kein Wort. Langsam wurde Haie unruhig. Warum reagierte die Person nicht? Er versuchte, sich noch ein Stück weiter in die Richtung der Gestalt zu drehen. Die tat plötzlich einen Schritt auf ihn zu und Haie erschrak. In der linken Hand sah er etwas Metallenes im Gegenlicht aufblitzen.

»Hallo, Dirk«, begrüßte Marlene den Freund am Telefon. Sie war erleichtert, seine Stimme zu hören.

»Marlene?«, Thamsen war überrascht. Mit ihrem Anruf hatte er nicht gerechnet. Er war gerade die letzten Berichte des Verhörs durchgegangen und hatte sie den Kollegen per Mail nach Husum geschickt.

Die würden gleich morgen Ole Lenhardt dazu intensiver auf den Zahn fühlen. Auch wenn sie noch keine Beweise für den Mord hatten, wegen Erpressung und Körperverletzung kriegten sie den Kerl auch dran. Und die Sache mit der Leihmutterschaft war zusätzlich illegal. Denn laut dem Fortpflanzungsmedizingesetz war die Vermittlung von Personen, die bereit waren, sich entwicklungsfähige Zellen für eine medizinisch unterstützte Fortpflanzung einsetzen zu lassen, unzulässig, hatte Thamsen zwischenzeitlich herausgefunden. Da war es nur noch eine Frage der Zeit, bis sie ihm auch den Mord nachweisen konnten. Erfahrungsgemäß plauderte früher oder später immer der eine oder andere, wenn man ihm dafür Vorteile bei einer Gerichtsverhandlung versprach. Schließlich hatten sich die anderen Mitglieder auch strafbar gemacht. Er wusste zwar nicht, wie es in der Gruppe sein würde, denn bekanntlich war der Zusammenhalt der Neonazis stärker als bei anderen, aber er war sicher, wenn es um eine lebenslängliche Haftstrafe ging, hörte wohl bei den meisten die Loyalität auf.

»Sag mal, hast du was von Haie gehört oder ist er bei dir?« Marlene klang besorgt und er bedauerte, ihr sagen zu müssen, dass er keine Ahnung hatte, wo Haie steckte.

»Er wollte heute zum Abendessen kommen, aber nun ist es schon nach neun Uhr und gemeldet hat er sich auch nicht.«

Das war so gar nicht Haies Art. »Auf dem Handy…?« Aber er vermutete, Marlene hatte längst selbst versucht, ihn zu erreichen. »Mailbox.«

Thamsen befürchtete, der Hobbydetektiv habe sich mal wieder auf eigene Faust auf Ermittlungstour begeben. Haie hatte ihn schon öfters, ebenso wie Tom und Marlene, bei dem einen oder anderen Fall unterstützt. Und Thamsen hatte immer gewusst, dass dies nicht erlaubt war und die Einsätze an der Grenze der Legalität waren, aber eigentlich hatte er nie damit gerechnet, es könne irgendetwas passieren. Er hätte doch die Freunde sonst niemals involviert, auch Haie nicht, den er noch gestern mit zu Sonja Andersen genommen hatte. Er schluckte. Wie konnte er nur so naiv sein? Immerhin hatten sie es hier mit Mördern zu tun, aber Haies ambitionierte Art ließ ihn immer wieder vergessen, dass der kein Polizist war. Er besaß ja nicht einmal eine Waffe.

Irgendwie fühlte er, dass der Freund in Gefahr war. Und er fühlte sich schuld daran. Das sagte er allerdings nicht zu Marlene.

»Hat er denn erwähnt, was er heute vorhatte?«

»Nee, ich denke, er wird einkaufen gewesen sein. Vielleicht hat Helene wieder getratscht. Keine Ahnung, aber da ist natürlich schon lang zu.«

Egal, dachte Thamsen. »Ich kümmere mich. Bleibt ihr zu Hause. Damit ihr da seid, falls er sich meldet.«

Er hatte vergessen, dass die beiden mit dem Kind nun ohnehin nicht mehr so mobil waren. Daher auch der Anruf bei ihm, ohne Niklas hätten sie sich sicher selbst schon längst auf die Suche gemacht, denn ähnlich wie Thamsen spürten Marlene und Tom, dass Haie in Gefahr war. Fieberhaft überlegte er daher, wo er nach ihm suchen sollte.

Rein theoretisch konnte er überall sein. Als Erstes versuchte er es noch einmal auf dem Handy, doch da meldete sich, wie Marlene schon gesagt hatte, nur die Mailbox. »Mist!«, fluchte Dirk.

Er griff nach dem Telefonbuch und blätterte nach dem Eintrag des SPAR-Marktes. Letztlich war dies der einzige Ansatzpunkt und diese Helene hatte doch unter Garantie auch eine private Nummer.

»Da«, triumphierte er, obwohl die Nummer allein natürlich überhaupt kein Erfolg war, aber vielleicht hatte er Glück und erreichte die Ladenbesitzerin. Wenn Haie da gewesen war, dann wusste sie bestimmt, wo er hingewollt hatte. Schließlich quetschte die so gut wie jeden aus. Er hatte zwar nur einige wenige Male dort eingekauft, aber das hatte gereicht. Außerdem kannte er die Frau aus den Erzählungen der Freunde.

»Hallo?«, sagte eine weibliche Stimme am anderen Ende und Thamsen wunderte sich, warum sie sich nicht mit Namen meldete. Eigentlich gehörte Helene der Generation an, die noch gelernt hatte, sich anständig am Telefon zu melden – und zwar mit vollem Namen. Nicht wie die Kids von heute, die sich oft nur mit einem ›Ja‹ oder ›Hallo‹ meldeten. Besonders Coole taten das vermutlich auch – trauten sich wahrscheinlich nur am Telefon, so zu sein, weil sie da keiner sah. Er jedoch empfand dieses ›Ja‹ als Unart und hatte zumindest seinen Kindern eingebläut, sich mit Vor- und Zunamen beim Annehmen eines Telefonats zu melden.

»Hier ist Dirk Thamsen. Ich bin auf der Suche nach Haie Ketelsen und hörte, er wäre heute bei Ihnen im Laden gewesen?«

»Ja.«

»Haben Sie mit ihm gesprochen?«

»Ja.«

Thamsen kratzte sich am Kinn. Was war denn mit der Frau los? Die war doch sonst so mitteilsam.

»Hat er zufällig gesagt, wo er hinwollte?«

»Nein.«

Ja. Nein.

»Geht das auch etwas genauer?«

»Na ja«, begann Helene nun zu erklären. Und er konnte förmlich vor sich sehen, wie sie sich in ihrem Wissensvorteil sonnte. »Die Arzthelferin aus der Praxis war auch da.«

»Ja, und?«, signalisierte er ihr seine Aufmerksamkeit.

»Haie hat seltsame Fragen gestellt. Und er behauptete, der Doktor sei verantwortlich für den Tod eines Babys.«

Ah, hatte Haie die Spur also doch weiterverfolgt. Aber wie war es ihm möglich gewesen herauszufinden, wer die Patientin war?

Thamsen begann zu schwitzen. Seine Gedanken ratterten durch den Kopf, er nahm die weiteren Sätze Helenes, die nun in Fahrt gekommen zu sein schien und wie ein Wasserfall plapperte, gar nicht mehr richtig auf.

»Ja, danke dann«, unterbrach er sie und konnte ihre beleidigte Miene geradezu vor sich sehen, als er auflegte. Aber die Empfindlichkeiten der Frau waren momentan egal. Hier ging es um Haie und der hatte sich sicherlich durch seine Nachforschungen in Gefahr begeben.

Er schloss das Büro hinter sich und rannte zum Auto.

Unterwegs rief er Inge Moritzen an und bat sie, zur Praxis zu kommen.

»Wieso?«

»Erkläre ich Ihnen später.« Zur Sicherheit klingelte er noch einmal bei Tom und Marlene an, doch dort hatte Haie sich noch immer nicht gemeldet. »Gut, ich habe eine Spur und sage euch Bescheid, sobald es etwas Neues gibt.«

Er wusste, die beiden machten sich Sorgen. Und er sich auch.

Gut 20 Minuten später wartete er vor der Praxis und trat dabei von einem Fuß auf den anderen. Die Fenster waren alle dunkel, noch schien niemand da zu sein. Endlich sah er Inge Moritzen um die Ecke biegen. »Was ist denn los?«

»Haie Ketelsen ist verschwunden, seit er heute Ihre Kollegin im SPAR-Markt getroffen hat. Ich vermute, er wollte die Patientin unter die Lupe nehmen, die hier in der Praxis ihr Kind verloren hat.«

Die Frau wurde schlagartig bleich im Gesicht. »Er war hier«, flüsterte sie. Thamsen schluckte. »Und?«

Inge Moritzen erzählte von der Kondolenzkarte, die Haie vorbeigebracht hatte. »Ich habe mir nichts dabei gedacht, als er nach Lisa Fischer fragte.«

»Lisa Fischer?«

Die Arzthelferin nickte. »Der Haie kennt doch hier fast jeden und da er von der Fehlgeburt wusste …« Sie stockte und blickte Thamsen schuldbewusst an. »Meinen Sie …«, stammelte sie. Thamsen nickte und war plötzlich ganz sicher, Lisa Fischer hatte etwas mit dem Mord an Dr. Merizadi zu tun. Und vielleicht auch mit dem toten Säugling?

»Wo wohnt diese Lisa Fischer?«

Inge Moritzen hatte die Anschrift noch im Kopf. »Amrumer Weg 46.«

Thamsen rannte zu seinem Wagen und raste zu der genannten Adresse. Schon von der Straße aus sah er, wie unbewohnt das Haus wirkte. Das war nach seinen letzten Erfahrungen nichts Neues. Trotzdem stieg er aus. Vielleicht hatte sich die Frau nach dem Tod des Babys aus dem Staub gemacht? Er ging zur Tür und klingelte. Obwohl er sich davon nichts versprach. Er wartete einen kurzen Augenblick und wollte sich schon umdrehen, um zurück zum Wagen zu gehen, als er plötzlich ein Geräusch hörte. Ganz eindeutig war es aus dem Inneren des Hauses gekommen. Thamsen presste sein Ohr an die Haustür. Doch sein Blut rauschte derart in seinen Ohren, dass er kaum etwas ausmachen konnte. Aber er war sich sicher, etwas vernommen zu haben. So etwas wie einen dumpfen Schlag. Vielleicht …?

»Gefahr im Verzug«, murmelte er, nahm Anlauf und warf sich mit seinem gesamten Körpergewicht gegen die Haustür. Ein dumpfer Schmerz durchfuhr seine Schulter, sonst geschah allerdings nichts. Es war lang her, seit er gewaltsam in ein Haus eingedrungen war, und so wurde das unter Garantie bei dieser massiven Sicherheitstür nichts. Schnell rannte er um das Haus herum. Vielleicht gab es eine verglaste Veranda und er musste einfach nur die Fenster einschlagen?

Doch auch auf der Rückseite waren alle Jalousien herabgelassen und selbst mit voller Kraftanstrengung schaffte er es nicht, sie auch nur einen Zentimeter nach oben zu bewegen. Dann fiel sein Blick auf den Kellereingang. Dirk hastete die Treppen hinunter und warf sich gegen die Tür.

Er hatte nicht damit gerechnet, dass sie einfach aufsprang, und fiel in den Kellerraum. Als er sich aufrappelte, hörte er Schritte und sprang auf die Füße. Am Ende des Raumes angekommen, konnte er gerade noch erkennen, wie jemand am oberen Absatz der Treppe verschwand. Er atmete einmal kurz durch, ehe er der Person so geräuschlos wie möglich nachsprang. Noch als er die letzte Stufe nahm, griff er zu seiner Pistole und entsicherte sie. Wer wusste, was ihn erwartete?

Doch als er um die Ecke schlich, war dort niemand. Jedenfalls konnte er in dem schummrigen Licht nichts erkennen.

Er wartete einen kurzen Augenblick. Doch es herrschte absolute Stille.

Ohne nachzudenken, ging er auf die erste Tür zu, stieß sie auf, tastete nach dem Lichtschalter, fand und betätigte ihn und blickte, die Pistole in der ausgestreckten Hand, den Raum. Nichts. Hier befand sich die Küche, in der ein einziges Chaos herrschte. Angebrochene Milchpulverpackungen und dreckige, halb volle Babyfläschchen. Hatte die Frau nicht eine Fehlgeburt gehabt, wunderte er sich. Oder hatte sie bereits ein Kind? Aber das hätte doch schon älter sein müssen? Er spürte plötzlich, dass er hier auf einer ganz heißen Spur war, straffte die Schultern und schlich auf die nächste Tür zu. Aufstoßen. Licht anschalten. Sichern. Niemand zu sehen. Ein Wohnzimmer, in dem eine Babywippe stand und mehrere Klamotten auf dem Sofa verstreut waren.

Immer sicherer wurde er, hier richtig zu sein und seinen Freund in diesem Haus zu finden. »Haie?«, rief er daher und hörte plötzlich ein Poltern aus dem hinteren Zimmer, das gegenüber einem Raum lag, dessen Tür offen stand und aus dem ein schmaler Lichtstrahl in den Flur fiel. Er bewegte sich vorsichtig in Richtung Tür. Jeder Muskel seines Körpers war gespannt. Er drückte die Klinke herunter, stieß die Tür auf und erschrak.

Auf dem Boden vor einem Kinderbett lag, gefesselt und geknebelt, Haie. Über ihm kniete eine Frau und hielt ihm ein großes Küchenmesser an den Hals.

»Einen Schritt näher und ich stech ihn ab.«

An der schrillen Stimmlage konnte Thamsen erkennen, dass die Frau in höchster Panik war. Beim kleinsten Fehler von ihm würde sie ihre Drohung wahr machen. Automatisch wich er einen Schritt zurück, um zu signalisieren, dass er ihren Anweisungen folgen würde. Zusätzlich hob er seine Arme in die Höhe.

»Frau Fischer, hören Sie. Geben Sie auf. Sie haben keine Chance. Meine Kollegen sind gleich hier.«

Sie schien seine Worte gar nicht wahrzunehmen. Mit zusammengekniffenen Augen starrte sie ihn an, während sie das Messer weiterhin an Haies Kehle drückte.

Er ließ seinen Blick kurz durch den Raum wandern. Das kleine Kinderzimmer war liebevoll eingerichtet, mit bunter Tapete und vielen Spielsachen. Die Frau hatte sich wahrscheinlich nichts sehnlicher als dieses Kind gewünscht, das sie leider nicht hatte zur Welt bringen können.

»Das haben Sie hier aber schön ausgestattet. Wo ist denn das Baby?« Er tat, als wüsste er nichts von den Hintergründen, und hoffte so, die Situation zu entschärfen. Wenn er es schaffte, ihre Aufmerksamkeit von Haie auf sich zu lenken und sie die Trauer um das Kind überfiel, würde sie vielleicht für einen Moment unachtsam werden und er konnte das ausnutzen, um die Kontrolle über die Situation zu gewinnen. Doch Lisa Fischer starrte ihn weiterhin nur an und aus Haies hochrotem Kopf und dem Ausdruck in seinen Augen konnte er schließen, wie sie den Druck verstärkte. Aber er wusste keinen anderen Weg, um sie irgendwie aus der Reserve zu locken.

»Es ist bestimmt ganz herzallerliebst. Wollen Sie es mir nicht einmal zeigen?«

Keine Reaktion. Thamsen spürte, wie ihm der Schweiß unter den Armen hinablief und sein Hemd am Rücken klebte.

»Na, was ist, Mama?«

Die Frau brach plötzlich zusammen. Die Nennung dessen, was sie so sehnlichst sein wollte und doch nicht war, ließ ihre Fassade wie ein Kartenhaus zusammenfallen. Er konnte mit ansehen, wie die Spannung aus ihrem Körper wich, die Hand mit dem Messer sank und sie zu zucken begann. Doch noch war die Gefahr, die von ihr ausging, nicht vorbei. Noch der Freund in ihrer Gewalt. Ein falsches Wort und sie würde diese Schwäche überwinden und vielleicht wirklich zustechen.

Fieberhaft überlegte sich Thamsen seine nächsten Worte, aber ihm wollte partout nichts einfallen. Der Druck lähmte seine Gedanken, wenn ihm jetzt nicht der passende Satz über die Lippen kam …

»Es ist nicht Ihre Schuld.«

Die Stille in dem Moment wirkte tödlich. Angespannt wartete Thamsen auf die Reaktion der Frau, die ihren Kopf hob und ihn aus tränenüberströmten Augen anschaute. Er versuchte, in ihrem Blick irgendetwas zu lesen, und sah unvermittelt so viel. Angst, Verzweiflung, Hoffnung und eine tiefe Traurigkeit. Er ging einen Schritt auf sie zu, kniete sich vor sie. Sie rührte sich nicht. Dann griff er ganz langsam nach dem Messer und nahm es ihr aus der Hand. Die letzte Spannung ihres Körpers schien damit abzufallen. Und endlich sackte sie zusammen.

»Es war doch seine Schuld«, flüsterte sie und blickte Thamsen hilflos an. »Ich habe doch den Kleinen nur wegen ihm verloren. Weil er mir nicht helfen wollte.« Er nickte, um sie zu weiteren Aussagen zu ermutigen. Mit Erfolg.

»Dabei wollte ich nichts mehr als dieses Kind. Alles habe ich dafür getan und er hat es einfach sterben lassen. Das musste bestraft werden. Er war schuld, dass mein Baby tot ist.« Sie weinte bitterlich.

Dirk half Haie auf, befreite ihn von den Fesseln und dem Knebel, ehe er zum Telefon griff und die Kollegen rief.

Keine 20 Minuten später fuhren die Kollegen vor und nahmen Lisa Fischer mit, die bis dahin kein weiteres Wort gesagt hatte. Thamsen würde zu der Befragung einen Psychologen hinzuziehen. »Aber nun bring ich erst einmal dich nach Hause!« Er klopfte Haie auf die Schulter. Der war von dem Schreck immer noch kreidebleich und etwas wackelig auf den Beinen und nickte daher nur. Thamsen verstaute zunächst ihn, dann sein Fahrrad im Wagen, ehe er nach Risum fuhr.

Als sie am SPAR-Markt vorbeikamen und Haie immer noch schwieg, hielt er kurz entschlossen bei der Gastwirtschaft an, in der ungewöhnlicherweise um diese Zeit noch Licht brannte.

»Komm, auf den Schrecken hast du dir erst einmal einen Klaren verdient.«

Haie folgte ihm in den Gastraum, in dem gerade die letzte Runde bei den Stammtischbrüdern eingeläutet wurde. Während der Hausmeister auf die Toilette verschwand, rief Dirk bei Tom und Marlene an.

»Nein, es geht ihm gut«, versicherte er und versprach, Haie nachher bei ihnen abzuliefern. In dieser Situation wollten sie Haie nicht allein lassen.

Der Wirt schenkte ihnen Schnaps ein und sie nickten einander kurz zu, ehe sie den Alkohol kippten.

Haie bekam noch einen zweiten, Thamsen stieg auf Wasser um.

Noch immer hatte der Freund kaum etwas gesagt. Der Schreck schien tiefer zu stecken als gedacht.

»Was passiert denn nun mit Lisa Fischer?«, fragte er, nachdem er auch das zweite Glas geleert hatte.

Thamsen zuckte mit den Schultern.

»Na ja, immerhin hat sie Dr. Merizadi erstochen. Und das nicht im Affekt, sondern geplant. Das ist Mord.«

Und das Baby von Miriam Kuipers hatte sie wohl auch umgebracht. Zwar nicht willentlich, aber durch die Entführung hatte der Säugling nicht die notwendige medizinische Versorgung erhalten, die er benötigte, und war deshalb gestorben.

»Wie so ein Kinderwunsch ein Leben dominieren kann«, flüsterte Haie. Thamsen nickte. Dabei ging es, rein sachlich betrachtet, nur um die Fortpflanzung und die Verbreitung des eigenen Erbguts. So jedenfalls hatte es wohl auch Ole Lenhardt gesehen, als vornehmlich er sich Kinder von Dr. Merizadi züchten ließ.

Er brachte Haie wie versprochen zu den Freunden, die die beiden Männer liebevoll empfingen. Marlene hatte Tee gekocht, doch Thamsen musste die Einladung ablehnen. Er hatte einen langen Tag hinter sich und musste morgen wieder früh raus, da noch eine Menge Arbeit auf ihn wartete.

Als er am nächsten Morgen in der Dienststelle ankam, hörte er schon vom Flur aus sein Telefon klingeln. Er nahm an, es seien die Husumer Kollegen, und rannte ins Büro.

»Ach, hallo, Dörte.« Sofort überfiel ihn sein schlechtes Gewissen. Er hatte sich immer noch nicht bei ihr gemeldet. Das hatte sie nicht verdient. »Ich stehe kurz vor Abschluss des Falls und denke, ich werde am Wochenende frei haben. Wollen wir etwas zusammen unternehmen?«

Er kannte sich selbst plötzlich nicht, aber nun war es raus.

Und Dörte war hellauf begeistert, schlug gleich mehrere Aktivitäten vor. »Gut, ich melde mich dann«, sagte er und legte auf. Nur ein kurzer Moment blieb ihm zum Verschnaufen und um nachzudenken, ehe ein Mitarbeiter die Tür aufriss.

»Die Frauen wollen ihre Aussagen widerrufen.«

»Mist!«, fluchte Thamsen, dabei hatte er sich so etwas Ähnliches schon gedacht. Wahrscheinlich hatten die anderen Mitglieder der Gruppe Druck auf die Mütter ausgeübt. Er griff zum Telefonhörer und rief die Husumer an.

»Nee, wirklich nachweisen können wir dem Ole nichts. Er streitet alles ab«, antwortete Lorenz Meister auf Thamsens Frage nach dem Stand der Ermittlungen. »Aber zum Glück haben wir ja die Aussagen der Frauen.«

»Die wollen widerrufen«, stöhnte Thamsen.

»Verdammt!«, zischte der andere Beamte. »Du musst sie davon abhalten.« Thamsen wusste, dass dies so gut wie unmöglich sein würde. Die Neonazis hatten die Frauen voll in ihrer Gewalt. Die Mütter würden alles tun, um ihre Kinder zu schützen. Aber irgendwie musste man der braunen Pest doch beikommen können. Allerdings war das nun mehr oder weniger Sache des Verfassungsschutzes und der Staatsanwaltschaft, befand Thamsen. Er legte auf und ließ Lisa Fischer vorführen.

Der Psychologe war mittlerweile eingetroffen und hatte mit der Frau geredet.

»Sie leidet auf jeden Fall unter psychischen Störungen. Aber viel kann ich nach dem kurzen Gespräch nicht dazu sagen. Könnte sein, dass man ihre Zurechnungsfähigkeit infrage stellt. Aber versuch mal, was du aus ihr rausbekommst.«

Thamsen trat in den Raum und setzte sich zu Lisa Fischer an den Tisch. Sie schaute ihn nicht an, sondern auf ihre Finger, die sie ineinanderknetete.

»Frau Fischer«, Thamsen räusperte sich. Er konnte den Schmerz der Frau ja nachvollziehen, allerdings rechtfertigte der Verlust des Kindes keinesfalls ihre Taten.

»Können Sie mir sagen, was Dr. Merizadi Ihnen angetan hat?«

Mit dieser Frage hatte die Frau augenscheinlich nicht gerechnet. Sie blickte ihn überrascht an und nickte.

»Er hat mein Kind getötet!«

Nach gut einer Stunde und weiteren vorsichtigen Fragen hatte er es geschafft, ein beinahe komplettes Geständnis aus Lisa Fischer herauszubekommen und ließ sie zur Überstellung nach Husum abführen.

Im Prinzip war der Fall für ihn damit beendet. Ein paar Formalitäten, die er noch zu erledigen hatte, und dann nahmen die Dinge ihren Lauf. Trotzdem stellte sich nicht wie sonst so etwas wie Stolz oder Zufriedenheit ein. Natürlich hatte er die Mörderin von Dr. Merizadi gefasst. Sie hatte sich gerächt, da er ihr in der größten Not nicht hatte helfen wollen und sie ihrer Meinung nach deshalb ihr Kind verloren hatte. Jedenfalls war dies ihre Sichtweise, denn letztendlich war nicht klar, ob die Frau nicht so oder so eine Fehlgeburt erlitten hätte. Doch ihre Wut und Trauer über den Verlust des Kindes hatten sie blind gemacht. Und sie hatte nur noch eines gewollt: Rache.

Unter dem Vorwand eines Notfalls hatte sie den Arzt angerufen und zu sich bestellt. Das Krankenhaus habe sie entlassen, aber es seien wieder Blutungen und Schmerzen aufgetreten, gab sie vor. Da sie Patientin bei ihm war, hatte er vermutlich noch nicht einmal Verdacht geschöpft und wahrscheinlich war es nichts Ungewöhnliches, wenn es nach einer Fehlgeburt Komplikationen gab. Außerdem hatte Dr. Merizadi möglicherweise sogar ein schlechtes Gewissen gegenüber der Frau gehabt und war daher so schnell zu ihr gefahren. Doch kaum hatte er das Haus betreten, hatte sie das Messer gezückt und wie in Trance auf ihn eingestochen. Selbst als er schon am Boden gelegen hatte und nur noch röchelte, hatte sie wieder und wieder zugestochen. So jedenfalls musste es aufgrund der zahlreichen Stichwunden gewesen sein, stellte er sich vor.

Die Leiche hatte sie mithilfe eines Rollwagens im Schutz der Dunkelheit in den Kofferraum ihres Autos verfrachtet und war zur KZ-Gedenkstätte nach Ladelund gefahren. Um den Verdacht auf die rechtsradikale Szene zu lenken, hatte sie mit dem Blut des Toten ein Hakenkreuz auf dessen Rücken gemalt. Doch die Genugtuung über die gerechte Strafe für den Arzt hatte nicht lang angehalten. Ihr Kinderwunsch hatte wieder Oberhand gewonnen und als ihr bewusst geworden war, dass sich nun ihre Möglichkeiten, schwanger zu werden, mit dem Mord an Dr. Merizadi drastisch dezimiert hatten, sah sie keinen anderen Ausweg, als ein Kind zu stehlen.

Und auch an dessen Tod war sie schuld. Aber sie hatte es nicht getan, weil sie ein schlechter Mensch war, sondern einzig und allein, weil sie Mutter sein wollte. Dafür wanderte sie nun ins Gefängnis, während Ole Lenhardt wahrscheinlich schon wieder frei herumlief, ausländische Mitbürger zusammenschlug und Menschen in Angst und Schrecken versetzte.

Und zwar nicht nur irgendwelche Mitbürger, sondern gute Bekannte und Freunde wie Haie. Und er konnte diesem Typen nicht wirklich Einhalt gebieten. Gut, der eine oder andere von ihnen würde sich vor Gericht verantworten müssen, aber dem eigentlichen Drahtzieher konnten sie nichts nachweisen. Wie sollten sie nur dieser braunen Brut das Handwerk legen? Thamsen seufzte. Es schien so schwer und plötzlich hatte er Verständnis für seinen ehemaligen Chef, der vor drei Jahren seinen Dienst vorzeitig quittiert hatte. Vielleicht war diese Ohnmacht, die nun auch Dirk empfand und die Rudolf Lange über Jahre hinweg ertragen hatte, der Grund dafür gewesen. Thamsen hatte damals gedacht, sein Chef gäbe einfach auf, doch nun musste er erkennen, dass womöglich einmal mehr das System und das Verhalten der Bevölkerung ein Teil, wenn nicht das Problem als solches war.

Er schob die Akten zusammen und machte für heute einfach Feierabend.

Den Bericht konnte er morgen schreiben und wegen eines neuen Wagens würde er dann auch endlich aktiv werden. Vor allem aber beschloss er, sich noch mehr um sich selbst, seine Familie und seine Freunde zu kümmern.

Er stieg in den Wagen und lächelte bei dem Gedanken daran, gleich seine Kinder in die Arme schließen zu können, mit ihnen zu Mittag zu essen und den restlichen Tag mit ihnen zusammen zu verbringen.

28.

Marlene betrat das griechische Restaurant in der Uhlebüller Dorfstraße. Wie gewöhnlich war der Gastraum gut besucht und beinahe alle Tische besetzt. Doch heute hielt sie nicht nach einem freien Platz Ausschau, sondern steuerte direkt auf den Tresen zu.

»Hallo, Vasili, ist unsere Bestellung schon fertig?«

Bisher hatten die drei Freunde den Abschluss eines Falles immer zusammen mit Thamsen in diesem Restaurant gefeiert. Doch nun, mit Kind, waren solche Abende seltener geworden und da sie noch keinen Babysitter gefunden hatten, war es Toms Vorschlag gewesen, bei ihnen zu Hause zu feiern und das Essen einfach beim Griechen zu bestellen.

Die Männer hatten allerdings schon mehrmals auf ihren Erfolg angestoßen und keiner von ihnen war noch in der Lage zu fahren, als sie die Bestellung aufgaben. Nur Marlene, die ja wegen des Stillens keinen Alkohol trank, konnte rasch das Essen abholen. Vasili kam aus der Küche zurück. »Einen ganz kleinen Moment noch. Möchtest du vielleicht in der Zwischenzeit etwas trinken? Geht aufs Haus.« Der Grieche lächelte. Doch Marlene sah ihm deutlich an, dass der Überfall ihm immer noch in den Knochen steckte, und nun, da er sich von Dirk hatte überreden lassen, doch eine Anzeige zu machen, fühlte er sich einmal mehr bedroht. Ständig huschten seine Augen zum Eingang.

Marlene ließ sich eine Apfelschorle bringen und setzte sich zu ihm an den Tresen. »Finde ich toll, dass du dich entschlossen hast, die Typen anzuzeigen. Wenn wir denen nicht endlich Paroli bieten, dann überrollen die noch unser ganzes Land.« Der Wirt nickte. Man spürte jedoch deutlich, er wollte über dieses Thema nicht sprechen.

»Ich schaue mal eben nach dem Essen.«

Marlene nickte und nippte an ihrer Apfelschorle. Sie war froh, dass alles aufgeklärt war, wenngleich man diese Kerle nicht wirklich geschnappt hatte. Aber das war ihrer Ansicht nach nur eine Frage der Zeit. Sie hatte großes Vertrauen in Dirk, dass der nicht aufgeben würde. Sie blickte sich im Gastraum um. Alles wirkte wie immer. Die Bilder an den Wänden, die Tonkrüge in den Nischen, der Geruch nach Gyros und Zaziki, die Stimmen der Leute an den Tischen vermittelten einem das Gefühl, als säße man mitten in Griechenland. Sie hob ihr Glas, im gleichen Moment wurde die Eingangstür aufgerissen. Etwas flog durch den Raum und landete direkt neben Marlene am Tresen. Die Leute, die sich eben noch angeregt unterhalten hatten, verstummten schlagartig und starrten auf das Paket. Auch Marlene blickte auf den Gegenstand. Plötzlich gab es einen grellen Lichtblitz und Marlene wurde zuerst in die Luft, dann gegen den Tresen geschleudert. Sie spürte, wie ihr Körper mit voller Wucht aufprallte, während die Explosion die Luft zerriss. Sie sah das geschockte Gesicht von Vasili, der aus der Küche gestürmt kam. Die Bilder standen Kopf, da sie mit dem Rücken auf der Holzplatte lag und ihr Kopf hinunterhing. In seinen Augen sah sie noch die nackte Todesangst und ihr Körper zuckte unkontrolliert, ehe es nur noch eines gab: Dunkelheit.

*Weitere Titel finden Sie auf den
folgenden Seiten und im Internet:*

WWW.GMEINER-VERLAG.DE

Kommissare Thamsen, Meissner und Co. ermitteln:

1. Fall: Deichgrab
ISBN 978-3-89977-688-1

2. Fall: Nordmord
ISBN 978-3-8392-0182-4

3. Fall: Friesenrache
ISBN 978-3-89977-792-5

4. Fall: Todeswatt
ISBN 978-3-8392-1058-1

5. Fall: Nordfeuer
ISBN 978-3-89977-664-5

6. Fall: Friesenkinder
ISBN 978-3-89977-705-5

7. Fall: Friesenlüge
ISBN 978-3-89977-731-4

8. Fall: Friesenschrei
ISBN 978-3-89977-755-0

9. Fall: Friesenmilch
ISBN 978-3-89977-795-6

10. Fall: Friesennebel
ISBN 978-3-8392-1049-9

11. Fall: Friesengroll
ISBN 978-3-8392-1114-4

12. Fall: Friesengift
ISBN 978-3-8392-1247-9

13. Fall: Friesenstolz
ISBN 978-3-8392-2572-1

14. Fall: Friesentod
ISBN 978-3-8392-2824-1

15. Fall: Friesen-dämmerung
ISBN 978-3-8392-0353-8

weitere:

Solomord
ISBN 978-3-8392-1385-8

Kommissare Nielsen und Boateng ermitteln:

1. Fall: Knochentanz
ISBN 978-3-8392-1515-9

2. Fall: Kofferfund
ISBN 978-3-8392-1663-7

3. Fall: Kilometer 151
ISBN 978-3-8392-1858-7

4. Fall: Die Tote von Blankenese
ISBN 978-3-8392-2470-0

GMEINER SPANNUNG

WWW.GMEINER-VERLAG.DE
Wir machen's spannend

Katharina Eigner
Diva del Garda
Gardasee-Krimi
281 Seiten, 13,5 x 21 cm,
Premium-Klappenbroschur
ISBN 978-3-8392-0348-4
€ 16,00 [D] / € 16,50 [A]

Haus verloren, Herz gebrochen: In Riva am Gardasee
rappelt sich Restauratorin Rosina wieder auf.
Ab jetzt residiert sie im Wohnmobil, und zwar solo. Soweit der Plan. Aber dann überfährt sie beinahe Mario,
den gutaussehenden Ex-Kardinal, und wirft ihre Vorsät-
ze schnell über Bord. Ihre Camper-WG entwickelt sich
rasch zur Arbeitsgemeinschaft, denn ein Kunstwerk hat
den Besitzer gewechselt. Rosina will das Gemälde auf-
spüren und schaltet in den Ermittler-Modus.
Freie Fahrt für die Diva del Garda!

GMEINER SPANNUNG

WWW.GMEINER-VERLAG.DE
Wir machen's spannend

DIE NEUEN
Lieblingsplätze